Retour à Edelynn

Ileana II

DU MÊME AUTEUR
AUX ÉDITIONS DU JASMIN

Exil en pays humain - Ileana I, 2008.

Pour en savoir plus et écrire à l'auteur, rendez-vous sur le site :
www.ileana.fr

Illustration de couverture : Nauriel

Tous droits de reproduction, de traduction
et d'adaptation réservés pour tous pays.
© Éditions du Jasmin, 2009
www.editions-du-jasmin.com
ISBN : 978-2-352840-35-0

Isabelle Meyer

Retour à Edelynn

Ileana II

ÉDITIONS DU JASMIN

*À Lorraine et Xavier,
Florine, Julianne et Marie-Aline.*

Résumé du tome 1

Exil en pays humain

 Dans le premier tome, Ileana a assisté, impuissante, à l'attaque de sa cité par une horde de trolls. Sur les ordres du seigneur noir, ils ont enlevé sa mère, la reine des fées.
 Sa tante décide de la mettre en sécurité dans le seul endroit où personne ne pensera à la chercher : le monde des humains. Capable de se transformer à volonté, la jeune fée prend l'apparence d'une adolescente et est placée dans un foyer.
 Ileana se méfie des humains et garde ses distances. Mais elle comprend vite qu'elle ne pourra rentrer chez elle sans leur aide. Elle se lie d'amitié avec Claire et Benoît, deux jumeaux du foyer, et leur raconte son histoire.
 Les trois amis recherchent activement une porte permettant de rejoindre Edelynn. Grâce à monsieur Guillemin, un libraire

étrange qui en sait beaucoup sur le Monde des Cinq Peuples, ils apprennent qu'un mi-elfe a déjà franchi un passage vers le pays d'Ileana. Au début des vacances d'été, sur les pas d'un enfant disparu, ils découvrent le moyen de rejoindre le monde des fées.

Les jumeaux ne résistent pas à la tentation d'accompagner Ileana pour des vacances mouvementées à Edelynn...

1

Vingt kilomètres à pied...

Pfffou, j'en ai plein les pattes ! On fait une petite pause ? Et sans attendre de réponse, Benoît s'affala sur le bord du chemin.

Ileana foudroya le garçon du regard.

— Ouh là là, quel boulet ! Je me demande si j'ai bien fait de t'emmener à Edelynn. À ce rythme-là, il va nous falloir cent ans pour rejoindre la cité !

— Mais on a déjà beaucoup marché, aujourd'hui ! D'abord de chez Colette à la forêt, puis jusqu'au site romain. Ça m'a vacciné contre la marche à pied pour un moment. Ensuite on a dû tournicoter des heures avant de trouver la porte ! Et depuis qu'on est passé de l'autre côté, on n'arrête pas de crapahuter. Je suis complètement crevé, moi !

La jeune fée soupira. Elle se tourna vers Claire. Celle-ci ne se plaignait jamais, mais elle avait l'air aussi fatiguée que son jumeau.

Alors Ileana s'adoucit.

— Bon, c'est d'accord, on s'arrête pour aujourd'hui. Faut m'excuser, je suis tellement impatiente d'arriver chez moi ! Ça fait des mois que j'ai quitté Edelynn, et si ça ne tenait qu'à moi, je foncerais à trois cents à l'heure !

Benoît gratta sa mèche blanche d'un air penaud.

— C'est vrai qu'on te retarde beaucoup...

— T'en fais pas, va, je suis très contente que vous soyez avec moi. Je n'aurais pas pu vous quitter comme ça, à la porte, ça aurait été trop dur. Et, qui sait, vous allez peut-être pouvoir m'aider.

— Ah oui, sûrement ! On va couper le seigneur noir et ses trolls en tranches avec notre sabre laser en plastique.

— Gros bêta ! Vous ne resterez que quelques semaines, vous n'aurez pas l'occasion de vous bagarrer avec le seigneur noir. Et puis, d'ailleurs, tu serais trop malheureux de manquer la rentrée des classes, ajouta-t-elle en gloussant.

Benoît se boucha les oreilles en grimaçant.

— Oh non, pas ça ! On n'est qu'à la mi-juillet, je ne vais pas me gâcher les vacances en pensant au collège !

Tandis que son frère bavardait, Claire inspectait les alentours. Depuis deux heures à peine que les trois amis avaient pénétré dans le monde des fées par la porte de pierre, elle ne s'était pas encore habituée à l'étrangeté de la forêt d'Edelynn. Tout y était plus grand, plus coloré, plus... vivant. Rien à voir avec les forêts du monde des humains, le monde-du-dehors, comme l'appelait Ileana.

Claire leva les yeux vers la voûte végétale. Les cimes étaient si hautes et les arbres si massifs qu'elle ne pouvait apercevoir le ciel. Partout autour d'eux, des plantes inconnues lançaient leur exubérance à l'attaque des troncs dans une profusion de couleurs.

Tout semblait ordonné comme dans un jardin, mais un jardin étrange et presque artificiel.

Jusqu'au chemin qui n'avait rien à voir avec leurs chemins : c'était comme une allée bien plane, recouverte d'une espèce de mousse rase d'un vert vif.

Elle frissonna. Cette forêt lui faisait une drôle d'impression. Elle n'était pas à proprement parler hostile, non, mais si majestueuse et dépaysante qu'elle en regrettait presque la petite forêt derrière le foyer d'Arbassols.

De plus, elle avait depuis un moment la désagréable impression d'être épiée.

La jeune fée surprit son regard perplexe et lui fit un sourire encourageant.

— Ce décor doit te paraître bizarre, mais je t'assure qu'il n'y a absolument aucun danger. On va se trouver un endroit sympa où passer la nuit, et tu verras, tout ira très bien.

Claire hésita.

— C'est que je n'ai jamais dormi dehors. Et j'avoue que cet endroit me donne la chair de poule. J'ai l'impression d'être dans une forêt maléfique de conte de fées, et qu'un monstre peut sortir du bois à chaque instant.

Ileana éclata de rire.

— Relax, il n'y a pas de bêtes sauvages dans mon pays. Et moi, je trouve cette forêt autrement plus belle que vos petits arbres rabougris...

Soudain, la jeune fée s'arrêta de parler. Elle regarda autour d'elle, l'air attentif.

— Qu'est-ce qu'il y a ? demanda Claire, un peu alarmée. Tu sens quelque chose ?

Ileana acquiesça, les yeux dans le vague.

— Hmm. C'est bizarre, il y a une présence, et je n'arrive pas à savoir ce que c'est.

Benoît fut aussitôt sur le qui-vive.

— Un danger ?

— Non, ce n'est pas hostile. Je sens un esprit, mais je n'arrive pas à savoir si c'est un animal ou une créature évoluée. « Ça » nous observe depuis qu'on est entré dans Edelynn, et « ça » cache soigneusement ses pensées.

Claire parut inquiète.

— Figure-toi que ça fait un moment que je me sentais épiée. Ouh là, j'ai une des ces trouilles !

Ileana haussa les épaules.

— Ne t'en fais pas. Même si je n'arrive pas à percevoir ses pensées, je sens que la créature n'est pas dangereuse, simplement curieuse. En plus, elle est toute seule.

Benoît fronça les sourcils.

— Mouais, je ne suis pas convaincu. Peut-être que c'est une sale bête que tu ne connais pas. Et puis, quand ta cité a été attaquée, vous n'aviez pas senti venir les trolls…

— Ne dis pas de bêtises ! Là, ça n'a rien à voir, fais-moi confiance. Et puis, si elle s'approche trop près, on avisera. Bon, c'est le moment d'établir le campement.

L'intérêt de Benoît se raviva.

— Mais c'est vrai ! Ici, tu as de nouveau tous tes pouvoirs magiques, tu vas pouvoir nous faire une petite démo !

Les deux filles levèrent les yeux au ciel dans un ensemble parfait.

— Je crois que mon premier sortilège sera de te coller un sparadrap *made in Edelynn* sur le museau, qu'on puisse être tranquilles deux minutes. Au lieu de m'embêter avec tes éternelles demandes de démonstrations, aide-moi plutôt à trouver un bel endroit pour la nuit.

Le site idéal fut vite trouvé un peu à l'écart du chemin, et les jumeaux assistèrent médusés à l'installation du campement. Ileana avisa quelques mètres carrés bien plats entre le tronc d'un arbre immense et un bosquet d'arbustes et, d'un geste, les débarrassa de quelques feuilles indésirables.

Claire se fit la réflexion que dans une forêt humaine il y aurait eu des broussailles, des branches mortes et des cailloux, mais rien de tel ici. Tout semblait si bizarrement parfait...

Puis Ileana dessina quelques arabesques en l'air, et aussitôt des dizaines de plantes ressemblant à des lianes jaillirent du sol et grandirent en s'entremêlant pour former un tipi spacieux, qu'elle habilla ensuite d'une nuée de plantes grimpantes à fleurs.

Sous les yeux ébahis des jumeaux, elle inspecta alors son œuvre et, d'un vague geste de la main droite, fit se couvrir le sol d'une triple épaisseur de mousse.

Puis elle se tourna vers ses amis avec un sourire moqueur.

— Claire, si tu veux bien te donner la peine d'entrer... Alors, elle t'a plu, ma démo, Benoît ?

— Mouais, pas mal. Mais tu es sûre qu'elles ne sont pas carnivores, tes plantes, elles ont une drôle de tête...

— Ouah, c'est super confortable ! s'écria Claire qui venait de s'installer sur le tapis de mousse.

Rassuré, Benoît s'écroula plus qu'il ne s'assit.

— Ouf, ça fait du bien de se poser ! et il se déchaussa pour masser ses orteils endoloris.

— Tu veux bien ne pas laisser tes baskets sous mon nez ? Et tu peux me préciser quand tu t'es lavé les pieds pour la dernière fois ? grimaça Claire.

— Ce matin, pourquoi ?

— Et tu as utilisé du gel douche ? Tu sais, le flacon bleu qui sent la lavande...

Le garçon haussa les épaules et ne répondit pas à cette attaque sournoise. Il n'avait pas de temps à perdre en chamailleries. Cependant, conciliant, il posa ses chaussures à l'entrée de la « tente ».

— Bon, qu'est-ce qu'on fait maintenant ? Je propose qu'on cause un peu. Depuis ce matin, on n'a fait que marcher et on n'a même pas de programme pour la suite du voyage. Déjà, premier point, est-ce que tu sais où on est ?

— Pas exactement. En fait, je ne me suis jamais trop éloignée de ma cité, je ne suis jamais venue par là.

Benoît écarquilla les yeux.

— Mais alors, comment on va faire pour arriver chez toi ? Je suppose qu'on ne trouve pas des tonnes de poteaux indicateurs…

— T'inquiète ! J'ai une espèce de sixième sens, comme vous dites, qui me ramène toujours à ma cité.

Benoît n'avait pas l'air convaincu.

— Comme les pigeons voyageurs ?

Claire intervint.

— Si elle le dit, tu peux lui faire confiance, non ? Et puis, on peut essayer de deviner à peu près dans quelle direction aller. En admettant que la cité d'Ileana se situe près des Pierres Noires, donc pas très loin du foyer d'Arbassols, comme on est descendu vers Cantargues pour trouver la porte de Fonpierre, on est loin au sud et il faut remonter quasiment tout droit.

— Qu'est-ce que tu entends par « loin au sud » ? demanda Benoît, les sourcils froncés.

— Et bien, le village de Colette et Xavier est à une centaine de kilomètres du foyer. Si les distances sont les mêmes ici…

— … Ça veut dire qu'on n'est pas sortis de l'auberge, termina Benoît d'un air sinistre. En supposant qu'on marche assez vite, mettons à cinq kilomètres à l'heure, ça fait euh…

— Vingt heures de marche, calcula Claire.

— Ouh là, mais je ne vais jamais survivre, il vaut mieux que vous me laissiez mourir ici, gémit le garçon.

— Ce serait avec plaisir, mais ça ne se fait pas, ricana sa sœur.

Elle se tourna vers Ileana.

— On n'avait pas vraiment pensé à ça, hein ?

— Euh, non. On a tout axé sur la recherche d'une porte qui fonctionne, on n'a pas prévu la suite.

— Et qu'est-ce que tu ferais, si tu étais seule ?

— Je mettrais des ailes solides, genre aigle, et je ferais ça d'une traite, en deux ou trois heures. Mais c'est sûr qu'il va falloir trouver une autre solution.

Benoît, renfrogné, réfléchissait dans son coin. Soudain, son visage s'éclaira.

— Je viens d'avoir une idée géniale ! Tu as une licorne, n'est-ce pas ? Elle pourrait nous porter jusque là-bas.

Ileana sourit.

— Pas si géniale que ça, ton idée. D'abord, je n'ai jamais essayé de l'appeler de si loin, je ne sais pas si ça peut marcher. Et ensuite, même si elle venait, il y aurait un problème de taille...

— Ah bon, et lequel ? Elle n'a pas de selle ? Elle est trop maigre pour nous porter tous ? Elle a un lumbago ? Elle mord ?

— Non, elle est costaude et elle ne mord pas. Mais elle ne se laisse approcher que par les filles.

Piqué au vif, Benoît râla :

— Mais c'est quoi, cette histoire ? Elle est sexiste, ta licorne ?

Claire tenta de le calmer.

— C'est vrai, je m'en souviens maintenant, je l'ai lu dans les contes ; les licornes ne se laissent toucher que par les filles, et encore, seulement les filles pures.

Ileana éclata de rire.

— Les filles pures ! Trop drôle ! Je m'imagine ma chère tante Isdragarn en pure jeune fille, elle qui est une croqueuse de faés !

Benoît écarquilla les yeux.

— Elle est... cannibale, ta tante ?

— Mais non, bougre d'âne, c'est une croqueuse d'hommes, comme vous dites chez vous. Elle collectionne les aventures, si tu vois ce que je veux dire. Mais pour en revenir à notre problème de transport, si Astara était là, tu n'aurais pas intérêt à toucher ne serait-ce qu'à un de ses crins, si tu tiens à la vie.

— Pfff, si tu crois que je vais avoir peur d'un petit cheval blanc...

— Tu ne sembles pas avoir remarqué que dans « licorne », il y a « corne », et elle sait très bien s'en servir. Et puis, au cas où ça ne suffirait pas, elle a aussi des sabots. Et des dents. Tout ce qu'il faut, quoi.

— Bon, ça va, j'ai compris. Vous allez vous pavaner sur le dos de la bestiole-qui-n'aime-pas-les-garçons et moi je marcherai derrière comme une andouille.

Les filles se regardèrent en souriant. Mais Benoît ne s'avouait pas vaincu.

— Mais il doit y avoir d'autres créatures qui pourraient me porter, non ? Des vrais chevaux, ou des bêtes fantastiques...

Claire hennit de rire.

— Dois-je te rappeler ce qui s'est passé la seule et unique fois où tu es monté sur un canasson ?

— C'était une sale bête vicieuse ; j'ai pas eu de chance, c'est tout.

— Que s'est-t-il passé ? demanda Ileana, fortement intéressée.

Claire adressa un sourire mielleux à son frère qui détourna les yeux, écœuré, et se fit un plaisir de raconter la séance d'équitation de Benoît.

— C'était il y a deux ans, on nous a emmenés dans un centre équestre pour une balade. Ça s'est très bien passé pour tout le monde sauf pour Benoît qui a d'abord déchaussé ses étriers sans arriver à les remettre. Ensuite il a laissé tomber ses rênes et s'est retrouvé sur l'encolure de son cheval quand on a commencé à galoper dans un chemin. Pour finir, le cheval a pilé net et Benoît a essayé d'apprendre à voler. Alors ça me fait bien rigoler quand il se la joue « Zorro ».

— Oh, tais-toi. Si tu le prends comme ça, je peux raconter ta mémorable séance d'initiation à la planche à voile, quand tu n'as même pas réussi à sortir la voile de l'eau, même pas au bout d'une heure !

— Blablablabla ! rétorqua Claire, vexée.

— Bon, ça suffit, les clones, comme dirait ce cher Stan. Tu me donnes une idée, Benoît : je connais une créature qui accepterait sans doute de te porter.

— Ah bon ? Qui ça ? demanda le garçon d'un air réjoui.

Enfin ses souffrances allaient prendre fin, il se ferait porter comme un pacha.

— Le meilleur ami d'Astara est un ours brun. Je suis sûre qu'il serait d'accord.

— Un ours ! Mais tu es folle ! Je tiens à la vie, moi, je n'ai pas envie de finir si jeune dans l'estomac d'un ours.

Claire dit doctement :

— Les ours bruns se nourrissent principalement de fruits et de miel.

— « Principalement » ! Ça veut dire que de temps en temps ils ne rechignent pas à se mettre un Benoît sous la dent ! Jamais je ne monterai sur une bête pareille, je préfère encore me traîner sur les genoux jusqu'à ta cité.

— Comme tu voudras... Mais on en reparlera demain, quand tu auras les genoux en sang.

— C'est tout vu ! Je ne suis pas fou, moi !

— Tu as tort, c'est un bon gros nounours adorable. Je joue avec lui depuis que je suis petite et je lui fais totalement confiance.

Soudain, Benoît poussa un cri.

— Hé, les filles, vous avez vu, on dirait que ma main est phosphorescente !

Claire examina les mains de Benoît puis les siennes avec stupéfaction. En effet, le contour de leur peau commençait à luire légèrement dans le soir qui tombait. Elle se tourna vers son amie pour voir s'il y avait lieu de s'inquiéter.

Mais Ileana avait un sourire jusqu'aux oreilles.

— Youpiiie! Je n'avais plus vu mon aura depuis des mois, enfin je me sens à nouveau entière !

— On n'est pas phosphorescents, alors ?

— Non, c'est normal. D'ailleurs, je te signale que ce n'est pas ta peau qui est lumineuse, c'est juste une espèce d'auréole qui est autour de toi. On appelle ça une aura. Dans votre monde, je n'en avais plus, ça me faisait un drôle d'effet.

Claire remarqua :

— Tu as vu, on dirait que la tienne et les nôtres n'ont pas la même couleur...

— Ah oui, tiens. Ça doit être parce que vous êtes humains. C'est marrant, j'aurais pensé que vous n'en auriez pas.

— Et pourquoi on n'aurait pas droit à notre aura ? s'indigna Benoît.

— Parce qu'ici, seuls les fées et les elfes en ont une, pas les autres peuples.

— Tu n'avais jamais vu d'humain ici à Edelynn, tu ne pouvais donc pas savoir que les humains avaient aussi une aura, c'est aussi simple que ça. D'ailleurs, chez nous, tu n'en avais plus, ça doit dépendre de la quantité d'énergie vitale. Je ne vois pas pourquoi les humains seraient inférieurs aux fées, termina-t-il d'un ton vaniteux.

Soudain les yeux du garçon se mirent à pétiller.

— Mais j'y pense, si ça se trouve, avec toute l'énergie vitale qu'il y a à Edelynn, on est aussi capables de faire de la magie !

Les filles s'esclaffèrent.

— N'importe quoi ! Mais on peut toujours faire un essai : dès que nous serons arrivés à la cité, je te mettrai entre les mains des fées pédagogues, et on verra bien si elles arrivent à tirer quelque chose de toi.

Le mot « pédagogue » doucha instantanément l'enthousiasme de Benoît qui se tut... dix secondes avant de trouver un nouveau sujet de conversation.

— Au fait, on n'a toujours pas parlé du programme de notre séjour ici. Comme on est là pour quelques semaines, j'ai bien l'intention d'en profiter au maximum ! Je veux voir plein de choses ! Pour une fois qu'un humain a la possibilité de se balader dans le Monde des Cinq Peuples...

— Le programme, le voici : on va se dépêcher de rentrer à Illiriane...

— Illiriane ? C'est quoi ?

— Oh, je ne vous l'avais pas dit ? C'est le nom de ma cité. Donc on rentre là-bas, et on voit où ça en est.

— Comment ça, « où ça en est » ?

Claire se fâcha.

— Sers-toi donc de ta tête ! Je te rappelle que le but d'Ileana est de retrouver ses parents et sa tante, de savoir ce qu'il s'est passé, de voir si les choses ont été réglées en son absence, pas de faire le guide touristique pour tes beaux yeux.

Ileana acquiesça, le visage grave.

Benoît, penaud, n'osa pas évoquer toutes les merveilles d'Edelynn qu'il souhaitait voir avant de rentrer chez lui dans le monde-du-dehors : les animaux étranges, drasques, garloups, lions ailés et tordakyls, mais aussi les dryades dans leurs cités forestières, les nains, la ville de cristal des elfes, et pourquoi pas un troll... de loin. Et il n'osait pas non plus avouer que depuis des mois il s'imaginait vaincre le seigneur noir en combat singulier.

Avec sa maîtrise habituelle, Ileana avait chassé de son visage toute trace d'angoisse. Elle parvint même à sourire gaiement.

— Ne t'en fais pas, je te promets que ton séjour sera inoubliable et que tu verras un max de choses.

Voyant Ileana bien disposée, Benoît en profita pour pousser son avantage.

— Il y a une chose que j'aimerais voir tout de suite, dit-il en lorgnant précautionneusement vers sa furie de sœur, c'est une démonstration de rapetissage.

Ileana hocha la tête, amusée.

— Tu ne perds pas le nord, mister Benoît... Soit, allons-y pour une petite démo. Mais après, tu me promets de fermer ton grand claquoir et de faire dodo jusqu'à demain ?

— Euh, d'accord. Mais avant de dormir, il ne faudra pas oublier de manger.

Ileana sortit de la cabane, suivie des jumeaux. La nuit était tombée et leurs auras scintillaient à présent franchement : celle d'Ileana était d'un bleu électrique tandis que celles des jumeaux tiraient sur le jaune orangé.

Soudain Ileana se tourna vers un point situé sur la droite.

Les jumeaux se souvinrent de la fameuse présence dont avait parlé leur amie, et, instinctivement, Claire se rapprocha de son frère.

Benoît chuchota :

— « Il » est encore là ?

— « Il » est en train de s'éloigner, je crois qu'il s'en va.

— « Il » était là tout le temps ? Tu l'as surveillé pendant qu'on parlait ?

— Ben oui, il ne bougeait pas ni ne pensait à rien, donc pas de problème. Et maintenant il part, bon débarras.

— Et ça ne te dérange pas de ne pas savoir ce que c'est ?? Moi, si j'avais tes pouvoirs, je lui courrais après pour voir.

Ileana haussa les épaules.

— Bon, tu la veux, ta démo ?

Benoît en oublia instantanément la créature.

— Oh oui, oh oui !

— Asseyez-vous, je mets de la lumière, on n'y voit plus rien.

Elle agita discrètement les mains et une nuée de petites lumières s'allumèrent dans les branches alentour. Les jumeaux poussèrent des cris de ravissement et regardèrent les lumignons multicolores tout autour d'eux. Lorsqu'ils ramenèrent les yeux vers le sol, Ileana avait disparu.

— Oh, ça alors ! Elle sait aussi se rendre invisible ?!

Un mini éclat de rire fusa à l'oreille de Benoît. Il tourna la tête et aperçut Ileana assise sur son épaule.

Dans un geste réflexe, il porta la main à son épaule pour l'attraper, mais déjà Ileana avait grimpé sur le sommet de sa tête et s'amusait à lui tirer les cheveux de toutes ses petites forces.

Il leva les deux bras au-dessus de sa tête mais ne rencontra que du vide, car Ileana s'était élancée en direction de Claire qui fut ravie de la recevoir dans ses mains.

Benoît se précipita, et au moment où il allait la saisir, Ileana se retrouva devant lui dans sa taille normale et l'air furibond.

— Mais quelle brute, celui-là ! T'avais envie de m'écrabouiller ou quoi ?

— Mais pas du tout, je voulais juste t'attraper. Promis, j'aurais fait attention !

— Ouais, on dit ça… J'ai plutôt l'impression que j'aurais passé un mauvais quart d'heure. En tout cas, c'est bien la dernière fois que je rapetisse en ta compagnie, trop dangereux !

Révolté par tant d'injustice, Benoît se tourna vers Claire qui lui lança un regard noir.

— Bon, vu l'ambiance, je préfère aller me coucher ! déclara-t-il en se dirigeant la tête haute vers la cabane.

Les filles se regardèrent en haussant les épaules. Benoît ne boudait jamais plus de trois secondes.

Quelques minutes plus tard, il n'était pourtant toujours pas ressorti de l'abri.

Claire alla y jeter un œil, sourit et fit signe à Ileana de s'approcher : le garçon, vaincu par la fatigue, dormait comme un ange.

2

Un ours dans le moteur

Benoît caracolait fièrement sur son cheval noir. Ils exécutaient les figures les plus improbables et les plus périlleuses sous l'œil admiratif d'Ileana.

À la fin d'un saut particulièrement acrobatique, que le garçon avait accompli sans même tenir les rênes, son cheval tourna la tête et lui hennit dans les oreilles.

Un bruyant remue-ménage eut lieu à côté de lui et il émergea soudain de son rêve.

Dans un demi-brouillard, il vit Ileana se lever comme un ouragan et se précipiter hors de la cabane.

La jeune fée cria « Astara !! » avec un enthousiasme tel que les dernières brumes du sommeil se dissipèrent devant Benoît et qu'il sauta lui aussi sur ses pieds. Dehors, un incroyable spectacle l'attendait : une magnifique licorne blanche était en pleine distribution de câlins avec une Ileana montée sur ressorts.

— Ouah purée, la bestiole ! Je rêve ! croassa-t-il.

Il avait imaginé que les licornes ressemblaient à des petits animaux un peu rabougris, comme des chèvres, mais cette bête-là était immense et impressionnante, à tel point qu'il n'avait même pas envie d'essayer de lui toucher le bout d'un crin.

Ileana se tourna vers eux, rayonnante.

— Et voilà ma compagne Astara, la plus géniale des licornes. Figurez-vous qu'elle a entendu mon appel et qu'elle a galopé une partie de la nuit pour venir me rejoindre. C'est pas adorable, ça ? dit-elle en l'enlaçant et en lui embrassant le museau.

Benoît se fit la réflexion qu'Ileana était aussi gaga qu'une mémère à chats. Pas la même taille, la bêbête, mais maîtresse tout aussi ridicule.

— Elle dit qu'elle me trouve changée. Et elle est très contente de me revoir, elle se demandait où j'étais passée.

— Ah, elle te parle ?

— Mieux que ça, elle est télépathe. Elle te comprend tout aussi bien.

Benoît réfléchit deux secondes.

— On pourrait lui demander des nouvelles de chez toi, elle sait peut-être quelque chose…

— Tu as raison. Astara, ma précieuse, tu es allée à Illiriane ces jours-ci ? Tu as vu mes parents ou ma tante ? demanda-t-elle, la voix soudain altérée.

Ileana écouta la réponse d'Astara, le visage figé. Les jumeaux attendaient la traduction, inquiets.

— Après notre dernière rencontre, il y a moins d'une lune, elle est partie vagabonder, comme à son habitude. Quand elle est revenue à la cité, quelques jours plus tard, le bosquet était dévasté, il n'y avait plus personne. Et depuis deux semaines elle m'attend à proximité d'Illiriane.

Benoît fit le calcul.

— Mais alors, si pour elle il s'est passé seulement deux ou trois semaines depuis l'attaque de ta cité, c'est que le temps ne s'écoule pas à la même vitesse dans ton monde et dans le nôtre ! J'avais raison ! Tu as passé presque quatre mois chez nous.

Ileana dit d'une voix morne.

— Donc ma tante n'a pas encore pu venir au rendez-vous : elle ne l'avait fixé qu'au terme d'une lune... Il faut absolument que je la trouve avant qu'elle aille me chercher dans le monde-du-dehors ! Et toujours pas de signe de vie de mes parents.

Et elle se laissa tomber sur l'herbe, les yeux pleins de larmes. Astara lui lécha le visage.

— Oui, ma belle, tu as raison, on va retourner là-bas et fouiller toute la forêt s'il le faut. Avec toi, je me sens invincible, on finira par tous les retrouver.

D'une main rageuse, elle essuya les quelques larmes qui avaient échappé à la licorne.

— Bon, il ne faut pas traîner. On va y aller.

Elle se mordit la lèvre en regardant Benoît.

— Il faut d'urgence trouver une solution pour te transporter.

Astara lui poussa l'épaule du museau.

Ileana ne put se retenir de rire.

— Ah, il arrive ? Benoît, tu as beaucoup de chance, le problème est résolu.

Benoît la regarda d'un air suspicieux.

— Tu as l'air trop contente pour être honnête. C'est quoi, ton plan d'enfer ?

À la voir hilare, il comprit.

— Noon, pas l'ours !

— Eh bien si. D'ailleurs, je le sens qui approche.

Elle se tourna vers le chemin. Benoît suivit son regard et éprouva la frousse de sa vie. À quelques dizaines de mètres, un ours à côté duquel un grizzli aurait fait figure de peluche inoffensive déboulait sur le chemin d'une foulée ample et puissante.

Les jumeaux s'aggripèrent frénétiquement l'un à l'autre en luttant contre l'envie de partir en hurlant.

Pour couronner le tout, l'ours continua sa course folle jusqu'au dernier moment et, arrivé devant Ileana et les jumeaux – qui se cachaient derrière elle –, il se dressa sur ses pattes arrières en rugissant.

Benoît manqua tourner de l'œil, mais la vue d'Ileana qui arborait un sourire jusqu'aux oreilles lui redonna un peu de courage. « Tout est parfaitement normal », se répéta-t-il trois fois comme un mantra.

— Bon, ça suffit, ton numéro du grand fauve féroce, Arak, tu sais que je ne marche pas. Drasque bleue, que ça fait plaisir de te revoir !

Et Ileana empoigna l'énorme bête et lui secoua affectueusement la couenne.

Benoît toussota.

— À ta place, je ne ferais pas ça : il a l'air plutôt euh…

— Dangereux ? Tu plaisantes, il est doux comme un agneau. Il se la joue un peu, mais ce n'est que de la frime. Il adore qu'on lui fasse scrontch scrontch dans le dos, comme ça.

Et elle attrapa la main de Benoît horrifié pour la poser d'autorité sur le dos de l'animal.

Le premier réflexe du jeune garçon fut de la retirer. Mais Ileana le regardait de façon si moqueuse qu'il se fit violence. L'animal le toisait de façon peu engageante, il en était persuadé. Benoît croyait voir une lueur de cruauté dans ses yeux dorés.

Oh, quelle horrible expérience ! Dans quelques instants la bête se montrerait sous son vrai jour et ne ferait qu'une bouchée des trois adolescents.

— Tu devrais voir ta tête, on dirait que tu es en train de boire de l'eau de Javel. Mais caresse-le donc, il ne va pas te manger ! Et puis, ajouta-t-elle malicieusement, autant que vous fassiez connaissance tout de suite, puisque tu vas passer quelques heures sur son dos.

Benoît gémit.

— C'est vraiment nécessaire ? On peut peut-être faire connaissance un peu plus tard, là je me sens un peu drôle…

— Oh, mais il nous fait un malaise, le père Benoît, il est tout blanc ! Assieds-toi là, ça va passer.

Et le garçon s'assit dans l'allée, en proie à des sentiments contradictoires. Il avait honte de s'être montré si poltron devant sa dulcinée, elle qui n'avait jamais peur de rien.

Mais cette bête était si…si… Surpris, il vit sa sœur tendre timidement la main pour caresser l'ours qui ferma les yeux en grognant de plaisir.

Quand il la vit monter à califourchon sur le dos de la bête qui s'était obligeamment aplatie par terre, il eut envie de disparaître dans le sol. Même Claire n'avait pas peur, il allait garder l'étiquette « chiffe molle » toute sa vie !

C'est alors qu'il sentit les bras d'Ileana entourer ses épaules. Elle déposa un léger baiser sur sa joue.

— Tu te sens mieux ?

Le garçon fit un effort pour sourire et se releva.

— Je… euh… ça va mieux, je vais aller donner la papatte à ce brave nounours.

Ileana lui prit la main pour l'entraîner vers Arak, et Benoît se sentit tout à coup léger, léger. Claire, enthousiaste, lui fit signe de monter et s'avança pour lui laisser de la place sur le vaste dos. Et tandis que l'ours leur faisait gentiment faire un petit tour, Benoît se dit que le séjour à Edelynn s'annonçait plein de – bonnes ? – surprises.

Soudain, Claire se raidit et cria presque :

— Mince alors, et Nicolas ! On a oublié Nicolas !

Ileana porta la main à sa bouche.

— Zut, c'est vrai, le pauvre gamin est ici…

Elle grimaça. Alors que toutes les conditions étaient réunies pour rejoindre enfin Illiriane dans les plus brefs délais, encore un grain de sable dans les rouages…

Elle s'en voulut aussitôt de cette pensée égoïste. Le pauvre Nicolas avait disparu depuis des jours dans la forêt d'Edelynn, et il était vraiment urgent d'aller à sa recherche.

— Bon, pas de temps à perdre. On va retourner vers la porte et quadriller le terrain. Je suppose que le petit est resté sur le chemin et qu'il n'est pas rentré dans la forêt. Je prends Astara, et vous Arak. On se retrouve ici vers midi pour faire le point.

— Et pour manger aussi, ajouta Benoît. D'ailleurs, en parlant de manger, on a sauté le p'tit déj', je vous signale.

Claire le rabroua.

— Il y a un pauvre gamin terrorisé qui erre dans la forêt, et toi tu ne penses qu'à ton estomac ? Honte à toi !

— Je ne chercherai pas correctement si j'ai le ventre vide.

— Il a raison, on va manger un brin avant de partir, dit Ileana en se lançant dans la production de choses censées être comestibles, que Benoît avala néanmoins sans faire d'histoires.

— Allez, c'est parti. Je couvre la partie de la forêt au nord de la porte, et vous le sud. Rendez-vous ici tout à l'heure ?

— Euh, je ne suis pas sûr de retrouver le chemin, dit Benoît, pas très rassuré à l'idée de rester seul avec Arak.

Il y avait une sacrée différence entre faire un petit tour de manège sous l'œil bienveillant d'Ileana, et aller galoper seul pendant des heures sur le dos du fauve !

— Pas de problème, Arak et Astara communiquent par télépathie, on ne risque pas de se perdre. En revanche, toi, tâche de ne pas te perdre, reste bien avec Arak.

Sur ces bonnes paroles, elle sauta sur le dos de la licorne sous l'œil admiratif de Benoît et disparut au galop dans la courbe de l'allée.

Sans prévenir, Arak se mit en route d'une foulée puissante, et Benoît manqua de tomber à la renverse. Il s'accrocha à une touffe de poils, pas très rassuré, avant de s'habituer et de commencer à apprécier la situation.

— Ah, si les autres me voyaient, au foyer... dommage qu'on n'ait pas pensé à emporter d'appareil photo !

Pendant les heures qui suivirent, ils parcoururent la zone en tous sens. À leur grande surprise, Arak comprenait tout ce qu'ils disaient et le diriger se révéla facile.

À quelques kilomètres au sud de la porte, ils tombèrent sur des falaises infranchissables. Aucun chemin ne permettait d'y grimper, ils abandonnèrent donc rapidement. Le petit Nicolas n'avait pas pu y trouver refuge.

Ils quadrillèrent tous les chemins de la région en criant le nom du petit garçon. Sans succès.

Ils repassèrent par l'endroit où ils avaient bivouaqué et continuèrent plus avant, jusqu'à une zone de collines. Elles avaient un aspect étrange, toutes rondes, couvertes d'herbe vert vif et de rares bosquets. L'infatigable Arak en gravit un certain nombre avant que les jumeaux ne décident d'arrêter les recherches : ces collines n'offraient aucun abri et il y en avait des dizaines, toutes semblables, avec leurs chemins proprets qui semblaient ne mener nulle part.

Ils finirent par revenir au point de rendez-vous, rejoints peu de temps après par Ileana et Astara.

— Alors ? demanda Benoît.

Ileana secoua la tête.

— Rien. Que de la forêt sur des kilomètres. Pas de clairière, pas de rochers, apparemment pas de cachette possible. En plus, je n'ai senti absolument aucune présence humaine. Rien de rien. Vous non plus, d'après votre tête...

— Non. On a buté sur des falaises au sud, et il y avait plein de collines vers l'est. Des collines nues comme ma main, pas de trace du gamin.

Claire avait l'air soucieux.

— Mais qu'est-ce qu'on va faire ? Où a-t-il pu passer ?

Benoît hasarda une explication.

— Peut-être qu'il n'a pas passé la porte, après tout.

— Mais non, tu sais bien qu'il a disparu précisément dans le coin des ruines romaines, alors que son frère était à quelques mètres. Les gendarmes ont cherché pendant des jours et n'ont rien trouvé. Il est forcément ici, mais où ? En trois jours il n'a pas pu aller bien loin !

Ileana n'avait encore rien dit. Benoît l'apostropha :

— Et toi, qu'est-ce que tu en penses ? Tu dois bien avoir une petite idée, non ?

— Justement non. Pas la moindre idée. Je ne sais pas comment un enfant humain réagit dans ce genre de situation. Qu'est-ce que tu aurais fait à sa place ?

— Ben, d'abord j'aurais essayé de faire demi-tour, puis j'aurais exploré les alentours de la porte. Ensuite, j'aurais choisi un des chemins et j'aurais marché. Le soir, je me serais cherché un arbre pour dormir, ou une grotte ou quelque chose dans ce genre.

— Oui, seulement il n'était nulle part à des kilomètres à la ronde, je l'aurais senti. Et Arak l'aurait senti aussi.

Claire réfléchit.

— En trois jours, il a pu faire combien de kilomètres ?

— Pas plus de vingt par jour. C'est encore un gamin. Donc ça en fait une soixantaine depuis qu'il a disparu.

— Tant que ça ? Mais alors, il peut être beaucoup plus loin que la région qu'on a explorée. Il faudrait qu'on soit beaucoup plus nombreux.

— J'ai une idée. Dès qu'on sera de retour à la cité, je demanderai à mes amis de se mettre à sa recherche. Pour des fées, ce sera un jeu d'enfant de le retrouver.

La mort dans l'âme, Claire reconnut que c'était effectivement la meilleure solution.

— Et si c'était la « chose » d'hier soir ? demanda Benoît.

Les filles le regardèrent sans comprendre.

— Ben oui, la créature qui nous épiait. Elle a peut-être bouffé le gamin et ensuite elle a pris goût aux humains et elle a eu envie de continuer le festin.

Ileana leva les yeux au ciel.

— Vraiment n'importe quoi ! Puisque je te dis que la « chose » n'était pas méchante.

— Mais vous ne trouvez pas bizarre qu'elle ait déguerpi précisément au moment où on est sortis de la cabane hier soir ? répliqua Benoît

— Pourquoi ?

— Parce qu'à ce moment-là, comme la nuit venait de tomber, elle a pu voir nos auras. Et ça a dû lui ficher la trouille.

— Pourquoi ça lui aurait fait peur ? Toutes les créatures d'ici savent que les fées et les elfes ont une aura, et ça ne nous rend pas dangereux pour autant.

— Parce que ce n'était pas une créature comme les autres. La preuve, tu n'as même pas été capable de dire ce que c'était. Si ça se trouve, la bestiole a dû se dire qu'avec cette lueur bizarre, on ne devait pas être comestible.

Claire secoua la tête, atterrée.

— Ça y est, le syndrome de l'amanite tue-mouches a encore frappé. Ce qui m'étonne, c'est qu'il n'ait pas encore décrété qu'on devait être radioactifs…

Ileana les stoppa net.

— Bon, on a perdu assez de temps comme ça. On a quelques heures de route devant nous, je propose qu'on s'y mette tout de suite.

Astara fit demi-tour, les jumeaux remontèrent sur le dos d'Arak qui ne manifestait aucun signe de fatigue, et l'étrange groupe s'élança en direction de la mystérieuse Illiriane.

3

Illiriane

Juchée sur le dos d'Astara, Ileana contemplait sans mot dire le bouquet d'arbres dévasté qui avait été Illiriane la magnifique.

Pour une fois muet, Benoît, sagement assis sur le dos d'Arak derrière sa sœur, attendait que la fée parle enfin. Il n'aimait pas du tout sa mine sombre.

Et il était curieux d'approcher du bosquet. De la petite éminence où ils étaient, il ne voyait rien d'autre qu'un groupe d'arbres dont certains étaient coupés en deux, et des tas de branches par terre, comme après un ouragan. Mais il n'apercevait pas les petites maisons des fées à cette distance.

Ileana poussa un gros soupir.

— Astara m'avait prévenue que ce n'était pas beau à voir, mais c'est pire que ce que je pensais. Le jour même, je ne m'étais pas retournée, je ne pensais pas que les trolls du seigneur noir avaient saccagé la cité à ce point. Mais pourquoi ont-ils fait ça ? Qu'est-ce que ça pouvait leur apporter ? Je ne comprends pas…

— Pas besoin de chercher à comprendre, c'est comme ça. Il y a toujours des sales c.... qui aiment bien casser, ils s'éclatent comme ça, répondit Benoît qui ne se faisait plus trop d'illusions sur la bonté des gens après tant d'années passées au foyer.

Ileana soupira de nouveau et fit avancer Astara jusqu'à la lisière de la cité. Elle descendit de la licorne et s'agenouilla, désolée, pour prendre dans ses mains un morceau de maison qui avait volé jusque là.

Le cœur des jumeaux se serra : on reconnaissait un bout de balcon, avec sa jolie rambarde sculptée…

Ileana reposa soigneusement le morceau et grimaça. Elle ne savait pas quoi faire. Elle regarda autour d'elle, il n'y avait pas âme qui vive. Où étaient donc les fées ? Elle lança son esprit vers la cité : personne, à part quelques animaux venus s'installer là et qu'elle allait faire déguerpir de ce pas !

— Bon, je vais aller faire un tour, attendez-moi là.

Benoît se cabra.

— Et pourquoi on ne vient pas avec toi ?

Ileana lui jeta un regard noir.

— Le jour où tu sauras rapetisser, on en reparlera. Je n'ai pas envie de te voir écraser les maisons avec tes gros sabots !

Et, changeant de taille, elle entra dans la cité que jonchaient des débris d'arbres et de maisons.

Partout, ce n'était que désolation. Là une branche pendait lamentablement avec sa grappe de petites maisons encore accrochées, là les passerelles aériennes avaient été mises bas, là encore le bassin n'était plus qu'une flaque de boue… Tous ces endroits familiers avaient été ravagés dans un moment de cauchemar.

Une froide colère contre les envahisseurs la submergea. Et ce fut une famille de mulots qui en fit les frais. Ils s'étaient installés dans des petites maisons encore intactes entre les racines d'un chêne. En voyant leur sans-gêne, le sang de la jeune fée ne fit qu'un tour.

— Allez-vous en, crotte de troll ! Vous n'avez rien à faire ici ! Allez ouste, avant que je ne vous transforme en champignons !

La mère mulot prit ses grands airs.

— Mais qu'est-ce qu'elle nous veut, celle-là ? On était là avant vous, d'abord ! On y est, on y reste !

Ileana fulminait. C'est sûr, sa petite taille n'avait rien d'imposant. En prenant grand soin de poser ses pieds à des endroits dégagés, elle entreprit de multiplier sa taille par cinq et elle saisit par la peau du cou la mère mulot, qui ne faisait plus la fière. En quelques enjambées prudentes elle fut à la lisière et envoya valdinguer le rongeur qui poussait des cris perçants. Sa famille ne demanda pas son reste et s'enfuit précipitamment.

Son action énergique accomplie, Ileana se sentit un peu honteuse. Sans dôme de protection et en l'absence de toute habitante, il était normal que des animaux se soient installés dans la cité. Elle se mettait à trop ressembler aux humains !

Elle aperçut Benoît qui s'était assis dans l'herbe à quelques pas de là et qui lui faisait des signes enthousiastes, mais elle lui tourna le dos sans lui répondre. Elle voulait aller jusqu'au palais.

Mais d'abord, rapetisser.

Elle s'engagea à nouveau sous les frondaisons et s'enfonça dans la cité en essayant de ne pas pleurer à la vision des maisons détruites.

En arrivant dans la clairière centrale, elle ralentit le pas, le cœur serré : l'énorme chêne multiséculaire était fendu en deux sur toute sa hauteur, mettant à nu l'architecture compliquée du palais.

Bouleversée, elle s'approcha et comprit la raison de ce saccage : la grande salle avait été éventrée et son sol arraché : la pierre des fées avait disparu !

Alors elle porta les mains à son visage et éclata en sanglots. Qui avait pu faire une chose aussi incompréhensible, et pourquoi ?

Et si le vol de la pierre était le but de l'expédition, pourquoi avoir emmené aussi ses parents ? Quels sombres desseins y avait-il derrière tout cela ?

Elle resta prostrée quelques instants, à pleurer sur le sort de son peuple et à s'interroger sur ces événements. Puis sa nature combative reprit le dessus et elle se remit debout. Avant de repartir, elle voulait repasser par sa chambre pour y prendre quelques objets.

Elle atteignit celle-ci par le balcon et vit tout de suite le message, brillant de tous ses feux au-dessus de son lit :

« Ileana, on est à la cabane. Les Quatre. »

Une joie indescriptible l'envahit. Elle n'était plus seule, ses amies l'attendaient. Tout allait s'arranger.

Elle jeta un rapide coup d'œil autour d'elle et ressortit aussitôt. Pas de nostalgie inutile, bientôt toutes reviendraient vivre ici. On allait reconstruire et oublier.

Elle se précipita hors de la cité, reprit sa grande taille et courut vers les jumeaux.

— Il y avait un message de mes amies ! Elles m'attendent à la cabane.

Coupant court aux questions du garçon, Ileana sauta sur sa licorne, et les jumeaux grimpèrent maladroitement sur Arak. Dès qu'ils furent assis, Arak s'élança à la suite d'Astara qui filait ventre à terre vers la forêt toute proche.

Benoît maugréait. Il avait l'impression d'être ballotté par les événements et de ne rien contrôler, et il n'aimait pas beaucoup ça. Déjà tout à l'heure, il n'avait quasiment rien vu de la cité. Il aurait aimé farfouiller un peu, rien qu'un peu, il serait gentiment resté au bord et n'aurait rien abîmé. Mais Claire l'avait attrapé par la manche et l'avait traîné sans ménagements à plusieurs mètres de là. Un vrai molosse.

Il suffisait qu'Ileana dise « pas touche » pour que Claire se transforme en chien de garde. Pff !

Et là, c'était reparti pour un voyage à dos d'ours ! Ç'avait été marrant les vingt premières minutes, mais là basta !

Soudain, Arak stoppa net. Benoît poussa un cri de stupéfaction.

Devant eux coulait la Drasque ! Il se retourna pour faire part à Ileana de son importante découverte, mais elle n'était plus là.

Claire lui indiqua du menton un beau saule qui trempait sa chevelure argentée dans les eaux du fleuve. Là, Ileana, à nouveau métamorphosée en fée Clochette, se tenait à l'entrée d'une cavité naturelle du tronc et piaillait à qui mieux mieux. Puis elle disparut à l'intérieur et Benoît, que sa mauvaise humeur reprenait, s'apprêta à se tourner les pouces quelques heures. Mais il n'eut pas à attendre longtemps, car Ileana réapparut au bout de quelques minutes, suivie par quatre petites silhouettes ailées.

La bande de fées reprit taille humaine devant les jumeaux abasourdis : à côté d'Ileana se tenaient quatre magnifiques fées, deux filles et deux garçons !

Ileana, rayonnante, fit les présentations.

— Benoît et Claire, je vous présente mes meilleures copines, ou copains, puisque dans votre langage le masculin l'emporte : Alwena et Alixen, ainsi que Aodren et Alsander. On se connaît depuis toutes petites et on ne s'était jamais quittées.

Et, prenant les jumeaux par les épaules, elle s'adressa aux fées dans leur langue :

— Et voilà les deux humains qui m'ont aidée à revenir du monde-du-dehors, Claire et Benoît.

Benoît, ravi, s'avança vers la belle Alixen et se pencha pour lui faire la bise. La fée éclata de rire et fit un bond en arrière en regardant Ileana d'un air interrogateur.

— Oui, évidemment, on n'a pas vraiment les mêmes coutumes. Non, Alixen, Benoît n'essayait pas de te mordre, il voulait te dire bonjour à la manière des humains.

Ce qu'elle traduisit à l'usage de Benoît.

Le garçon, un peu vexé, n'avait pas l'intention de se couvrir à nouveau de ridicule, mais Alixen se planta devant lui avec un large sourire. Alors il lui plaqua un sonore bisou sur chaque joue et fit de même avec Alwena.

Les deux faés firent de même avec Claire et s'avancèrent vers Benoît pour subir le même sort.

Quand le garçon comprit ce qu'ils voulaient, il se raidit et prit un air outragé. Ileana éclata de rire.

— Non, les garçons ne se font pas la bise, ils se serrent la main.

Alsander saisit des deux mains la main de Benoît et la secoua comme un prunier. Claire et Ileana étaient mortes de rire.

Ileana proposa qu'on s'asseye pour discuter.

— On n'a qu'à parler français, mes amies comprendront de toute façon par télépathie. Et je vous traduirai ce qu'elles, pardon, ce « qu'ils » diront.

Les quatre amis d'Ileana regardaient les jumeaux avec une curiosité visible.

Ileana sourit.

— Je leur ai dit qui vous étiez. Ils ont été aussi estomaqués de savoir que j'étais allée dans le monde-du-dehors, que vous l'avez été ce fameux jour à l'infirmerie, quand je vous ai annoncé que j'étais une fée. Et là, s'ils se retiennent de vous examiner sous toutes les coutures, c'est juste parce que ça ne se fait pas.

Aodren dit quelque chose à Ileana d'un ton interrogatif. Elle se lança dans de longues explications puis se tourna vers les jumeaux.

— Elles voudraient que je leur raconte comment vivent les humains, comment est le monde-du-dehors, ce que j'ai fait là-bas pendant ces deux décades… puisque pour elles, trois semaines seulement se sont passées depuis cet affreux jour. Mais je leur ai répondu que je préférais attendre que toutes les fées soient à nouveau réunies, car il y a tant à dire et je n'ai pas envie de le répéter trente-six fois. Il est plus urgent que je leur demande des nouvelles de tout le monde…

S'ensuivit une longue conversation entre Ileana et ses quatre amis, dans une langue mélodieuse et étrange. Claire se fit la réflexion qu'elle l'apprendrait volontiers, tandis que Benoît dévisageait les deux amies d'Ileana en se disant que les crétins du foyer n'avaient jamais côtoyé de filles aussi canon.

Ileana entreprit de traduire au fur et à mesure ce que les Quatre lui racontaient.

— Elles disent avoir vu la horde détruire le palais et emporter la pierre. Des fées ont quitté la cité de tous les côtés, certaines se sont terrées en attendant qu'ils s'en aillent. Mes amies sont venues vers le palais pour savoir ce qui se passait, mais elles ont dû faire demi-tour. Elles sont venues se cacher dans notre cabane et ne sont retournées à la cité que le lendemain ; c'est à ce moment qu'elles m'ont laissé un message. Elles ont supposé que les fées s'étaient cachées chez les dryades les plus proches et sont allées voir là-bas si j'y étais, puis elles sont revenues ici pour m'attendre…

Benoît l'interrompit.

— Ils n'ont pas pensé que tu avais pu être emmenée avec tes parents ?

— Non, parce qu'une suivante de mes parents, Aïnara, a réussi à se cacher et n'a pas été emmenée par la horde. Elle a certifié que je n'étais pas avec eux.

Claire sortit de son mutisme.

— Est-ce que tu leur as demandé s'ils avaient revu ta tante ?

Ileana s'anima.

— Non, tu as mille fois raison, je ne leur ai pas encore posé la question !

Les jumeaux ne comprenaient pas un traître mot de la conversation, mais ils virent l'étonnement et l'incompréhension se dessiner sur le visage expressif de leur amie.

— Je ne comprends pas, personne ne l'a vue !

— Depuis le jour de l'attaque ? C'est normal, elle est passée tout de suite à l'action, expliqua Benoît.

— Non, personne ne l'a vue le jour même ! Il n'y a que moi qui l'aie vue...

Claire tenta de la rassurer.

— Ça s'explique assez facilement : elle t'a rencontrée alors qu'elle était sur le chemin menant à la cité. Elle te trouve, tu lui racontes toute l'histoire, elle prend immédiatement la mesure qui s'impose pour te mettre à l'abri. Ensuite, comme l'a dit Benoît, elle s'organise pour arranger la situation.

— Mais pourquoi aurait-elle fait ça sans l'aide des fées ?

Benoît prit un air entendu.

— Je ne veux pas te vexer, ma chère, mais d'après ce que tu nous as raconté, c'est plutôt des plats de nouilles, tes fées.

— Oooh !

— Je veux dire qu'elles sont sans doute bien gentilles, mais pour aller tirer tes parents des griffes du seigneur noir, elles ne faisaient pas le poids. Ta tante n'allait pas s'encombrer de nanas qui passent leur temps à bouffer ou à jouer !

— Tu en as du culot, toi ! répliqua Ileana, furieuse. Je ne sais pas ce qui me retient de te...

Une main apaisante se posa sur le bras d'Ileana. C'était Aodren qui avait compris ce que disait Benoît et qui voulait empêcher sa bouillante amie de le transformer en salsifis. Il se lança dans une longue phrase qui eut pour effet de détendre visiblement Ileana.

— Euh, kèskidi ? osa demander Benoît.

Ileana lui lança un regard noir. Tellement curieux que rien ne le ferait jamais taire, ce garçon !

— Il veut savoir ce qu'Isdragarn vient faire dans cette histoire. Ouh là, je sens que ça va être compliqué de tout expliquer.

Claire prit la parole.

— Je pense que tu as eu raison de proposer de tout raconter à l'ensemble des fées, par exemple à une veillée. Il me semble que c'est comme ça que vous fonctionnez d'habitude, non ?

Ileana sourit et embrassa son amie.

— Ma Clairette, tu es géniale. C'est ce qu'on va faire ! Je vais demander à mes amies d'aller récupérer tout le monde chez les dryades et on fera une veillée ce soir. Ça me permettra de montrer que je n'ai pas été enlevée avec mes parents, de raconter ce que je sais du monde-du-dehors, et aussi de mettre certaines choses au point... Par exemple, je ne comprends pas bien pourquoi elles se sont toutes planquées, au lieu de se mettre au boulot et de reconstruire. Elles vont m'entendre, croyez-moi !

Et, tandis que la jeune fée donnait ses instructions à ses amis, Benoît marmonna :

— Je l'avais bien dit, moi, que c'était des plats de nouilles !

4

Récit de voyage

Cachés derrière l'un des piliers du dolmen, les jumeaux regardaient bouche bée la clairière se remplir de monde.

Ileana leur avait recommandé de se tenir là et de ne se montrer que lorsqu'elle le leur dirait : en fait, ça ressemblait plus à un ordre qu'à un conseil, se dit Benoît, un peu agacé.

Il aurait préféré explorer la clairière, aller à la rencontre des fées et faés tandis qu'ils – ou elles, comme dirait Ileana – s'installaient par dizaines sur les gradins.

Avec un gros soupir de frustration, il décida d'être sage et se mit à détailler le décor pour passer le temps.

La clairière était le lieu de réception situé en dehors de la cité, où les fées recevaient les non-fées. Cela ressemblait un peu à un théâtre antique, avec des gradins de bois qui épousaient une muraille de rochers granitiques formant un demi-cercle. Par endroits, la ramure des arbres faisait office de toit, à d'autres on avait construit des dais pour protéger les gradins. Mais toutes ces constructions légères n'offraient que peu de ressemblance avec ce que connaissait le garçon. Ici, la pierre, le bois et les arbres paraissaient si naturellement entremêlés que l'impression en était étrange.

L'autre côté de la clairière offrait un aspect plus traditionnel, avec le large chemin par où ils étaient arrivés, une ceinture d'arbres, et, à l'opposé, un sentier qui menait au fleuve.

Mais l'élément le plus insolite était sans conteste le dolmen contre lequel ils s'appuyaient. Situé au milieu de la clairière, face aux gradins, il devait tenir lieu de scène ou d'estrade, pensa Benoît.

Claire s'était tranquillement assise derrière un des piliers, d'où elle pouvait observer sans être vue. Elle avait été sensible à la beauté du décor, mais ce qui l'intéressait par-dessus tout, c'était les gens. Et là, elle était servie ! Les fées et faés, qui continuaient d'arriver nombreux, étaient tous plus beaux et mieux habillés les uns que les autres. Et bavards ! L'endroit bourdonnait comme une ruche.

Claire se demanda si Ileana arriverait à se faire entendre dans un tel brouhaha.

Elle eut la réponse à sa question quelques instants plus tard. Ileana parut, monta sur le dolmen et étendit les bras. Aussitôt les bavardages cessèrent, les retardataires s'assirent et tout le monde la regarda attentivement.

Ileana sourit et adressa à la foule quelques phrases qui déclenchèrent une salve d'applaudissements. Puis les Anciennes, assises au premier rang – Benoît était persuadé qu'elles étaient dures de la feuille – se levèrent pour entonner un hymne, aussitôt repris par toutes les fées.

Soudain, Ileana se tourna vers le chemin et l'hymne mourut sur toutes les lèvres.

Un dryade se tenait à l'entrée de la clairière.

Son apparence différait de celle des faés. Il avait de longs cheveux châtains, et portait un pantalon moulant et des bottes, ainsi qu'un court boléro qui ne laissait rien ignorer de ses muscles puissants et des tatouages verts qu'il arborait sur les bras. Et surtout, ce qui choqua toutes les fées présentes, il portait un carquois et des flèches.

Il prit la parole d'une voix forte :

— Dame Ileana, je me nomme Aslan. La reine des dryades, Dame Isilda votre tante, m'envoie auprès de vous comme ambassadeur et comme gardien. Puis-je parler librement ?

Ileana fronça les sourcils dans un geste fort peu protocolaire. Qu'est-ce que ce casse-pieds venait faire ici précisément ce soir ? Il s'était sans doute contenté de suivre toutes les fées qui s'étaient cachées quelque temps dans sa cité et qui revenaient ce soir à Illiriane…

Mais s'il venait de la part d'Isilda, elle ne pouvait pas faire autrement que de lui accorder cette audience, même si le moment était singulièrement mal choisi !

— Je vous en prie, Messire, parlez, dit-elle en utilisant la même manière pompeuse de parler.

Aslan avança de quelques pas. Tout son être respirait la force et l'assurance. L'assemblée attendait la suite, fascinée.

— Dame Isilda vous assure de son soutien et de son affection en cette période troublée. Les dryades mettent leurs forces à votre service et leur reine se tient à votre disposition pour vous aider et vous guider. Dame Isilda m'a également ordonné de garantir votre protection et de vous suivre comme votre ombre. Enfin, elle vous rappelle respectueusement que le moment de votre initiation est arrivé et suggère que vous la fassiez sans tarder chez les dryades, puisque votre mère n'est hélas plus là pour s'en charger.

Ileana se cabra.

— Messire Aslan, je vous remercie de vous faire l'ambassadeur de ma tante Isilda, dont le soutien me réconforte dans ces moments difficiles. Cependant, je n'ai nul besoin de protection. Et je vous saurais gré de ne point me nommer Dame, puisque seule ma mère peut porter ce titre !

Le dryade s'avança jusqu'au pied du dolmen et s'inclina devant Ileana.

— Damoiselle, je vous prie d'accepter mes excuses, je ne voulais point vous offenser. Mais je vous conjure de regarder la situation en face : votre mère n'étant plus présente, c'est vous qui êtes la Dame de ce peuple en son absence. Et quant à n'avoir pas besoin de protection, permettez-moi d'en douter ! Votre mère elle-même, la plus puissante d'entre toutes, n'a pas pu résister à l'attaque. Et, dans ces circonstances, vous ne sauriez remettre à plus tard votre initiation qui accroîtrait vos pouvoirs de façon considérable !

Ileana dut se rendre à ses raisons et répondit d'assez mauvaise grâce :

— Soit, Messire Aslan, j'accepte donc votre protection et vous promets d'aller rendre très bientôt visite à ma tante Isilda. Je vous prie de prendre place parmi mes sœurs et de vous considérer ici comme chez vous.

Aslan s'inclina à nouveau et se dirigea vers les gradins où les fées s'écartèrent avec empressement pour lui faire de la place.

Benoît, toujours caché derrière son pilier, n'avait pas perdu une miette de la scène.

— Non mais, qui c'est ce bellâtre avec ses biscottos à la Schwarzy ? grommela-t-il. Il débarque sans prévenir et tout de suite il fait des ronds de jambe et des simagrées ! Et regardez-moi ces nénettes qui se disputent pour l'avoir à côté d'elles, moi ça m'écœure !

Ileana jeta un coup d'œil circulaire. L'arrivée de l'archer dryade avait coupé son élan. La veillée promettait d'être chaleureuse, de gaies retrouvailles avec ses sœurs, et voilà que les choses prenaient un tour plus officiel. Elle n'avait aucune envie de déballer son histoire devant cet inconnu ! Elle ne pouvait pas le renvoyer d'où il venait, mais elle pouvait très bien l'ignorer autant que possible. Oui, c'est ce qu'elle allait faire.

Elle inspira un bon coup, coiffa des deux mains sa crinière blonde en arrière et se lança.

— Comme je vous l'ai dit en introduction, je ne suis pas tombée dans le traquenard, j'étais trop en retrait. Maman m'a ordonné de fuir, et c'est ce que j'ai fait. Dans la forêt, j'ai rencontré ma tante Isdragarn qui venait à notre rencontre. Elle m'a convaincue du danger qu'il y avait à rester ici et de la nécessité de me cacher là où nul ne penserait à venir me chercher : dans le monde-du-dehors !

Un murmure s'éleva dans la foule.

Quelqu'un cria :

— Mais nous pensions que le monde-du-dehors était une légende !

— Non, il existe vraiment, et tout près de nous. On y entre par une porte située non loin des Pierres Blanches. C'est d'ailleurs curieux, certaines choses d'Edelynn se retrouvent de l'autre côté, les pierres ou le fleuve, par exemple. Mais le monde-du-dehors est très différent du nôtre. Tout y est triste, les maisons, les forêts…

— Et les humains ? Sont-ils des monstres ?

Ileana sourit en secouant la tête.

— Non, pas du tout ! Ils nous ressemblent beaucoup, mis à part qu'ils ne peuvent pas se transformer. J'ai d'ailleurs une surprise pour vous, j'en ai amené une paire…

La foule se leva, surexcitée, et tout le monde se mit à parler en même temps. Aslan restait calmement assis et la fixait intensément.

Ileana s'adressa aux jumeaux.

— Venez maintenant, montrez-vous !

Benoît ne se fit pas prier : il se plaça devant le dolmen avec toute l'assurance dont il était capable, suivi par une Claire assez intimidée.

Le volume des conversations monta d'un cran.

Ileana leva à nouveau les bras pour obtenir le silence.

— Sont-ils apprivoisés ? demanda quelqu'un.

Ileana faillit éclater de rire et se félicita que les jumeaux ne comprennent pas les questions.

— Pour la plupart des choses, ils sont comme vous et moi. Au cours des nombreuses lunes que j'ai dû passer là-bas, car le temps ne s'écoule pas de la même façon dans nos deux mondes, ils sont devenus mes amis. Ils m'ont aidée quand j'étais seule et perdue, et c'est grâce à eux que j'ai pu retrouver le chemin d'Edelynn. Il y a des humains brutaux et pas sympathiques, et il y en a de très gentils. Ceux-ci sont chers à mon cœur, et j'aimerais que vous leur fassiez le meilleur accueil.

À nouveau la foule se leva et applaudit.

— Qu'est-ce qui se passe ? demanda Benoît, surpris.

— On vous acclame ! Vous êtes les héros du jour, dit Ileana en souriant.

Benoît se rengorgea et prit des poses.

Alors Alixen et Alwena vinrent chercher les jumeaux pour les emmener vers les gradins, et Benoît tira beaucoup de satisfaction des regards curieux que lui jetaient les fées et de leurs sourires engageants. Il se permit même le luxe de jeter en passant un regard condescendant au bel archer dryade. Enfin il avait son moment de gloire !

Les jumeaux s'assirent avec les Quatre, et le brouhaha se calma.

Puis Ileana reprit sa conférence, souvent interrompue par les questions qui fusaient de partout.

Elle raconta les longues lunes d'attente, les rendez-vous manqués, l'automobiliste et son véhicule qui lui avait fait si peur, le foyer et sa faune étrange, les éducateurs, la vieille ville de Candoret avec sa magnifique cathédrale, les trains et les bus, les manèges, les ordinateurs et la télévision, les brioches et les pâtisseries, l'excursion à la mer, les virées nocturnes et solitaires, le méchant concierge et son chien malade, l'affaire des fleurs, l'infirmerie et ses aveux aux jumeaux, l'aide qu'ils lui avaient apportée en réfléchissant ensemble et en surfant sur Internet, monsieur Guillemin le vieux libraire, la porte du vent qui ne fonctionnait plus, Colette et Xavier, les ruines romaines, le petit Nicolas...

Les fées ne comprenaient pas tout ce dont elle parlait, mais elle promit de revenir plus en détail sur ses aventures un peu plus tard.

La veillée dura fort longtemps. Les fées paraissaient être d'infatigables curieuses, et Benoît avait du mal à garder les yeux ouverts, d'autant qu'il ne comprenait pas un mot de ce qui se disait. Il se mit à dodeliner de la tête et se serait peut-être endormi sur l'épaule de sa sœur, à sa grande honte, si Alixen n'avait pas proposé un grand goûter pour le remettre d'aplomb.

Aussitôt pâtisseries et gourmandises apparurent, tirées de nulle part, et tout le monde se mit à festoyer dans un joyeux désordre. Benoît recouvra instantanément une forme olympique et ne se fit pas prier pour goûter aux spécialités féeriques.

Les fées et faés s'étaient massés devant le gradin des jumeaux pour mieux les apercevoir, et tout ce monde riait de voir le garçon s'empiffrer avec tant d'ardeur. Certaines fées lui faisaient d'aguichants sourires et l'une d'elle s'enhardit même à toucher l'étrange mèche blanche qui barrait sa chevelure noire.

Bref, la soirée s'annonçait sous les meilleurs auspices pour le garçon.

Quant à Claire, elle distribuait des sourires tout autour d'elle et trouvait toutes ces personnes très attachantes. Elle engrangeait tous les détails de ces merveilleux moments qui feraient des souvenirs inoubliables.

Puis même les fées semblèrent ressentir de la fatigue et commencèrent sans façon à s'installer un peu partout pour la nuit, certaines dans la clairière, d'autres sur les gradins, d'autres encore au bord du fleuve.

Les jumeaux rejoignirent Ileana en compagnie de ses quatre amis. Elle était en grande conversation avec les Anciennes.

À leur arrivée, elle prit congé d'elles et se tourna vers Benoît d'un air railleur.

— Ça va, pas trop dure la vie, Benoît ?

— Non, ça baigne ! Je crois que je ne vais jamais retourner au foyer. C'est décidé, je reste ici avec vous tous, c'est vraiment trop cool.

— À ta place, je m'ôterais ça de la tête. Je viens d'ailleurs de dire aux Anciennes que j'aimerais leur parler en particulier demain. J'ai pas mal de questions à leur poser, notamment au sujet des portes. Tu vois, ça te concerne directement.

— Ce que tu peux être vache, pourquoi tu casses toujours mes rêves ?

— Mais il n'a jamais été question que tu restes là, Benoît. On avait dit juste quelques jours ! Vous n'appartenez pas à ce monde, vous devez retourner chez les humains, vos semblables.

Devant la mine sombre de Benoît, Ileana se dit qu'il serait toujours temps le lendemain de parler des choses désagréables.

— En attendant, on va faire notre petit campement à nous, tu viens ?

Ileana entraîna le groupe hors de la clairière en faisant mine de ne pas voir Aslan qui ne la quittait pas des yeux.

Et les sept jeunes gens s'installèrent un peu à l'écart pour cette deuxième nuit à Edelynn.

5

Distribution de corvées

Le lendemain fut beaucoup moins drôle. Et Benoît n'était sans doute pas le seul à le penser.

Après le petit déjeuner et les inévitables jeux sur la plage et dans l'eau – une démonstration époustouflante de ce que pouvaient faire des fées –, Ileana sonna le rappel des troupes et rassembla tout ce petit monde indolent dans la clairière.

Les fées et faés s'installèrent à nouveau sur les gradins, persuadés d'entendre la suite des aventures d'Ileana. Ce n'était certes pas habituel, on gardait en général cela pour les veillées, mais tout était un peu différent ces temps-ci, n'est-ce pas ?

Cependant elles déchantèrent vite, car il apparut dès ses premiers mots qu'Ileana n'était pas là pour leur raconter des histoires, mais bel et bien pour leur secouer les puces.

Claire avait bien tenté de lui faire remarquer lors du petit déjeuner que les fées n'étaient sans doute pas habituées à travailler, ni à être rudoyées. Mais Ileana, qui était bouillante de nature et que son passage chez les humains n'avait pas calmée, n'en démordait pas : il fallait reconstruire la cité, et vite.

Les Anciennes semblaient assez offusquées de ces manières brutales. Chez les fées, on n'avait pas l'habitude d'être si direct, on pérorait, on enjolivait, on s'égarait en circonlocutions avant d'aborder un sujet en général banal. De plus, la Damoiselle s'était adressée à toutes au lieu d'en parler d'abord aux Anciennes, voilà qui était fâcheux.

Ileana n'avait pas du tout l'intention de respecter les traditions, elle n'avait pas de temps à perdre.

Benoît ne comprenait rien à son discours, mais elle leur en avait esquissé les grandes lignes le matin même, et il s'amusait beaucoup de voir les têtes constipées des Anciennes. Des Anciennes qui, s'il avait bien compris, devaient avoir entre 700 et 1000 ans, en âge fée, ce qui faisait des milliers d'années en âge humain. Pourtant la plupart n'en paraissaient pas plus de 45 : comme partout il y avait des coquettes qui refusaient l'emprise de l'âge, et d'autres qui s'en fichaient et affichaient sans complexes des joues parcheminées.

Claire suivait aussi les phases du discours sur les visages des gens, et elle espérait que son amie ne se mettrait personne à dos. Pas évident de gouverner un peuple en étant si jeune et inexpérimentée !

Ileana avait renoncé à comprendre pourquoi personne n'avait pris l'initiative de reconstruire en son absence. Certaines avaient donné des éléments de réponse : peur que les autres reviennent, absence de la reine, sentiment d'impuissance absolue, laxisme, insouciance… c'était un peu tout ça.

Avec énergie et détermination, elle identifia celles et ceux qui pouvaient prendre la tête des opérations, fées architectes entre autres, et leur demanda de former des groupes pour remettre tout en état.

On lui fit remarquer que beaucoup d'arbres avaient tant souffert que le savoir des fées jardinières ne suffirait pas. Elle rétorqua qu'il suffisait de s'adjoindre l'aide de dryades qui étaient les spécialistes des arbres et demanda ironiquement à Aslan s'il pensait cela possible.

L'archer sembla ne pas s'offusquer de l'humeur d'Ileana et l'assura avec sa courtoisie parfaite de l'aide de son peuple.

Ayant distribué du travail et des instructions à une partie de l'assemblée, Ileana poursuivit :

— Il y une autre chose urgente dont je dois vous parler : un enfant humain a disparu dans la forêt qui se trouve sur la frontière entre nos deux mondes. Il est plus que vraisemblable qu'il soit entré à Edelynn, et je sais, pour en avoir fait la cruelle expérience, que les portes ne fonctionnent pas dans les deux sens. Ce petit garçon doit errer depuis des jours dans la forêt, et nous devons absolument lui porter secours.

Aussitôt de nombreuses fées et faés se portèrent volontaires pour aller à la recherche de Nicolas.

Ileana leur donna tous les renseignements dont elle disposait quant à son apparence et à la localisation de la porte de pierre. Des dizaines de fées promirent d'y aller dès la fin de la réunion.

Ileana médita quelques secondes puis s'adressa à tous d'une voix ferme.

— J'en viens maintenant au plus important. Nous avons vécu en paix pendant des millénaires. L'attaque de notre cité est incompréhensible et marque le début d'une nouvelle époque, et je crains que nous ne puissions continuer à vivre comme avant. Nous ne savons pas où ont été emmenés mes parents et nos sœurs, ni dans quel but. Il nous faut les retrouver, les délivrer, et peut-être même lutter contre ceux qui ont fait ça.

Un murmure s'éleva dans la foule.

Une Ancienne exprima à haute voix ce que tout le monde pensait tout bas :

— Mais que pouvons-nous faire ? Comme tu l'as dit, nous ignorons qui a fait cela, et d'où cette horde venait. Nous sommes impuissants !

Ileana agita un poing vengeur.

— Non ! Non, nous ne pouvons pas rester comme un troupeau de moutons à attendre qu'ils reviennent, ou à nous demander tristement ce que sont devenus nos proches ! Il faut agir ! Quelqu'un a forcément vu quelque chose, un détail qui nous mettra sur la voie...

À ce moment, Ileana vit le regard intense d'Aslan vrillé sur elle, et elle rougit.

Elle se reprit et cria :

— Si l'une d'entre vous a vu quelque chose ce jour-là, qu'elle parle !

Un brouhaha emplit la clairière.

— C'étaient des trolls !

— Ils étaient armés...

— Il y avait des nains parmi eux !

— Il y avait un cavalier avec une cape noire.

Ileana acquiesçait, fébrile, et interrogeait les gens des yeux.

Une fée s'avança. Ileana la connaissait très bien, c'était l'une des amies de sa mère.

— Aïnara ! La grande Mère soit louée, tu n'as pas été emmenée avec eux !

— Non, Damoiselle, j'étais en arrière, et j'ai eu si peur en voyant la troupe que j'ai rapetissé en sortant de la cité, au lieu de faire comme votre mère et sa suite. J'ai assisté à toute la scène sans qu'on me voie, et j'ai pu m'enfuir.

Ileana, bouleversée, sauta à bas du dolmen pour s'avancer vers elle et la supplia de dire ce qu'elle avait vu.

La foule silencieuse était suspendue à ses lèvres.

— Les autres ont bien décrit la horde. Il y avait des trolls, quelques nains. Ils étaient plusieurs dizaines, certains revêtus d'armures, armés de couteaux, de lances et de masses. Ils criaient, poussaient des ricanements horribles. Un cavalier se tenait caché au milieu d'eux, il était grand et vêtu de noir, mais je n'ai pas pu distinguer son visage. C'était le seul à avoir une monture, je pense. Votre mère s'est avancée vers eux, suivie d'Aldric votre père, ainsi que d'Adara et Amilrad. Elle leur a demandé d'une voix forte ce qu'une armée venait faire dans son paisible pays. Et là…

Des larmes plein les yeux, Ileana la pressa de continuer.

— J'ai entendu un sifflement intolérable et ressenti une force mentale formidable qui m'a fait tomber à terre et qui m'a privée de connaissance pendant quelques secondes. Lorsque j'ai repris mes esprits, la Dame était enchaînée, on lui avait passé un collier métallique autour du cou. Je l'ai entendue crier à votre adresse, Damoiselle, puis la horde s'est ébranlée. Je vous demande pardon !

Et Aïnara tomba aux genoux d'Ileana en pleurant.

Ileana tenta de la remettre debout.

— Aïnara, je t'en prie, cesse de pleurer ! Tu n'y es pour rien, tu n'aurais rien pu faire !

Aïnara sanglotait toujours.

— J'aurais pu essayer de les suivre, de voir où ils allaient, de les accompagner dans leur exil…mais j'ai été couarde, je n'ai pensé qu'à fuir ! Ma pauvre Dame, comme j'ai dû la décevoir !

— Mais non, Aïnara, tu n'allais pas te jeter dans la gueule du loup. Tu es bien plus utile à ma mère ici, à nous dire ce que tu as vu.

Aïnara cessa de pleurer. Elle fronça les sourcils, se souvenant d'un détail insolite.

— Il y avait une chose bizarre… Oui, des formes à l'arrière de la troupe. Je suis presque sûre que c'était des oiseaux, de grands oiseaux maigres, plus hauts que les trolls.

Les Anciennes s'entreregardèrent. L'une d'elle, nommée Athalpi, prit la parole.

— Peux-tu les décrire plus précisément, Aïnara ?

Alors Aïnara tendit la main, ferma les yeux et une forme se matérialisa sur sa paume, d'abord indistincte puis se précisant.

— Voici ce qu'il m'a semblé voir.

Athalpi hocha la tête.

— C'est ce que je craignais, cet oiseau est un tordakyl. Peu d'entre nous ont eu l'occasion d'en voir un, et pour cause : ce sont des créatures familières des elfes.

Cris de stupéfaction dans l'assemblée.

Benoît grimaça. Pourquoi la fée montrait-elle un ptérodactyle en 3D ? Y avait-il des monstres préhistoriques à Edelynn ?

Athalpi continua :

— Il est peu vraisemblable que des tordakyls se soient joints d'eux-mêmes à des trolls ou des nains. Je ne vois qu'une explication à cette étrange assemblage : le cavalier que plusieurs d'entre vous ont aperçu doit être un elfe. Et on peut se demander pourquoi les elfes feraient soudainement attaquer notre cité, alors que nous n'avons jamais été en conflit avec eux.

Ileana intervint.

— La horde qui nous a attaquées a dérobé la pierre des fées, peut-être était-ce là leur vrai but.

Athalpi riposta :

— La pierre était chez nous depuis le début des temps, pourquoi quelqu'un aurait-il subitement décidé de la voler ? Ça n'a aucun sens !

Ileana se tourna vers Aïnara.

— Ma chère sœur, tu nous as été d'une grande aide. Grâce à tes observations, nous savons dans quelle direction chercher.

Athalpi eut un hoquet.

— Mais, Damoiselle, tu n'as tout de même pas l'intention…

— D'aller chez les elfes leur demander des comptes ? Mais bien sûr que si ! Je ne vais pas rester là les bras croisés. Mais, ajouta-t-elle ironiquement à l'égard d'Athalpi qu'elle avait toujours prise pour une vieille bique prétentieuse, je ne te demanderai pas de te joindre à moi dans cette expédition, rassure-toi.

Aslan s'avança.

— Damoiselle, je serai des vôtres, je vous suivrai chez les elfes. Mais, au risque de vous irriter, je vous rappelle que votre tante vous attend préalablement pour votre initiation.

Ileana railla.

— Merci, Messire Aslan, votre proposition de me suivre comme mon ombre m'est d'un grand réconfort. Et j'ai bien noté que si je n'allais pas faire cette fichue initiation, vous me ramèneriez là-bas par la peau du cou. Mais auparavant, j'ai encore une petite chose à demander aux Anciennes.

Elle s'approcha des douze fées.

Marrant, comme elles réagissent toutes différemment, se dit-elle. Elles n'avaient jamais vraiment fait attention à moi, et voilà qu'elles sont obligées de m'écouter parler. Et certaines, comme cette bique d'Athalpi, auraient envie de me flanquer une fessée : d'autres, telle cette froussarde d'Astarath, me regardent avec inquiétude, comme si j'étais le loup dans la bergerie. Les autres me considèrent avec intérêt et même une pointe d'amusement, on dirait. Curieux comme on découvre les gens une fois qu'on est dans le pétrin.

— Quand Isdragarn m'a amenée à la porte, je n'ai pas fait attention au trajet, j'étais dans un état second. Je pense que je serais incapable de localiser cette fichue arche. Or il faut que je la retrouve pour ramener chez eux mes amis humains, et aussi le petit Nicolas, quand on l'aura retrouvé. Ma question est simple : où se trouve cette fameuse arche ?

Les douze Anciennes parurent mal à l'aise.

— Nous ne savons pas où elle se trouve.

— Vous n'allez pas me faire croire que vous, les Anciennes, n'êtes pas au courant ?

Athalpi prit un air venimeux.

— Insinuerais-tu que les Anciennes mentent, damoiselle ?

— Vous concentrez tout le savoir des fées, je pensais que ce n'était pas un secret pour vous. D'autant que vous nous appreniez les chants rituels, qui parlent des frontières de l'inconnu, avec les portes du vent, de pierre et tout le bins !

— Je trouve que tu parles des rites avec beaucoup de légèreté, jeune damoiselle. Et tu ne devrais peut-être pas prendre ces paroles au pied de la lettre, elle sont surtout symboliques...

— Mais je sais qu'elles ne sont pas symboliques du tout, elles sont tout ce qu'il y a de réel ! Ce sont ces chants qui m'ont permis de retrouver les portes, quand j'étais de l'autre côté ! Comment pouvez-vous ignorer quelque chose qu'Isdragarn savait ?

Astarath lâcha, l'air hostile :

— C'est qu'Isdragarn a eu droit à un régime particulier, voilà tout...

Athalpi foudroya sa consœur du regard pour la faire taire.

Ileana s'interrogea. Qu'est-ce que c'était que cette histoire ?

Elle soupira. Encore un truc à tirer au clair. Mais plus tard, quand elle aurait le temps.

En attendant, elle était dans une impasse. Tant qu'Isdragarn n'aurait pas réapparu, l'accès à la porte serait compromis. Et les Anciennes ne voulaient ou ne pouvaient rien dire.

Elle eut soudain une idée.

— Qu'on m'apporte un bassin d'eau !

Alixen et Alwena coururent vers le fleuve et y remplirent une cuvette d'argent. Elles la rapportèrent dare-dare à leur amie et la déposèrent à ses pieds.

Pourvu que ça marche, se dit-elle.

Et elle apostropha les Anciennes.

— Mes chères sœurs, approchez, formons un cercle autour de l'eau et donnons-nous la main !

Athalpi la regarda d'un air suspicieux.

— Qu'est-ce que cela ? Qu'as-tu l'intention de faire ?

Astarath demanda, intriguée.

— Un nouveau rituel ?

Ileana eut un sourire mielleux.

— En quelque sorte, vénérable Ancienne. Regroupons-nous et méditons...

Les Anciennes s'approchèrent, partagées entre la méfiance et la curiosité. Elles ne pouvaient de toute façon pas refuser cela à leur damoiselle, il ne leur restait qu'à faire contre mauvaise fortune bon cœur et à se prêter à cette étrange mascarade.

Claire et Benoît échangèrent un regard. Ils avaient compris ce qu'Ileana tentait de faire. Profiter de l'énergie mentale des Anciennes pour avoir un flash.

Benoît avança silencieusement vers le groupe, il brûlait d'envie de voir. Il grimpa sur le premier gradin pour avoir une vue directe sur le bassin rempli d'eau. Il croisa le regard d'Aslan qui se demandait visiblement ce qui se passait et quel rôle le garçon jouait là-dedans.

Benoît sourit supérieurement. Haha, là ils ne te servent à rien, tes gros biceps, espèce de Tarzan à la noix. Moi, je sais ce qu'elle va faire.

Ileana ferma le cercle et regarda l'eau d'un air concentré. Benoît se rendit compte qu'il était tout crispé. Et si ça ne marchait pas ?

Soudain, la surface de l'eau se couvrit d'une vapeur bleuâtre et l'eau se mit à tourbillonner. Puis des couleurs apparurent et le tourbillon cessa lentement. Une image se forma.

Dévorées de curiosité, de nombreuses fées s'étaient envolées pour observer la scène de plus près.

Benoît se dévissa le cou pour essayer de voir le personnage dont le visage dansait à la surface du bassin. C'était une vieille femme à l'apparence étrange : ses yeux flamboyaient, mais surtout, les veines de ses joues dessinaient un réseau violacé sur sa peau.

Athalpi poussa un cri, les Anciennes se lâchèrent les mains et l'image disparut.

— Qui est-ce ? demanda Ileana brutalement. Qu'est-ce que cette fée a à voir avec les portes ou avec l'attaque de notre cité ? Répondez !

Mais les Anciennes se hâtèrent de partir sans répondre. Seule l'une d'elle parut sur le point de dire quelque chose et se ravisa avant de rejoindre les autres sur le chemin.

Ileana était abasourdie. Les jumeaux et les Quatre s'étaient approchés d'elle et ne savaient que dire.

— Je n'y comprends plus rien. Des tordakyls dans l'attaque, les elfes impliqués, les Anciennes qui ont l'air d'en avoir gros sur la patate concernant Isdragarn, et puis pour finir aucun renseignement sur les portes, mais le portrait d'une vieille femme inconnue dont on ne veut pas me parler ! Qu'est-ce que c'est que ce pataquès ?

Elle regarda ses amis l'un après l'autre.

— En tout cas, elles ne perdent rien pour attendre. Je finirai bien par trouver qui est cette fameuse inconnue. Et je ferai ce que j'ai à faire, que ça leur plaise ou non !

6

Avec tout le respect que je te dois

Alors, tu l'as trouvée, ta tante ?
Ileana secoua la tête.
— Non, il n'y avait personne là-bas. C'était désert.
Benoît haussa les épaules.
— C'est normal qu'elle ne soit pas chez elle, non ? Elle a dû partir dès qu'elle t'a déposée à la porte. Toi, ça te paraît long, mais n'oublie pas que pour elle, ça n'était qu'il y a trois semaines...
Ileana n'était pas convaincue.
— Je suis d'accord avec toi, mais il y a un truc qui me paraît bizarre : que le château soit complètement vide. Normalement, sa suivante aurait dû être là.
Claire hasarda une explication.
— Moi, je pense que c'est le genre d'expédition qu'on préfère

faire à deux que tout seul ! Ou alors, sa suivante était sortie, tout simplement. Qu'est-ce que tu vas faire ?

— Je lui ai mis des messages un peu partout dans son château, pour lui dire que j'étais de retour. Et si j'arrive à trouver quelqu'un qui m'explique où se trouve cette fichue porte, je mettrai aussi un message pour Isdragarn là-bas.

Benoît se tortillait sur place.

Ileana, fatiguée et déçue par son expédition, était d'humeur un peu rogue.

— Il y a quelque chose qui ne va pas, Benoît ? Tu as fait pipi dans ta culotte ?

— Euh non, c'est pas ça.

— Alors, tu me dis ce que tu as, ou tu veux que je te torture ?

— Euh, le père Aslan, ça allait ?

Ileana se dérida.

— Ah, c'est ça qui te turlupinait… Oh, il a été très bien, on a passé la journée à folâtrer dans les buissons.

— Nooon ? Tu n'as pas fait ça ?

— Ben non, gros nigaud, c'était juste pour voir ta tête, tu es trop drôle quand tu es jaloux ! En fait, on ne s'est pratiquement pas parlé de la journée, il s'est contenté de me suivre partout. Je pensais le semer avec Astara, mais son cheval l'attendait pas loin, alors c'était râpé. Et vous, votre journée s'est bien passée ?

— Très bien. Nous sommes restés ici avec tes amis, ils font de sacrés progrès en français. Tiens, d'ailleurs voilà Alsander.

Ileana se tourna vers son frère de lait.

Celui-ci venait la prévenir que toutes les patrouilles qui étaient allées à la recherche de Nicolas étaient de retour et l'attendaient à côté, dans la clairière.

Le trio quitta précipitamment le campement, impatient de connaître le résultat des recherches.

Les jumeaux scrutèrent intensément le visage de leur amie tandis que les différents groupes racontaient leur journée.

— Ils ne l'ont pas trouvé, c'est ça ?

— Ben non. C'est complètement incompréhensible.

— Ils n'ont peut-être pas bien cherché. Il faut qu'ils essaient encore ! gémit Claire.

Aodren posa sa main sur le bras de Claire et lui dit quelques phrases. Claire se tourna vers Ileana pour avoir la traduction.

— Il dit que si les patrouilles n'ont rien trouvé, c'est qu'il n'y avait rien à trouver. Aucune créature ne peut échapper à leurs investigations mentales, et la zone couverte a été très importante. La conclusion, c'est que le gamin n'est sans doute jamais entré à Edelynn.

— Mais s'il n'a jamais quitté le monde-du-dehors, le problème reste entier, il a disparu quand même, insista Claire que toute cette affaire rendait malade d'impuissance.

Benoît tenta aussi de consoler sa sœur.

— S'il n'est pas à Edelynn, ce n'est plus de notre ressort, on ne peut rien pour lui. On a fait tout ce qu'on pouvait. Et si ça se trouve, il est rentré chez lui depuis longtemps..

— Mmm... Vous avez peut-être raison.

Ileana regarda Benoît, songeuse.

— D'ailleurs , n'oublie pas que de l'autre côté, ça fait déjà deux ou trois semaines qu'on est parti, même si pour nous ça ne fait que deux ou trois jours. Il devient vraiment urgent qu'on retrouve la porte pour vous permettre de retourner chez vous.

— Oh, il n'y a pas le feu, rien ne presse ! s'exclama le garçon. Et on finira bien par tomber dessus.

— Par hasard, hein, ironisa Ileana. Mais cette porte, c'est une aiguille dans une botte de foin, comme vous dites. Il y a de la forêt sur des centaines de kilomètres, autant dire qu'on ne retrouvera jamais l'arche si quelqu'un ne nous dit pas précisément où elle est. Et ce quelqu'un, c'est une des Anciennes. Elles doivent savoir ! Je m'en vais te cuisiner Athalpi, et elle va cracher le morceau, cette vieille bique, c'est moi qui te le dis !

Benoît apprécia en connaisseur.

— Ouh là, ça va barder, il va y avoir du sang ! Je peux venir ? dit-il, l'air gourmand.

— Non, j'y vais seule.

— Et si je lui faisais mon sourire 17 bis ?

— Haha, aucune chance. Au cas où tu n'aurais pas remarqué hier soir à la veillée, Athalpi te regardait d'un air dégoûté. Visiblement, dans son classement, l'humain vient juste avant la crotte.

— Ben alors fais-en de la pâtée. Et bonne chance !

Et Ileana s'éloigna en direction de la cité sous l'œil ébahi de ses amis qui ne reconnaissaient pas leur douce damoiselle sous les traits de cette amazone. Elle savait où trouver les Anciennes qui avaient réintégré depuis la veille leurs quartiers très peu touchés par le saccage. La promiscuité du campement dans la clairière, très peu pour elles !

Dans la ville, des centaines de fées s'activaient à effacer les traces des déprédations. Iléana leur adressa des sourires et des signes d'encouragement.

Elle se dirigea vers le quartier tranquille où habitait Athalpi. D'autres Anciennes ne dédaignaient pas de côtoyer la jeunesse et même de s'occuper des enfants, mais certaines exigeaient d'être au calme.

— D'ailleurs la voilà, cette chipie, à surveiller les autres de sa terrasse haut perchée ! Comme dirait ce cher Benoît, elle ne se prend pas pour une queue de cerise. Bizarre, ces expressions humaines, qui pourrait bien se prendre pour une queue de cerise, à part un type à enfermer ?

Athalpi n'avait ni mari ni enfants, et elle aimait s'entourer de fées d'un certain âge, qu'elle choisissait ternes et soumises pour mieux pouvoir les tyranniser.

Ce fut l'une d'entre elles qui introduisit Ileana auprès de l'Ancienne.

— Bonjour Athalpi. Tu surveilles la bonne marche des travaux, à ce que je constate…

— Et heureusement que je m'en occupe ! Sans cela on n'aurait pas déblayé les abords de ma maison en priorité ! Les gens sont si égoïstes et ne voient pas où sont les véritables urgences.

— Ouh là là, reste calme, ma fille, résiste à l'envie de la balancer par-dessus la rambarde ! se dit Ileana.

Elle se colla un sourire hypocrite sur le visage et décida de la flatter.

— Quelle honte, en effet ! Comme s'ils ignoraient ton importance dans cette cité !

— Je suis heureuse de te l'entendre dire, ma chère petite. D'ailleurs il faudra que nous parlions de la régence. Après ta tentative un peu maladroite pour prendre les choses en main, hier, tu as dû te rendre compte que cette tâche excédait tes capacités, et c'est normal, tu es encore si jeune ! Il faut confier le pouvoir à une…, je veux dire, à des femmes expérimentées. Le conseil des Anciennes…

— Nous en reparlerons, Athalpi. Pour l'heure, il y a plus urgent. Je suppose que tu es d'avis que les humains n'ont rien à faire à Edelynn, et que je peux compter sur ton aide pour les renvoyer chez eux.

— Ah ça, quelle idée tu as eue de les amener ici ! Les contes d'humains ne t'ont donc rien appris ? On ne peut pas se fier à ces créatures-là !

— Mais c'est toi la créature indigne ! Tu ne leur arrives pas à la cheville ! pensa Ileana, qui bouillait intérieurement, avant de répliquer :

— Ce qui est fait est fait ! Et si tu me disais plutôt où est l'arche de bois, maintenant que nous sommes seules ? Je les y conduis, et hop, plus d'humains !

La voix d'Athalpi monta d'une octave.

— Mais je t'ai déjà dit que je n'en savais rien ! Pourquoi insistes-tu si lourdement ? Et puis d'ailleurs, même si je le savais, je ne t'en dirais rien, ce ne serait pas convenable qu'une damoiselle apprenne ces mystères avant son initiation.

— Et bien, Athalpi, tu me donnes une excellente idée. Je vais aller passer mon initiation chez ma tante Isilda, et elle m'apprendra tout ce que je dois savoir, y compris l'emplacement de cette fameuse porte.

— Mais… ce n'est pas convenable, ça ne s'est jamais fait ! Tu dois attendre le retour de la Dame pour être initiée…

— C'est ça, oui, attendre… et te laisser régner à ma place, parce tu en crèves d'envie ! Jamais je ne te laisserai la moindre parcelle de pouvoir, tu n'en ferais que du mal. Je suis bien décidée à prendre les choses en main, et quand je serai absente, ce sera Aïnara qui prendra la responsabilité de prévenir Isilda si besoin est. Quant au conseil des Anciennes, il peut continuer à chanter des chants qu'il ne comprend plus, pendant des fêtes dont on a oublié la signification ! Allez, ciao, Athalpi !

Et tandis que la vieille suffoquait d'indignation, Ileana, résolue à la choquer, sauta d'un bond sur la rambarde de la terrasse, effectua un plongeon digne d'un champion olympique et se laissa planer jusqu'au sol.

— Ah, je me sens mieux ! se dit-elle. Mais tout de même, je n'y suis pas allée de main morte, si ma maman chérie apprenait ça, elle me ferait les gros yeux ! Bon d'accord, il y a des diplomates plus doués que moi. Mais Athalpi l'a bien cherché, ce qu'elle peut être insupportable, parfois !

Quelques instants plus tard, Ileana racontait ses exploits aux jumeaux, épatés, et à ses amis, sidérés.

Benoît, tout excité, mimait un combat de boxe sous les yeux ébahis des fées.

— Tiens, prends ça, et encore ça ! Purée de p'tits pois, tu ne l'as pas loupée !

Aodren paraissait soucieux.

— Certes, Athalpi n'est aimée de personne, elle ne montre que peu de bons côtés : mais pourquoi l'as-tu attaquée ? Tu t'en es fait une ennemie, alors qu'en ce moment il vaudrait mieux offrir un front uni.

— Mon cher Aodren, toujours si raisonnable... Bien sûr, tu as raison, mais j'en ai assez des vieilles façons de faire. Ce conseil ne sert à rien, de toute façon. Maman ne les consultait presque pas, ou seulement pour la forme. Et les autres sont si molles qu'Athalpi n'arrivera pas à les liguer contre moi. Il n'y a peut-être pas de quoi être fière, mais ça m'a fait du bien de marquer mon territoire. Ne t'en fais pas, il n'y aura pas de conséquences, je te le promets.

— En attendant, enchaîna-t-elle à l'attention des jumeaux, je vais siffler mon brave toutou dryade et je vais aller de ce pas chez Isilda. Et puis quand je reviendrai, je serai Superwoman et les méchants n'auront qu'à bien se tenir.

7

Une belle brochette de dryades

Le comité d'accueil envoyé par Isilda apparut comme par enchantement alors qu'Ileana et Aslan étaient à quelques toises de la cité.
Elle avait beau connaître la procédure par cœur et sentir leur présence, ça avait toujours quelque chose de surprenant de marcher seule sur un chemin et d'être soudain entourée de dryades sorties de nulle part.
Comme toujours, ses cousines lui firent un accueil chaleureux et exubérant.
La seule différence, cette fois-ci, fut que ses cousines étaient accompagnées d'une phalange d'archers qui les escortèrent jusqu'à la cité.
— Eh bien, on dirait que cette chère Isilda a mis en place une armée. On nage en plein délire, là ! pensa Ileana.

Ses cousines avaient l'air de trouver la chose tout à fait normale. Quant à Aslan, il parlait à voix basse avec l'un des archers, sans doute lui faisait-il son rapport.

Ileana n'arrivait pas à être à l'aise en compagnie de tous ces faés armés, et c'est avec soulagement qu'elle vit apparaître la cité au détour du chemin.

Sa tante, la reine Isilda, s'était déplacée en personne pour l'accueillir.

Ileana se précipita dans ses bras et lui fit deux bisous très peu protocolaires. Elle avait toujours beaucoup aimé Isilda et gardait d'excellents souvenirs de ses séjours ici.

La jeune fée brûlait de poser des questions à sa tante et d'évoquer avec elle les derniers événements, mais une foule nombreuse les entourait, et il lui faudrait patienter un peu.

On la conduisit dans une magnifique chambre du palais, où elle rongea son frein en attendant la soirée donnée en son honneur.

Pour calmer son impatience, elle entreprit d'imaginer une tenue somptueuse et une coiffure sophistiquée – choucroutesque, aurait dit Benoît. Elle recommença au moins dix fois avant d'être enfin contente du résultat.

Aslan apprécia visiblement. Il fut la première personne qu'elle aperçut à la porte de la grande salle du palais. Il devait l'attendre, car il lui emboîta aussitôt le pas, avec un regard d'admiration qui la remplit de fierté.

À son entrée, l'effervescence cessa d'un coup.

Ileana s'efforça d'adopter une attitude digne pour rejoindre sa tante, c'est-à-dire qu'elle essaya de ne pas se prendre les pieds dans les mètres de tissu qu'elle avait eu la mauvaise idée d'utiliser pour sa robe à traîne, d'autant que tous les regards convergeaient vers elle.

Elle se laissa tomber sur les coussins plutôt qu'elle ne s'assit, et à la seconde le brouhaha reprit.

Ileana adressa un sourire à sa tante qui était nonchalamment allongée. Elle se fit la réflexion qu'Isilda avait des goûts plutôt voyants en matière de vêtements et de décoration. Une espèce de Cléopâtre relookée par Galliano, se dit la jeune fée qui avait beaucoup appris sur les humains en regardant la télé au foyer.

Aslan s'était assis non loin d'elle.

La musique devint plus endiablée, et une farandole de dryades se mit à tournoyer dans une ambiance de fête.

Impossible de parler à Isilda dans ces conditions.

Ileana s'intéressa d'abord à son assiette et fit honneur aux nombreux plats présentés sur la table basse devant elle, puis elle s'amusa à regarder les dryades danser en faisant les plus folles acrobaties.

De temps en temps, elle croisait le regard intense d'Aslan. Elle devait reconnaître qu'il n'était pas mal du tout, et Benoît aurait eu raison de se faire du souci si elle n'avait pas eu au fond du cœur un souvenir à la fois douloureux et délicieux.

Elle se demanda ce que faisait Stan en ce moment. Stan, avec ses T-shirts noirs et informes aux antipodes des tenues ajustées de l'archer. On devait être début août chez les humains, il était probablement au foyer avec ses copains, à traîner pour tromper son ennui ; ou alors son père s'était rétabli et il avait quitté le foyer pour s'installer avec lui. Elle caressa du bout des doigts le bracelet brésilien que Stan lui avait offert et qu'elle ne quittait plus depuis. Un bijou dérisoire, mais un symbole si fort. Benoît, heureusement, n'avait rien remarqué. Quant à Claire, elle l'avait vu, avait sans doute tout compris mais n'avait rien dit, comme toujours. Il faudrait quand même qu'elle lui en parle un de ces jours.

Ileana soupira. Ses pensées étaient en train de prendre un tour pas très agréable. Elle était à mille lieues du palais des dryades...

Soudain, une petite chose remuante et bruyante lui sauta dessus : c'était Inessa, la délicieuse fillette d'Isilda, qui lui passait ses petits bras potelés autour du cou.

La petite lui faisait bisous et papouilles, et Ileana lui fit lâcher prise dans un grand éclat de rire en utilisant son arme secrète, les chatouilles.

La petite dryade chassa définitivement son humeur assombrie, et Ileana décida de profiter de la fête et de remettre les questions à plus tard.

— *Carpe diem*, comme dirait Claire.

* * *

Le lendemain matin, un calme absolu régnait dans le palais, tandis qu'Ileana traversait les couloirs pour rejoindre sa tante dans son cabinet particulier.

Ileana sourit.

— Elles ont la gueule de bois, dirait Benoît. Marrant, ils m'ont vraiment contaminée, les humains. Je ne verrai plus jamais les choses comme avant.

Isilda était fraîche comme une rose et pour une fois sobrement habillée d'une tunique blanche.

Elle accueillit la jeune fée très affectueusement, renvoya ses suivantes qui avaient disposé des mets appétissants sur la petite table, et fit signe à Ileana de s'installer sur une des banquettes.

Faisant fi des traditions, elle entra tout de suite dans le vif du sujet, et Ileana lui en sut gré. Après la soirée de la veille, elle n'aurait pas supporté de longs salamalecs.

— Ma chère nièce, les circonstances de ta visite ne sont pas très réjouissantes, je le crains.

Ileana acquiesça sans mot dire.

— Comment vas-tu ? Comment supportes-tu tout ça ?

— Je tiens le coup, ne t'en fais pas.

— J'ai su par Aslan les détails de tes péripéties chez les humains. C'est absolument incroyable qu'Isdragarn ait pensé à t'envoyer là-bas ! Remarque, elle semble avoir eu raison, puisque te voilà saine et sauve. Comment était-ce ?

— Pas aussi terrible que je le craignais. J'ai été catapultée là-bas sans préparation, et j'ai découvert un monde très différent du nôtre, mais les gens y vivent avec les mêmes préoccupations que nous : manger, dormir, se vêtir, travailler, apprendre, s'amuser… Ça a été dur au début, mais je me suis habituée. On m'a mise dans un foyer, un endroit où on garde tous les enfants qui n'ont pas de parents. J'ai appris leur langue, qui ressemble beaucoup à l'une des nôtres, et j'ai observé leur façon de vivre, c'était intéressant. Ça m'a marquée, d'une certaine façon je ne suis plus la même personne qu'avant. Et je me suis fait des amis, quelques adultes formidables, et surtout Claire et Benoît, des jumeaux de mon âge, enfin façon de parler. Mais toi, tu n'es jamais allée dans le monde-du-dehors ?

— Non. J'en connaissais l'existence, bien sûr, mais ça ne m'a jamais tentée.

— Et tu crois qu'Isdragarn y est déjà allée ? Pendant tous ces mois là-bas, alors que j'attendais mon rendez-vous avec elle, je me suis demandé si elle m'avait cachée là parce qu'elle connaissait ce monde, ou si c'était juste un astucieux coup de poker de sa part.

— Un coup de quoi ?

— Oh… rien, une expression humaine.

— Je vais peut-être te surprendre, mais je ne sais pas grand-chose sur Isdragarn. Nous n'avons jamais été très proches comme avec ta mère.

— Il y a un truc que je ne comprends pas : je t'appelle ma tante, et j'appelle aussi Isdragarn ma tante. Isdragarn est la sœur de ma mère, mais toi, tu n'es pas leur sœur, non ?

Isilda sourit.

— Non je ne suis pas la sœur d'Iowena. Je suis une cousine éloignée.

— Je ne comprends toujours pas. Puisque les reines sont censées n'avoir qu'un seul enfant, il ne peut pas y avoir de cousines.

— Tu raisonnes bien. C'est comme ça depuis la nuit des temps, nous avons dû être très proches à l'origine, puis l'appellation de tante ou de cousine s'est maintenue. Ce sont plutôt des lignées parallèles.

— Et pourquoi les reines ont des prénoms en I alors que les prénoms des autres commencent par un A ?

Isilda haussa les épaules.

— C'est une tradition. Je ne me suis jamais posé la question. Est-ce que c'est vraiment important ?

— Je suppose que non, répondit Ileana, pas vraiment satisfaite par les réponses vagues de sa tante. Mais pour en revenir aux portes, est-ce que tu connais leur emplacement ? J'ai essayé d'obtenir l'information des Anciennes, mais en vain.

— Ça ne m'étonne pas, la plupart d'entre elles ne le connaissent pas. On ne pouvait pas laisser n'importe qui se balader entre les deux mondes. Il y en a toujours qui se sont débrouillées pour le savoir et pour aller de l'autre côté, mais c'est une toute petite minorité, qui a toujours entretenu la connaissance de la langue des humains. Tout ça, tu l'apprendras le jour de ton initiation. Et qu'est-ce que tu feras de ces informations ? Tu comptes retourner là-bas?

Ileana rougit en pensant à Stan.

— Euh... non, je ne pense pas. Mais j'ai besoin de le savoir pour les jumeaux, il faudra bien qu'ils retournent chez eux un jour.

— Une chose m'intrigue : si je comprends bien, Isdragarn t'a fait passer par l'arche de bois et tu es revenue par la porte de pierre. Isdragarn connaissait donc l'existence de l'arche de bois, mais elle semblait ignorer qu'elle ne fonctionnait pas dans les deux sens.

— Est-ce qu'elle a été initiée aussi ?

Isilda parut soudain très ennuyée.

— C'est-à-dire que... un peu, enfin pas vraiment... c'est une histoire compliquée.

Ileana fronça les sourcils.

— Décidément, je pédale dans la semoule.

— Plaît-il ?

— Oh, laisse tomber. J'aimerais bien que les adultes disent franchement ce qu'ils ont dans la tête au lieu de tourner autour du pot. C'est quoi, cette histoire d'initiation d'Isdragarn qui n'en était pas une?

Isilda croisa les bras.

— Écoute, ce n'est pas à moi de t'en parler. Tu l'interrogeras la prochaine fois que tu la verras.

— Ce n'est pas demain la veille... parce que je ne sais pas où la trouver, Isdragarn. Tu as des nouvelles d'elle ?

— Non, aucune. Ce n'est que depuis hier soir que je sais quel rôle elle a joué dans les derniers évènements, quand Aslan m'a raconté ta conférence dans la clairière.

Ileana demanda un peu agressivement.

— D'ailleurs tu ne m'as toujours pas dit ce que tu pensais de toute cette histoire, l'attaque de ma cité, l'enlèvement de mes parents et tout ça. Qu'est-ce que tu as fait depuis que tu l'as appris ?

Isilda parut un peu embêtée.

— Je l'ai su le jour même, puisque beaucoup de fées sont venues se réfugier chez nous. Bien sûr, j'étais abasourdie. J'ai longuement hésité sur la conduite à tenir, puis je me suis dit que je ne pouvais rien faire.

— Comment ça, rien faire ? Tu n'as aucune idée de qui a pu faire le coup ?

— Pas la moindre. Je n'y comprends rien. Remarque, je me doute depuis longtemps que les choses ne sont plus tout à fait comme avant, c'est pourquoi j'ai créé des phalanges de guerriers.

— Mais pourquoi ?

— J'en ai souvent discuté avec ta mère, mais elle ne voulait rien entendre. J'ai remarqué que les nains devenaient insolents et agressifs, j'ai entendu dire que les trolls se regroupaient alors qu'ils avaient toujours vécu isolés : Iowena se voilait la face, elle était persuadée que tout allait bien dans le meilleur des mondes et que je me faisais du souci pour rien.

— Isdragarn m'a parlé du seigneur noir, ça te dit quelque chose ?

— Isdragarn t'a dit ça ? Elle est mieux informée que moi ! Je n'ai jamais entendu parler de ce seigneur noir. Qu'est-ce qu'elle t'a dit de plus ?

— Rien d'autre. Elle m'a dit ça pendant qu'elle m'emmenait à la porte dans la forêt, l'arche de bois comme tu dis. Elle a juste dit qu'il était dangereux et qu'il fallait que je me cache très loin d'ici, si je ne voulais pas qu'il m'arrive la même chose qu'à mes parents.

Ileana baissa les yeux. Elle hésita et reprit d'une voix mal assurée :

— Tu penses qu'il leur est arrivé quoi, à mes parents ?

Isilda répondit d'une voix un peu brusque, comme pour se persuader elle-même :

— Mais que veux-tu qu'il leur soit arrivé ? Ils ont été emmenés je ne sais où, mais ils sont sans doute sains et saufs.

Ileana dit d'une voix blanche :

— Tu ne crois pas qu'ils ont été...

Sa tante la regarda, les yeux écarquillés.

— Tu ne veux pas dire... ? Sacrilège !!! Non, c'est impossible ! Qui t'a mis une idée aussi abominable dans la tête ? Comment peux-tu imaginer des choses pareilles ?

Ileana grimaça.

— Tu dois avoir raison. Excuse-moi, j'ai passé trop de temps chez les humains, ça m'a un peu perverti l'esprit. N'empêche que je n'arrive pas à comprendre pourquoi on a pu les emmener. Qu'est-ce qu'on peut bien leur vouloir ?

Isilda secoua la tête en signe d'impuissance.

— J'avoue que je ne le comprends pas non plus. Une chose pareille n'était jamais arrivée, ça n'a aucun sens. Iowena n'a jamais causé de tort à personne, bien au contraire. À moins qu'on se soit attaqué à elle en tant que représentante du peuple des fées... Ça, c'est une explication possible.

Ileana enchaîna :

— D'autant qu'ils ont pris aussi la pierre. C'est à Illiriane qu'elle était, c'est peut-être pour ça que nous avons été attaqués.

— C'est bien possible. D'ailleurs j'ai de grandes craintes à ce sujet. Depuis que votre cité a été attaquée, j'ai plus de mal à maintenir le dôme de protection sur ma cité, et même le climat me semble devenir instable. Inara, la reine de la cité dryade la plus proche, m'a envoyé un émissaire pour me dire qu'elle avait le même problème. Je suppose que c'est lié au vol de la pierre. Nous ne nous sommes jamais posé de questions sur sa présence ou sa signification. Comme tout le monde, je croyais qu'elle avait un rôle purement décoratif ou symbolique. Je commence à craindre que la pierre ne soit bien plus que ça et que son absence ne nous cause de grands ennuis.

La reine réfléchit quelques instants en silence, puis elle reprit sur un ton plus enjoué :

— Tu ne m'as pas dit comment tu avais trouvé la porte de pierre. Aslan n'a pas été très explicite à ce sujet.

— Je ne me suis pas trop étendue sur le sujet, c'est un peu difficile d'expliquer ce qui se passe chez les humains. Pour résumer, disons que j'ai pu retrouver la porte en recoupant plusieurs informations : j'ai retrouvé dans ma mémoire les paroles d'un chant, tu sais, celui qui parle de la frontière de l'inconnu : grâce aux jumeaux, j'ai aussi fait la connaissance d'un vieil homme qui s'intéressait aux fées. Il nous a raconté avoir rencontré un jour un mi-elfe qui lui aurait parlé de Néourvellen et de Fonpierre. Ça te dit quelque chose ?

— C'est incroyable ! Néourvellen, c'est la cité des elfes. Comment un humain pouvait-il connaître ce nom ? Et tu dis qu'il aurait rencontré un mi-elfe ? Je pensais que ces créatures n'existaient pas... Quant à Fonpierre, bien sûr que je connais ce nom, c'est celui que les humains donnent à la porte de pierre. Tu sais, ma chère nièce, je crois que tu as eu beaucoup de chance de rencontrer ce vieil homme.

— Et tout ça, c'est grâce à Benoît. C'est lui qui a eu l'idée de passer l'annonce, de chercher sur les cartes, d'aller voir sur Internet...

Mais tout ça, c'est du chinois pour toi ! dit Ileana en riant.
— Du chinois ?
— Des mots que tu ne connais pas.
Isilda sourit.
— Je vois que tu as appris beaucoup de choses là-bas. Tout n'a pas dû être négatif.
— Oh non, j'ai même passé beaucoup de bons moments.
— C'est bien. L'initiation d'une future reine, ce n'est pas tout, l'expérience que tu peux acquérir compte aussi. Il y a quelques générations, les fées, et pas seulement les reines, allaient parfois dans le monde-du-dehors. C'est devenu dangereux, et on a cessé d'y aller. Dans un sens, je t'envie d'avoir vécu ça.

Ileana sourit sans rien dire.

— Avant de commencer ton initiation, je voulais te demander si certains de tes dons particuliers étaient déjà apparus.
— Je crois que oui, bien que pour certains, je n'en sois pas sûre. Par exemple, il me semble bien avoir expérimenté une espèce de bulle de protection quand j'étais à la foire kermesse, sur les autos tamponneuses, enfin, un jeu d'humains un peu agressif.

Isilda hocha la tête.

— Oui, ça c'est un don habituel pour une reine, et c'est normal qu'il se manifeste la première fois dans une situation un peu… bousculée. Quoi d'autre ?
— Ensuite, je me suis rendu compte que je pouvais paraître invisible aux yeux de certains, d'ennemis par exemple. Le plus étonnant, c'est que je n'apparaissais pas sur les photos, mais ça, tu ne dois pas comprendre.
— L'invisibilité est l'un des aspects du don de protection. Je trouve formidable que tes dons soient nés sans coup de pouce.

Ileana fouilla dans ses souvenirs.

— J'ai guéri un animal qui était paralysé.
— Ah, tu as ce don-là aussi… L'un des plus difficiles à maîtriser, il te faudra des dizaines d'années pour bien y arriver.

— Il m'est aussi arrivé un truc dont je n'avais jamais entendu parler auparavant : dans certaines situations, j'arrive à voir des images, des personnes à la surface de l'eau.

Isilda parut surexcitée.

— Que dis-tu là ? Mais quelle chose extraordinaire ! Comment est-ce arrivé ?

— La première fois, j'avais beaucoup pensé à Edelynn, et tout à coup j'ai vu le visage de ma mère dans l'eau d'un bassin. Elle avait l'air fatiguée et malheureuse, alors je suppose que ce n'était pas un simple souvenir, puisque je ne l'avais jamais vue comme ça. Je pense que c'était une vision du présent, ou peut-être du futur. Possible que ce soit du futur, parce qu'ensuite j'ai eu d'autres visions du futur.

— Ah bon, lesquelles ?

Ileana regretta d'avoir parlé si étourdiment.

— Euh, rien de spécial, des choses personnelles...

Isilda sourit ironiquement.

— Oh, je vois... As-tu eu d'autres visions intéressantes ?

— La dernière a eu lieu avant-hier, à la clairière. J'essayais en vain d'obtenir des renseignements des Anciennes. Je me suis dit que c'était une bonne façon de leur tirer les vers du nez. Comme elles ne s'y attendaient pas du tout, elles n'ont pas fermé leur esprit, et j'ai eu une vision.

— Laquelle ? demanda Isilda, assez impressionnée.

— Un visage. Une vieille femme, une fée, je suppose, avec des traits bizarres sur les joues...

Isilda blêmit.

Ileana remarqua son trouble.

— Tu la connais ? Tu sais qui c'est ?

— Euh, je n'en suis pas tout à fait sûre. Ta description est très vague, ça peut être n'importe qui.

— N'importe qui, tu plaisantes ! Je n'ai jamais vu personne qui ait ce genre de machins sur les joues : je ne sais pas si c'était des veines ou alors des tatouages, mais je suis sûre qu'on ne pourrait pas la confondre avec une autre !

Isilda hésitait.

Ileana tenta de la convaincre.

— Isilda, je t'en prie ! Si tu sais quelque chose, dis-le ! Je n'en peux plus de toutes ces choses qu'on me cache. Je ne suis plus une petite fille, j'ai le droit de savoir ce qui se passe. Ce n'est qu'en recollant tous les morceaux que j'arriverai à comprendre.

Isilda soupira.

— Je vois que tu as beaucoup changé. Tu n'es plus la petite fille insouciante que tu étais, ton séjour chez les humains t'a mûrie. Et j'ai l'impression que tu es devenue une vraie tête de mule... Bon, je vais te dire comment trouver cette euh... personne. Finalement, tu as raison, on ne va pas te laisser petite fille toute ta vie, tu as le droit de savoir.

Ileana se demandait dans quel panier de crabes elle était tombée. Elle redoutait la vérité tout en la désirant ardemment.

— Tu me fais peur... Qui est cette personne ?

— Elle te le dira elle-même... si elle le souhaite. Je ne te dirai rien sur elle, je me contenterai de t'expliquer comment tu pourras la trouver. C'est une vieille fée qui habite à l'écart.

— Comment s'appelle-t-elle ?

— Angvarna. Enfin, si elle n'a pas changé de nom depuis.

Ileana naviguait en plein brouillard. Que de mystères ! Sa tante continua.

— Puis-je savoir quelles sont tes intentions ?

— D'abord, me faire initier par toi.

— Ce sera fait demain. Nous irons aux Pierres Blanches avec les Anciennes de ma cité et mes suivantes. Je voulais dire, qu'as-tu l'intention de faire après ?

— Après ? Je n'ai qu'un but, c'est essayer de retrouver maman. C'est la seule chose qui compte. Comme on dit dans les livres des humains, je remuerai ciel et terre pour la retrouver.

— Je te comprends et je t'approuve. Mais ça ne sera pas facile, il y a des choses qui nous dépassent. De plus, je ne pourrai pas t'accompagner, il faut que je reste avec mon peuple. Cependant, je tiens à ce que tu emmènes avec toi quelques-uns de mes archers, ils assureront ta protection.

— Je te remercie, Isilda, mais je ne veux pas de tes guerriers. Je vais faire mon enquête en très petit comité, mais je te promets qu'en cas de danger, je te ferai prévenir et que j'aurai recours à tes archers.

— Soit. Mais je ne transigerai pas sur la présence d'Aslan. Je vais l'attacher à tes pas, que ça te plaise ou non.

— Est-ce vraiment nécessaire ? Il est…

— Il est comment ? A-t-il été indiscret ? Discourtois ?

— Non, je ne peux pas dire, il est parfait, mais…

— C'est donc entendu, Aslan t'accompagnera. Il est fort, intelligent et courageux : il sera un excellent compagnon, tu verras.

— Ouh là, on dirait une agence matrimoniale !

— Mais de quoi parles-tu ?

— Oh, rien, marmonna Ileana.

Isilda resta pensive quelques instants.

— Des moments difficiles t'attendent et nous attendent tous. Je crois finalement qu'il n'est pas inutile que tu ailles rendre visite à Angvarna avant ton départ. Il se pourrait bien qu'elle t'apprenne quelque détail important…

8

Pâtisseries et herboristerie

Benoît était crispé. Autant l'avouer, il avait même les pétoches.

Ses nouveaux amis, qui parlaient un excellent français au bout de quelques jours à peine, venaient de lui annoncer qu'Ileana approchait du campement.

Il redoutait par-dessus tout de la voir changée. Qui sait quelles transformations l'initiation pouvait opérer ? Interrogés, les autres n'avaient pas su lui dire en quoi celle-ci consistait.

Les fées tournèrent la tête vers le chemin et Ileana apparut, flanquée de l'éternel Aslan. Ah, celui-là ! Dommage qu'il soit si balaise, Benoît lui aurait volontiers cassé la figure.

Le garçon scruta avidement le visage de la jeune fée : apparemment, rien de changé.

— Ah, salut, Ileana, ça boume ? demanda-t-il d'un air détaché.
— Très bien, et toi ?
— Oh, moi ça va, mais toi, ça va bien ?
Elle sourit.
— On va se faire des politesses longtemps ? Tu ne pourrais pas tout simplement me demander comment c'était et me poser tes dix mille questions, puisque tu en meurs d'envie ?
Benoît, un peu vexé, rétorqua :
— Je ne suis pas si curieux que ça, quand même.
— Dans ce cas... n'en parlons pas.
Le garçon bondit.
— Euh, en fait, ça m'intéresse beaucoup, ce que tu as fait ces derniers jours. C'était comment, ta fameuse initiation ?
Ileana fit un sourire faussement navré.
— Ah ça, mon cher, je ne peux pas te le raconter, c'est top secret. Des trucs entre Isilda et moi, tu comprends.
— Mais tu as dit...
— Que tu pouvais poser des questions, oui. Mais pas que j'y répondrais forcément. Désolé, mon vieux, je n'ai pas le droit de t'en parler. Par contre, je peux te raconter la soirée chez les dryades, comment est leur ville et...
— Mais c'est pas ça qui m'intéresse ! Moi, je veux connaître tes super-pouvoirs ! Je veux savoir ce qu'on t'a fait, s'il y a eu une cérémonie secrète, des formules magiques, des épreuves, ce genre de choses, quoi. Tu peux me le dire, bientôt je ne serai plus là, tu ne risques rien !
Soudain, la main de Claire se plaqua sur la bouche de Benoît.
— Stop ! C'est top secret, on te dit !
Ileana échangea un sourire de connivence avec son amie.
— Ça va, toi ? Ça s'est bien passé, ces quelques jours ?
— Parfaitement bien. J'ai commencé à apprendre votre langue, Aodren me donne des leçons.
Elle rougit légèrement et ajouta précipitamment :

— Et j'ai rencontré des fées sympas qui m'apprennent des trucs d'herboristerie.

Benoît railla :

— Elle a oublié ses cahiers de devoirs de vacances, alors elle trouve autre chose à faire. Y a des fous partout !

— Pendant que d'autres passent leur journée les doigts de pieds en éventail, à demander des pâtisseries à Alixen...

— Chacun son truc. Moi au moins, je profite de mes vacances, pauvre pomme.

Ileana soupira.

— Et voilà, c'est reparti pour un tour. Quand vous aurez fini de vous disputer, on pourra peut-être parler de choses sérieuses ?

Benoît fit la moue.

— Je ne sais pas si c'est vraiment la peine qu'on parle, puisqu'il paraît qu'on n'est pas dignes de savoir les choses importantes.

Ileana rit.

— Oh toi, arrête de faire ta mauvaise tête ! Figure-toi que j'ai trouvé un indice.

Benoît cessa immédiatement de bouder.

— Un indice ? Mais c'est génial ! Lequel ?

— J'ai cuisiné Isilda sur toute cette affaire, mais elle ne sait pas grand-chose : elle n'avait jamais entendu parler du seigneur noir, par contre il semblerait qu'elle se doute depuis longtemps qu'il risque d'y avoir du grabuge. Des rumeurs d'un peu partout... c'est pour ça qu'elle a créé une troupe de guerriers.

Benoît maugréa.

— On avait remarqué. Même qu'elle les a créés avec l'option pot de colle. Et c'est quoi, ton fameux indice ?

— Tout simplement l'identité de la personne que j'avais vue dans mon flash, vous vous souvenez, dans la clairière, avec les Anciennes...

— Oui, alors, c'est qui ?

— Une fée qui vit à l'écart et qui, paraît-il, sait beaucoup de choses. Isilda m'a dit que je ne devais pas me lancer dans une expédition sans passer voir d'abord cette personne, une certaine Angvarna. Isilda a mis le temps à cracher le morceau, d'ailleurs. Cette vieille a l'air d'avoir mauvaise réputation.

— En tout cas, j'espère qu'elle n'habite pas à Pétaouchnock, j'ai pas trop envie de me retaper des dizaines de kilomètres à dos d'ours.

— En fait, Isilda ignore où elle habite.

Claire intervint.

— Si même Isilda n'est pas au courant, on est dans une impasse. Tu as bien vu que les Anciennes ne te seront d'aucun secours.

— Il y a une personne qui sait où la trouver : Aourig.

— Ta nourrice ?

— Ce n'est pas ma nourrice, elle est trop vieille pour ça. La mienne, c'était la maman d'Alsander. Aourig, celle de ma mère. Je l'aime beaucoup : quand j'étais petite, elle s'est beaucoup occupée de moi. Elle est terriblement ronchon mais elle a un cœur d'or.

— Et comment ça se fait qu'Aourig sache plus de choses que les Anciennes ?

Claire précisa :

— Personne n'a jamais dit que les Anciennes l'ignoraient. Peut-être qu'elles ne veulent pas le dire, c'est différent.

Ileana approuva.

— Très juste. Mais je suis bien contente que ce soit Aourig, elle au moins ne me cachera rien. Comme c'était sa nourrice, Maman lui racontait peut-être des choses qu'elle ne disait à personne d'autre. Ou alors c'est parce qu'elle est très vieille, plus que les Anciennes.

— Et pourquoi elle ne fait pas partie des Anciennes alors ?

— Parce qu'elle n'a jamais voulu en faire partie, ça n'est pas du tout dans son caractère : elle et la diplomatie, ça fait deux.

— On y va tout de suite ?

— Pressé ? Besoin d'un peu d'action pour digérer tes pâtisseries ? se moqua Ileana.

Benoît haussa les épaules.

— J'ai pas de problèmes de digestion. D'ailleurs ça fait au moins une heure que je n'ai pas mangé. Je disais juste ça pour faire avancer le schmilblick.

— Je vais te faire un aveu : moi aussi je suis impatiente de progresser. Hop, c'est parti !

9

La révélation de Carabosse

Aourig fit un geste vague en direction de la bordure de la forêt.

— C'est par là. Enfin, c'était par là la dernière fois que je suis venue, ajouta-t-elle d'un air un peu dégoûté.

Ileana lui sourit.

— Tu peux être un peu plus précise ?

— Non. De toute façon, si elle ne le veut pas, vous ne la trouverez pas.

— Mais tu ne veux pas nous emmener jusqu'à elle, tout simplement ?

Aourig secoua la tête, butée. Elle avait son regard des mauvais jours.

— Je ne peux pas. Je n'aurais pas dû venir, vous n'avez rien à faire ici. Tout ça n'apportera rien de bon. Si tu ne m'avais pas obligée...

— Oh, Aourig, arrête de faire ton cinéma ! On n'est pas en train de chercher une drasque, on cherche une fée, pas de quoi en faire tout un fromage ! Allez, suis-moi.

Ileana observa les environs. Ils étaient dans la forêt, sur un chemin mal entretenu. À dire vrai, si Aourig ne les avait pas guidés, ils n'auraient pas prêté attention à cette piste quasiment cachée par la végétation.

À quelques dizaines de pas, le chemin passait dans un amas de gros rochers comme négligemment jetés là par un géant désordonné. Un peu plus loin, on apercevait la lisière des bois.

La jeune fée se retourna soudain : elle ne sentait plus la présence d'Aourig ! Effectivement, la vieille avait disparu.

— Sacrée tête de mule ! dit-elle, en colère.

Les jumeaux jetèrent un coup d'œil aux alentours.

— Tu ne veux pas essayer de la rattraper ?

— Pas la peine. Nous sommes arrivés, de toute façon. Et elle ne nous aurait pas dit un mot de plus, cette bourrique.

Elle projeta son esprit vers l'avant et sonda les environs.

— Pour l'instant, personne. On continue tout droit, il me semble que la forêt s'éclaircit là-bas, derrière les rochers.

Le trio se remit en marche et s'engagea dans l'amas rocheux. Là, le chemin faisait un coude.

Benoît s'arrêta et se retourna, pas très rassuré. On ne voyait plus l'entrée du défilé. Les filles s'approchèrent de lui.

— Qu'est-ce que tu regardes ? demanda Claire.

Benoît leva les yeux vers le sommet des rochers.

— Dans un western, on aurait droit à une embuscade, ici. J'aime pas cet endroit.

Claire haussa les épaules.

— On n'est pas dans un western. Allez, avance !

Le trio se retourna... et hurla d'effroi.

Devant eux se dressait une créature affreuse qui agitait un bâton, les bras écartés.

— Que venez-vous faire ici ?

Le premier moment de surprise passé, Ileana calma les battements désordonnés de son cœur et regarda la créature dans les yeux.

C'était Angvarna, grimée et habillée de façon étrange.

Les jumeaux s'étaient massés derrière Ileana et agrippaient ses vêtements.

— Je te salue, Angvarna.

La vieille fée ricana.

— Et bien, tu ne manques pas de courage. On ne peut pas en dire autant des deux sorciers derrière toi.

Ileana s'efforça de sourire, bien que la vieille fût visiblement dérangée.

— Angvarna, je suis venue jusqu'à toi pour te poser des questions.

Irritée, la vieille coassa :

— Je ne réponds pas aux questions ! et elle disparut.

Abasourdis, les trois se regardèrent.

— Ouh là, c'était qui ? demanda Benoît.

— C'était celle qu'on cherchait, Angvarna.

— Elle n'a pas l'air particulièrement commode. Tu avais déjà vu des gens disparaître comme ça ?

— Non, jamais. Ça doit être un de ses dons.

— Ou alors un truc d'illusionniste. Bon, qu'est-ce qu'on fait, on laisse tomber ?

— Mais ça va pas, non ? Si près du but ? On va trouver où elle crèche et on lui posera nos questions, quitte à lui chatouiller les pieds pour qu'elle parle.

— Beurk ! Si ses pieds sont aussi affreux que sa tête, je préfère ne pas les voir. On dirait Carabosse ! On pourrait peut-être t'attendre là ?

Claire l'attrapa par le col de son polo.

— Et c'est ça qui brûle d'en découdre avec le seigneur noir et ses trolls ? Et ça se dégonfle devant une fée de rien du tout !

— De rien du tout ! Tu exagères, c'est pas le modèle standard, là ! Et d'ailleurs, si je me souviens bien, t'étais aussi cachée derrière Ileana, j'étais pas tout seul !

— Oui, j'avoue que sur le coup, j'ai failli avoir une crise cardiaque. Mais c'est passé, maintenant. Elle n'a pas l'air si terrible que ça, je suis sûre qu'elle en rajoute pour effrayer les gens.

Benoît fit la grimace.

— Mouais. En tout cas, entre Aourig qu'il a presque fallu traîner ici et cette Angvarna qui n'a pas vraiment le sens de l'hospitalité, on est servis !

Ileana avait retrouvé sa combativité.

— En tout cas, si elle espérait nous semer avec sa disparition, elle s'est fourré le doigt dans l'œil. Elle est simplement devenue invisible, et j'ai pu sentir sa trajectoire, elle ne s'est pas protégée. Elle a érigé des barrières mentales hermétiques le temps de voir qui nous étions, puis ne s'en est plus donné la peine après sa petite surprise, elle a dû me prendre pour une fée lambda. Eh bien je vais lui montrer qui je suis !

Benoît, regonflé à bloc, dressa son poing vers le ciel.

— Bien parlé, sus à Carabosse !

Claire secoua la tête devant tant d'incohérence et emboîta le pas à Ileana qui se dépêchait à présent de quitter la zone de rochers. Au-delà des blocs granitiques, la piste se dirigeait effectivement vers la lisière de la forêt, et le trio déboucha dans une petite vallée verdoyante.

Ileana se planta là, les mains sur les hanches et un grand sourire aux lèvres.

— Ben voilà, on y est !

— On est où ? demanda Benoît.

— Chez Angvarna, quelle question !

— Ah bon, et tu vois ça à quoi ?

Ileana regarda le garçon en haussant les épaules.

— La maison, là, ça ne peut être que la sienne. Tout à fait dans le style des fées, mais en grande taille. Il n'y a qu'une fée marginale et un peu siphonée pour habiter là.

Benoît lui jeta un regard soupçonneux.

— Quelle maison ?

Ileana soupira.

— Mais la maison là devant, t'es miro ou quoi ?

— Y a pas de maison.

Ileana se tourna vers lui pour lui dire d'arrêter ses plaisanteries à la noix lorsqu'elle vit Claire froncer les sourcils en la dévisageant bizarrement. Elle comprit.

— Ne me dites pas que vous ne voyez pas la maison ?

Claire opina du chef.

Ileana siffla entre ses dents.

— Ouah, très forte, la vieille ! Sacrément douée. Elle a réussi à la masquer. Bon, elle n'est pas assez fortiche pour la cacher à mes yeux, mais chapeau quand même.

Benoît tentait de comprendre.

— Tu veux dire qu'il y a une maison devant nous, et qu'elle est invisible ? Comme votre cité quand ta mère y est ? Ben ça alors, on dirait que les reines ne sont pas les seules à avoir des pouvoirs... D'ailleurs c'est peut-être pour ça qu'elle est *persona non grata* chez les fées, elle a dû voler des secrets ou faire des trucs interdits et ensuite elle s'est fait virer.

Ileana eut une expression dubitative.

— J'en sais rien. Mais c'est possible, après tout. Ça expliquerait pourquoi elle a si mauvaise réputation et pourquoi personne ne veut en parler, comme si c'était le diable en personne, comme vous dites chez vous.

Benoît s'anima.

— Et pour la punir, les Anciennes ont décidé très charitablement de la défigurer en plus de l'exiler. Je suis sûr qu'Athalpi s'en est donné à cœur joie.

— Mais oui, mais oui..., l'interrompit Claire avec l'intonation calmante d'une infirmière dans un hôpital psychiatrique.

Mais Benoît pensait déjà à la suite des opérations.

— Comment on va faire pour y aller si on ne voit pas où on met les pieds ? Ah, j'ai une idée, tu nous dis « deux pas à gauche, trois pas à droite etc... » pour nous guider.

— Je ne pense pas que ce soit une bonne idée. Il vaut mieux que j'aille la voir seule et que je la persuade d'annuler son charme, c'est plus simple. Vous allez m'attendre là.

— Ok, mais dépêche !

Ileana sourit.

— Tu aurais dû me dire que tu avais peur de rester seul, j'aurais insisté pour que ce cher Aslan nous accompagne. Il aurait pu te garder et même te donner la main.

— Pfff, ce bellâtre ! On est bien mieux sans lui. Mais maintenant que tu en parles, je trouve que c'est bizarre qu'il ne soit pas venu alors qu'il te collait aux basques sans arrêt. Je me demande bien pourquoi. Peut-être que...

Ileana l'interrompit. Elle n'avait aucune envie d'entendre les théories fumeuses du garçon.

— Bon, je te laisse réfléchir à ces questions passionnantes. À tout à l'heure !

Et elle s'éloigna en direction de la maison.

Ileana sourit. Angvarna pouvait agiter son bâton et faire ses petits tours de passe-passe, elle ne lui inspirait plus de frayeur. Sa demeure, avec sa foule de détails caractéristiques d'Illiriane, montrait bien qu'elle venait de la même cité qu'elle, car chaque ville avait son style particulier. Et elle ne pouvait rien craindre d'une vieille fée qu'Aourig connaissait.

Elle arriva devant la bâtisse, qui était d'une taille assez imposante. Au loin, elle voyait les jumeaux, minuscules, assis dans l'herbe à la lisière de la forêt.

Elle frappa à la lourde porte de bois. Pas de réponse.

Après une nouvelle tentative, elle poussa la porte et entra.
Angvarna arriva comme une furie.
— Comment as-tu fait ? Personne ne trouve jamais ma maison si je ne le désire pas. Qui es-tu ?
— Je suis Ileana, fille d'Iowena.
La vieille se troubla.
— La fille d'Iowena...
— Tu connais ma mère ?
Une expression presque attendrie passa sur le visage défiguré d'Angvarna.
— Je l'ai connue, en effet, il y a bien longtemps... Une éternité.
Angvarna se laissa aller à ses rêveries pendant quelques instants puis secoua la tête et fixa Ileana, le regard à nouveau perçant.
— Qui t'a dévoilé mon existence ?
— Ma tante Isilda. Elle pense que tu pourrais détenir les réponses à certaines questions que je me pose.
— Il doit se passer des événements extraordinaires pour qu'on pense à la vieille Angvarna. Si singuliers que la fille de la reine en personne se déplace pour me voir... sans sa suite mais avec deux sorciers jumeaux venus du monde-du-dehors. Plutôt inhabituel, je dois dire.
Ébahie, Ileana balbutia.
— Des sorciers ? Mais... mais c'est impossible, je les connais bien, ils n'ont aucun pouvoir, ils ne peuvent pas être...
La vieille éclata de rire.
— Tu devrais voir ta tête. Très distrayant. Ainsi tu ne savais pas que tu côtoyais une paire de sorciers ?
Ileana ne disait mot, le souffle coupé. C'était complètement fou ! Angvarna, qui s'amusait beaucoup, reprit :
— Ne me dis pas que tu n'as pas vu leurs auras.
— Ben... si, mais on en a tous une, alors...
— Les humains n'ont pas d'aura.
Devant l'air sceptique de la jeune fée qui n'arrivait pas à

imaginer ses deux amis humains en sorciers, elle continua :

— Je le sais de façon certaine. J'ai déjà vu des humains et des sorciers à Edelynn, et crois-moi, il est impossible de confondre. L'un des parents de tes amis est d'ici, c'est la seule explication possible.

Abasourdie, Ileana repensa à la photo qu'elle avait vue sur la table de chevet de Claire, au foyer. La jeune femme aux cheveux noirs barrés d'une mèche blanche et l'homme blond à l'air mélancolique. Leur père avait disparu un jour, et sa femme l'avait suivi de peu. Comment s'appelait-il déjà ? Ah oui, Daniel...

Soudain les yeux d'Ileana s'agrandirent démesurément.

Daniel ! Se pourrait-il que... que ce soit Aniel, le faé dont Isdragarn s'était entichée et qui avait disparu de la circulation deux ans auparavant ?

Angvarna se divertissait beaucoup à lire les pensées d'Ileana sur son visage.

— Je vois que tu commences à me croire.

Elle haussa les épaules.

— Enfantillages...Tout cela n'a pas grande importance. Mais j'avoue que tu as su piquer ma curiosité. Je me demande quels troubles secouent Edelynn pour qu'on fasse ainsi appel à la vieille Angvarna. Alors voici ce que je te propose : tu vas aller chercher tes amis et vous passerez tous les trois quelques jours chez moi. Tu me raconteras comment va Edelynn en ce moment et tu me donneras des nouvelles de ta mère et de ta cité. Vous me direz comment vous vous êtes rencontrés et tes amis me parleront du monde-du-dehors. En échange, je vous offre l'hospitalité aussi longtemps que vous le voudrez et je répondrai à tes questions. Ce marché te convient-il ?

Encore sonnée par la révélation d'Angvarna, Ileana ne put articuler un mot et se contenta d'acquiescer d'un signe de tête. Puis elle retrouva ses bonnes manières et ajouta :

— Je te remercie de ton accueil, Angvarna. Je vais aller

chercher mes amis, puisque tu as la bonté de nous inviter.

Elle inclina légèrement la tête en signe de salutation et elle sortit de la maison.Sur le pas de la porte, elle inspira profondément en regardant le ciel.

Les jumeaux, des sorciers ! Des êtres mi-humains, mi-fées !

Soudain, elle éclata de rire. C'était le scoop de l'année, ça ! Benoît allait en être fou de joie et de fierté.

Comment allait-elle leur annoncer cette extravagante nouvelle ?

Tandis qu'elle se précipitait à leur rencontre, elle sentit un léger frémissement dans l'air. Sans doute Angvarna a-t-elle levé le charme entourant sa maison, se dit-elle en se promettant de l'interroger à ce sujet.

Elle en eut la confirmation en voyant Benoît se lever et courir vers elle, suivi de Claire.

— La maison, je la vois ! hurlait le garçon en faisant de grands gestes.

Il arriva bientôt à sa hauteur.

— Alors, tu l'as vue, Carabosse ? Ça n'a pas été trop terrible ?

— Pas du tout, sourit Ileana. Elle nous invite même à passer quelques jours chez elle tous les trois. Sympa, non ?

Le garçon prit un air méfiant.

— Ouh là ! Et ensuite elle me mettra en cage et elle demandera à Claire de m'engraisser, comme dans Hansel et Gretel.

— Mais n'importe quoi, vraiment ! Je t'assure qu'elle a complètement changé d'attitude une fois que je lui ai dit qui j'étais.

— Mouais…tu es trop naïve, ma chère. Ça sent le piège à plein nez. On dirait que tu as déjà oublié l'horrible frousse de tout à l'heure, dans les rochers. Moi, j'ai pas confiance.

— Ah, ça, j'avais remarqué. Mais je te dis qu'on peut lui faire confiance. Elle vient d'Illiriane aussi, elle connaît ma mère, elle a très envie que je lui donne des nouvelles de tout le monde et aussi d'entendre mes aventures dans votre monde. Et surtout, et surtout…

— Surtout quoi ?

— Elle m'a dit un truc absolument hallucinant sur vous.
— Quoi ? Quoi ? Vas-y, dis !!
Ileana rit, toute excitée.
— Je ne sais pas comment vous annoncer ça.
— Mais quoiiiii ? interrogea Benoît sur des charbons ardents.
Ileana étudia attentivement l'herbe comme pour y trouver l'inspiration. Elle releva les yeux et regarda alternativement ses deux amis.
— Vous vous souvenez du chéri de ma tante ?
— Bien sûr, le fameux Aniel qui voulait voir du pays.
Ileana eut un sourire radieux.
— Eh ben j'ai de fortes raisons de penser qu'Aniel est votre père.
Les jumeaux ne répondirent rien, tant ils étaient sidérés. Ils se contentaient de la regarder, les yeux ronds et la bouche ouverte.
Ileana éclata de rire.
— Fermez la bouche, gobe-mouches ! Ahurissant, non ? C'est Angvarna qui m'a dit qu'un de vos parents était d'Edelynn.
Benoît retrouva ses esprits.
— Comment elle sait ça ? On a un signe invisible tamponné sur le front ou quoi ?
— Non, elle a vu ça à votre aura, il paraît que les humains n'en ont pas.
— Et comment elle a pu voir ça en plein jour, hein ?
— On peut les deviner sans les voir, avec un peu d'expérience. Moi-même, depuis mon initiation... Euh, bon, passons.
Claire prit la parole de sa voix douce.
— Mais cet...Aniel, il est parti d'ici il y a peu de temps, n'est-ce pas ?
Benoît rétorqua :
— Ça ne veut rien dire. N'oublie pas la distorsion temporelle ! Deux ans ici, ça représente beaucoup plus chez nous, peut-être une quinzaine d'années, ça pourrait coller. Purée de punaise, j'arrive pas à y croire ! On est les enfants d'un faé ! On est d'ici !

Claire continua :

— En tout cas, ça expliquerait pas mal de choses. Sa disparition, par exemple. Et mon don pour guérir les bobos, aussi…

Benoît rugit.

— Sa disparition !!! Mais bien sûr ! Je savais que je connaissais le nom de Fonpierre, personne ne voulait me croire. J'ai dû entendre papa le dire peu avant son départ ! Et puis c'est resté gravé là, dit-il en se touchant le front.

— Mais alors… fit-il, ébranlé par cette conclusion, ça voudrait dire qu'il est ici ! Qu'il est rentré chez lui, un jour, alors qu'on n'avait que cinq ans…Mais pourquoi il nous a laissé tomber ?

Le garçon semblait prêt à pleurer.

La jeune fée posa la main sur son bras.

— Il n'a pas pu faire autrement, c'était ça ou mourir. Il n'y a quasiment pas d'énergie vitale de votre côté, on ne peut plus faire grand-chose quand on est une fée, on se fatigue vite, on n'a presque plus de pouvoirs : moi je ne suis restée que quelques mois, et j'ai vu comme je m'affaiblissais. Lui, s'il est resté 6 ou 7 ans, le temps de rencontrer votre mère et de vous avoir, il devait être carrément au bout du rouleau. Il ne faut pas lui en vouloir, c'était une question de survie.

Benoît acquiesça doucement.

— Et maman, qu'est-ce qu'elle a pu devenir ?

Claire hasarda une explication.

— Elle l'a sans doute suivi. Et elle est forcément entrée aussi à Edelynn ! Si elle n'avait pas trouvé la porte de Fonpierre, par où il est vraisemblablement passé, elle serait revenue auprès de nous. Et il a dû lui arriver la même chose qu'à Ileana : une fois à Edelynn, elle n'a plus retrouvé le chemin du retour.

— Sauf que lui le connaissait, puisqu'il était déjà passé une fois de notre côté.

Les trois réfléchirent en silence.

— Peut-être que votre maman n'a pas retrouvé votre père de ce côté. C'est la seule explication. En tout cas, je vous le promets, on les retrouvera. Ils ne sont pas à Edelynn depuis longtemps, un an environ, et leurs traces sont encore fraîches. Ça nous fait juste un peu plus de personnes à retrouver, vos parents en plus des miens ! sourit Ileana.

Soudain une pensée illumina le visage de Benoît.

— Mais j'y pense ! Si papa est d'ici, on reste avec lui pour la vie ! Il n'y a plus aucune raison de retourner dans le monde-du-dehors. Youpiiie, adieu le foyer et le collège !

10

Leçon de langues

Vautré comme une méduse sur un tas de coussins, Benoît flottait dans une douce béatitude. Cette Angvarna était une fameuse cuisinière ! Une fois passée la première impression un peu… crispante, et si on faisait abstraction de son regard qui plongeait au plus profond de votre âme, la vieille fée n'était pas méchante.

À leur arrivée, elle avait troqué son attirail théâtral contre une mise très simple, et si on exceptait les traits bizarres sur son visage, elle n'était plus vraiment effrayante.

En tout cas, elle les avait très bien accueillis et leur avait immédiatement attribué des chambres, une grande pièce au premier pour les filles, et une petite chambre au rez-de-chaussée pour lui.

En ce moment, elle discutait avec Ileana, et Claire tentait avec application de saisir des bribes de conversation. Ah là là, sacrée Claire, elle ne changerait donc jamais ! Toujours à l'affût de nouvelles connaissances, toujours avide d'apprendre et prête à travailler dur. Il ne comprenait pas qu'on puisse se compliquer la vie comme ça !

Lui, c'est bien simple, il allait dorénavant se la couler douce. Non seulement il était l'ami personnel et le conseiller de la future reine des fées, ce qui lui conférait un statut tout à fait particulier, mais en plus il était un authentique sorcier !

Il n'en revenait toujours pas. Benoît le sorcier. Il suçait ces quelques mots comme un bonbon délicieux dont il ne se lassait pas. Même dans ses rêves les plus fous il n'aurait jamais imaginé une chose pareille.

Soudain une idée se forma dans son cerveau à l'activité ralentie par la digestion. S'il était sorcier, il devait avoir des pouvoirs spéciaux ! Dorénavant il serait imbattable. Il pourrait même retourner vite fait au foyer juste pour le plaisir de mettre une raclée à Stan. Cette pensée le galvanisa et il se redressa sur sa banquette moelleuse.

— Dis voir, Ileana, tu peux demander à Angvarna quels pouvoirs ont les sorciers ?

Claire secoua la tête.

— Faudrait peut-être pas trop te monter la tête, frérot. On n'est pas dans un film de Harry Potter.

Ileana se tourna vers Angvarna, mais celle-ci avait bien compris la question. Elle répondit en langue des fées, et Ileana traduisit au fur et à mesure aux jumeaux.

— Angvarna dit que c'est très variable selon les personnes. Certains sont comme les humains de base, d'autres sont très doués, la plupart n'ont qu'un don assez réduit, en général ils sont de bons guérisseurs ou de fins psychologues dotés d'une espèce de sixième sens. Mais il y eut aussi par le passé des sorciers exceptionnels qui sont devenus des personnages de légende. Quant à vous, il faut vous tester pour voir vos aptitudes. Mais pourquoi tu remues comme ça ? C'est la perspective de devoir passer des tests qui te rend nerveux ?

— Non, ça m'agace de devoir attendre ta traduction. Elle ne pourrait pas apprendre le français vite fait, Angvarna, pour qu'on puisse causer en direct ?

Ileana parut choquée.

— Ne t'en fais pas, d'ici quelques jours elle le parlera très bien. Mais rien ne t'empêche d'essayer d'apprendre sa langue. Pourquoi ce serait toujours aux autres de faire un effort pour te comprendre ? Claire a déjà commencé, elle.

Benoît haussa les épaules.

— Pfff ! Il m'a fallu un an pour savoir dire *my name is Benoît*, alors tu imagines, avec votre langue bizarroïde ? Y aurait pas plutôt un sort pour apprendre à la parler d'un seul coup ?

Claire sourit.

— Ce serait vraiment pratique pour le collège, ça.

— Ne me parle plus jamais de collège ! Fini, le collège ! Je n'y remettrai jamais les pieds !

— De toute façon, tu ne pourras jamais échapper à l'école. Ici, il y en a une aussi, je te signale. Tu ne pourras pas rester un âne toute ta vie !

Angvarna éclata de rire. Elle trouvait les jumeaux très divertissants.

Elle dit quelques mots à Ileana tout en regardant le garçon.

— Qu'est-ce qu'elle dit ?

— Qu'il y a peut-être un moyen. Un truc qu'elle a utilisé il y a très longtemps pour enseigner notre langue à une sorcière.

— Ouah, super ! On commence quand ? Ça consiste en quoi ?

— Un genre de séance d'hypnose, si j'ai bien compris. Il faut qu'on soit deux, et ça tombe bien que j'aie fait mon initiation, elle va pouvoir utiliser mon pouvoir.

Benoît parut soudain un peu inquiet.

— Je ne vais pas finir décervelé, au moins ?

Claire rit malicieusement.

— Je me demande si on verrait la différence...

Angvarna attendait en souriant.

— Euh, on le fait là, tout de suite ?

— Pff, ce que les garçons sont trouillards ! Bon, on commence par moi, si tu préfères. Comme ça, si je ne suis plus qu'un légume après la séance, tu t'abstiendras.

— Blablabla, répondit Benoît vexé, mais soulagé au fond que sa sœur passe en premier.

Angvarna disposa trois tabourets en triangle et fit signe aux deux filles de prendre place, tandis qu'elle s'asseyait sur le troisième siège.

D'un geste, elle éteignit presque toutes les lumières pour ne laisser qu'une lueur rougeâtre centrée sur leur trio.

D'un geste presque tendre elle écarta les cheveux de Claire pour dégager son front puis lui transmit ses ordres par l'intermédiaire d'Ileana. Elle fit apparaître une petite flamme bleue dans sa main et lui demanda de la fixer intensément, tandis qu'elle fredonnait d'une voix douce et grave.

Puis Ileana approcha son front de celui de son amie et lui prit les mains.

La vieille posa ses mains sur la tête de la jeune fille, et pendant ce qui sembla des heures à Benoît, elle psalmodia en langue des fées tandis que les deux amies étaient toujours front contre front, le regard vrillé à la petite flamme bleue qui dansait entre elles.

Soudain Benoît se réveilla. Pendant un court moment, il ne se rappela pas où il était. Ces coussins, ces tapis colorés...

Puis d'un coup il se souvint : Claire et la cérémonie étrange... Il chercha les autres des yeux. Elles étaient toutes trois assises un peu plus loin et conversaient à voix basse.

Angvarna tourna la tête vers lui et le fixa de son regard presque transparent.

— Mais voilà notre jeune homme qui se réveille ! Bien dormi ?

Benoît ouvrit des yeux en billes de loto.

— Mais... je comprends tout ! On me l'a fait à moi aussi ?

Claire rit.

— Bien sûr, tu ne t'en souviens pas ? Faut dire que tu étais passablement somnolent quand on a commencé. Angvarna a dit que ça valait même mieux, car tu serais plus réceptif, tu t'abandonnerais plus facilement. Si tu avais été vraiment réveillé, elle aurait eu du mal avec toi, tu as tant de peine à rester tranquille et à te concentrer.

Le garçon était vaguement honteux d'avoir été manipulé dans une semi-inconscience. Pas vraiment héroïque comme situation.

— J'ai mal au crâne.

Une fois de plus, Claire éclata de rire en voyant sa tête.

— C'est pas grave, c'est juste que ta cervelle n'a pas l'habitude de travailler. Trop de choses pour trop peu de place, si tu vois ce que je veux dire. Mais je vais m'occuper de toi. Il paraît que j'ai un vrai don de guérisseuse, Angvarna l'a décelé pendant la séance.

Et elle posa les doigts sur les tempes de son frère qui se sentit mieux presque immédiatement.

— Et moi, qu'est-ce que j'ai comme don ?

Claire haussa les épaules.

— Elle n'a pas trouvé. Ça ne veut pas dire que tu n'en as pas, mais il n'était pas évident.

Benoît bouda cinq secondes, le temps de trouver une explication lumineuse.

— S'il n'apparaît pas clairement, c'est que ce n'est pas un don banal, voilà tout. Je suis sûr d'avoir un don fantastique : tu verras, un jour je vous étonnerai.

— Mais oui, mais oui, ne surtout pas le contrarier. Bon, tu viens ? Angvarna nous raconte des histoires passionnantes.

Benoît les rejoignit et s'installa confortablement. Pas de doute, on savait vivre, chez les fées !

Claire demanda à Angvarna de leur parler de la sorcière, celle qui avait bénéficié de la leçon de langues avant eux.

Angvarna hocha la tête, le regard perdu dans le vague.

— C'est une histoire un peu triste qui est arrivée à une de mes amies. C'était il y a plusieurs siècles de cela...En cette époque on passait assez facilement d'Edelynn au monde-du-dehors, les portes étaient plus nombreuses et assez connues ; les humains nous accueillaient bien, et certaines d'entre nous faisaient de fréquentes incursions là-bas.

Cette amie était intrépide et aventureuse, et elle a aussi voulu voir le monde-du-dehors. Elle y est tombée amoureuse et a eu une petite fille.

L'enfant a manifesté très tôt des dons de clairvoyance étonnants, et les gens ont pris l'habitude de venir lui soumettre leurs problèmes. Sa mère revenait de temps en temps à Edelynn pour s'y ressourcer, car il est impossible à une fée de vivre définitivement de l'autre côté. Chaque fois qu'elle retournait là-bas, sa fille avait grandi, c'était inévitable. Elle ne voulait pas l'arracher à ses semblables, mais une série d'événements tragiques l'a fait changer d'avis. À cette époque ont commencé les persécutions des sorcières et des rebouteux, et Aou... enfin cette amie tremblait pour la vie de sa fille. Comme le père de celle-ci était le seigneur du coin, elle était un peu plus en sécurité que les autres femmes convaincues de sorcellerie, mais elle a fini par être menacée, elle aussi. Alors sa mère a décidé de l'emmener à Edelynn pour la sauver du bûcher. Elles ont vécu ensemble de longues années, mais bien que les sorciers vivent plus longtemps que les humains, ce n'est rien comparé à la durée de vie des fées, et cette amie a eu la douleur de voir mourir son enfant.

Pendant quelques instants, personne ne dit rien.

Puis Claire demanda ce que cette fée était devenue.

— Son immense chagrin l'avait aigrie, mais on lui a donné en nourrice deux petites filles qui venaient de naître, et ça l'a sauvée. Elle s'est dévouée corps et âme à ces petites fées.

Ileana eut une intuition.
— Je la connais, ton amie ?
— Oui.
— Aourig ?
— Tu as bien deviné, c'était elle. Elle a choyé ta mère et ta tante comme personne.
— Incroyable ! Je n'aurais jamais imaginé que la vieille Aourig avait pu traverser de pareilles épreuves ! Je sais depuis que je suis toute petite qu'elle a été la nounou de maman, mais je ne m'étais jamais demandé pourquoi elle n'avait pas eu d'enfant elle-même. Alors qu'une nounou sans enfant, ça n'existe pas ! Elle faisait partie du paysage, tout simplement, Aourig, avec son fichu caractère et son cœur d'or, et on avait tellement pris l'habitude de la voir se dévouer pour les autres qu'on oubliait qu'elle pouvait avoir eu une vie personnelle. Je te remercie de nous avoir raconté son histoire.

Les jumeaux acquiescèrent.

Benoît, grisé par sa connaissance toute neuve de la langue des fées, décida pour se lancer de faire un petit compliment à leur hôtesse :
— Narva guené enga.

Et les trois femmes éclatèrent de rire.
— Quoi, qu'est-ce qu'il y a ? Qu'est-ce que j'ai dit ? C'est pas juste ?

Claire lui expliqua son erreur.
— Tu as dit ènga. C'est énga.
— Et alors, je ne vois pas la différence. On ne va pas chipoter pour un accent de rien du tout…
— Comme tu veux. D'ailleurs ce que tu as dit est plein de bon sens, mais je ne pense pas que c'était volontaire. Je suppose qu'à la place de « je suis très bête », tu voulais plutôt dire : « je suis très content »…

11

Les portes du temps

De quelle époque venez-vous, au fait ?
La question les laissa pantois.
— Du début du XXIe siècle.
Angvarna s'émerveilla que tant d'années aient déjà passé de l'autre côté depuis son dernier voyage là-bas. Benoît s'agita.
— Il y a un truc que je ne comprends pas : comment ça se fait qu'il y ait ce décalage de temps entre ici et chez nous ? Et aussi, d'où elles viennent, ces portes ? Et comment ça se fait que les deux mondes soient superposés ?
Angvarna rit de cette avalanche de questions.
— Les portes ? C'est un des petits bricolages des elfes... Tout comme les portes du temps, la forêt de Néourvellen ou n'importe quel paysage d'Edelynn, d'ailleurs.

— Vous voulez dire que rien de tout ça n'est naturel ?

— Oh non. Les elfes se sont servis de leurs connaissances immenses pour transformer leur monde à leur gré et le séparer du vôtre.

— Quoi ? ! ! Mais c'est dingue ! Et pourquoi ils ont fait ça ? On pue ou quoi ?

— Je suppose qu'à l'origine ils n'avaient pas trop envie de cohabiter avec des humains en peaux de bêtes armés de massues.

Benoît était abasourdi. Se rendre compte que les elfes constituaient une civilisation très avancée alors que ses propres ancêtres n'en étaient qu'au stade de l'homme préhistorique lui causait un choc.

Soudain il réalisa qu'Angvarna avait dit quelque chose d'incroyable.

— Mais... Vous avez parlé de portes du temps ? C'est quoi, ça ?

La vieille fée sourit.

— Dans « portes du temps », quel est le mot que tu ne comprends pas ?

Benoît se pencha vers elle, très excité.

— Vous voulez dire qu'on peut aller dans le passé en passant par certaines portes ?

— Oui, tout juste. À côté de chaque porte, on trouve une porte du temps, elle ont toujours été là par deux.

— Et à quoi on les reconnaît ?

— Et bien, à un détail étonnant : en apparence, ce n'est qu'un bout de forêt, mais si on regarde bien, on voit à l'emplacement des portes du temps des plantes qui n'existent nulle part ailleurs. À droite de la porte, elles sont éternellement en fleurs et en fruits, et à gauche figées dans leur décrépitude. Et ces plantes ne survivent pas à la transplantation, je le sais, j'ai essayé.

Claire s'anima. Elle adorait les fleurs.

— Et elles ressemblent à quoi, ces fleurs magiques ?

— À ça...

Et Angvarna tendit la main, projetant au-dessus de sa paume l'image en trois dimensions d'une grappe de fleurs argentées.

Benoît revint au sujet qui l'intéressait.

— Et on les utilise comment, ces portes ? Je suppose qu'on ne peut pas se contenter de passer tout simplement, sous peine de se retrouver n'importe où ?

— Dis plutôt : n'importe quand ! Tu as raison, il faut se faire une image mentale précise de l'endroit et de l'époque où on veut aller, ce n'est pas facile. Et il faut arriver à se détacher de son corps, pas évident la première fois.

— Se détacher de son corps ?

— Mmm, par ces portes-là, on ne voyage que par l'esprit. Le corps ne peut pas quitter le temps auquel il appartient.

Benoît semblait atterré.

— Alors il faut être yogi ou moine bouddhiste pour y arriver ?

Angvarna sourit.

— Je ne sais pas qui sont les personnes dont tu parles, mais les fruits de la plante aident beaucoup à ce détachement.

Ileana fronça les sourcils.

— Mais... comment se fait-il qu'Isilda m'ait caché une information aussi intéressante lors de mon initiation ?

Angvarna eut un petit sourire moqueur.

— Tu sais, ma chérie, je ne voudrais pas casser du sucre sur le dos de cette brave Isilda, mais elle n'est pas très futée et elle ne pouvait pas te parler de choses qu'elle ignorait... Il aurait mieux valu pour toi être initiée par ta mère.

— Mais je ne demandais pas mieux ! Dans d'autres circonstances...

Angvarna secoua la tête.

— Oh, excuse-moi, ma pauvre petite ! Je devrais réfléchir avant de parler. Il est bien évident que c'était mieux que rien. Mais tu comprends, si ta mère est la reine des fées, ce n'est pas pour rien. Sa lignée est bien plus puissante que celle d'Isilda, par exemple.

Ileana soupira et Angvarna s'en voulut d'avoir gaffé. Elle tenta une diversion.

— Au fait, si vous me racontiez l'histoire depuis le début ?

Ileana regarda Benoît. D'habitude, il adorait faire de grands discours mais il ne se sentait pas capable de raconter quoi que ce soit en langue des fées.

Ileana prit donc la parole et relata tout ce qui lui était arrivé depuis l'attaque de la cité : la pierre disparue, la fuite, la rencontre avec sa tante Isdragarn, l'exil dans le monde des humains, le foyer et les jumeaux. Elle narra les moments de désespoir, les recherches entreprises avec les jumeaux, l'aide de monsieur Guillemin. Elle cita des anecdotes amusantes ou dépaysantes, passa soigneusement sous silence l'existence de Stan, et termina par ses impressions depuis qu'elle était enfin revenue à Edelynn.

— Tout cela est étonnant ! déclara Angvarna. Quelles aventures extraordinaires tu as vécues !

Elle réfléchit un instant.

— En résumé, on a enlevé Iowena et sa suite, et on a volé la pierre des fées. Ça n'a ni queue ni tête, je ne trouve aucune explication à ces actes... Il y avait des tordakyls, ce qui laisse supposer que les elfes sont dans le coup. Mais quel intérêt auraient-ils à faire une chose pareille ? Ils ne s'occupent plus de nous depuis des millénaires, ils sont tellement au-dessus de ça, pourquoi viendraient-ils subitement détruire la cité et surtout voler une pierre qu'ils nous ont eux-mêmes confiée ?

Ileana ouvrit de grands yeux.

— La pierre... elle vient des elfes ?

— Mmm. Les cinq pierres formaient un tout à l'origine, elles ont ensuite été séparées et distribuées entre les peuples, j'ignore pourquoi.

— Mais, Angvarna, comment se fait-il que tu saches tout cela ?

La vieille fée sourit.

— En tant que suivante de ta grand-mère, j'ai appris beaucoup de choses. Et je vis depuis tant de siècles que j'ai eu le temps d'étudier... Mais revenons à nos moutons. Tu dis qu'Isdragarn était absente à ce moment-là et qu'elle t'a fait fuir par la porte de Naga-Sqa.

— Nagaska ? répéta Benoît.

Ileana éluda la question d'un signe de la main.

— Naga-Sqa. C'est le nom de cette porte, en langage des fées.

— Isdragarn a donc jugé qu'il valait mieux que tu ne restes pas là. Soit. Le problème est que tu as dû te débrouiller pour rentrer seule et que tu ne l'as pas revue depuis. Où peut-elle être allée ? Que lui est-il arrivé ? Encore un problème qui n'a pas beaucoup de sens. Ensuite, tu te fais initier par Isilda, ce qui n'est qu'un pis aller, et tu apprends là-bas qu'elle monte une armée depuis des années.

— Elle semble penser qu'un affrontement est inévitable, mais le problème, c'est qu'elle ne sait pas avec qui ! Du coup, elle m'a collé un archer dans les pattes, un certain Aslan, qui est censé me protéger.

— Aslan, le bel Aslan... Encore un pion dans la partie... Se pourrait-il que...

— Tu le connais ? Ileana était sidérée.

Angvarna ne répondit pas.

Elle s'était tournée vers une espèce de table basse et marmonnait tout en faisant apparaître des petites silhouettes sur le bois sombre :

— Iowena. Isdragarn. Ileana et ses amis sorciers. Aniel, le père des sorciers. Isilda et son armée. Aslan. Les elfes ? Non, ça ne cadre pas. Une troupe de trolls et de tordakyls. Et leur chef, le pion inconnu...Que vient-il faire dans cette histoire ?

Ileana et les jumeaux échangèrent des regards inquiets.

Avec hésitation, la jeune fée interrompit Angvarna dans sa méditation.

— Mais toi-même, tu ne te mets pas dans la liste ?

La vieille fée tourna vers elle un regard un peu halluciné.

— Moi ? Mais je ne peux pas entrer dans la partie !

12

Histoires de famille

Elle était complètement partie, là, ton Angvarna ! Je dois dire qu'elle m'a fichu un peu la trouille, avec ses petits bonshommes.

Après la dernière question d'Ileana, Angvarna s'était complètement fermée et était retournée à sa méditation.

Le trio avait fini par la laisser et s'était réfugié dans la chambre des filles.

Benoît, assis sur le lit de Claire, ne mâchait pas ses mots.

— Je me demande vraiment si ça vaut la peine de rester. À mon avis, on perd notre temps. D'accord, elle fait bien la cuisine, mais elle est quand même sacrément cintrée. Des fois qu'elle ait une crise et qu'elle nous fasse je ne sais quoi…

Claire secoua la tête, scandalisée.

— Mais elle est tout à fait normale !

— Normale ? Quand elle fait marcher des petits bonshommes fluorescents sur un bout de bois en nous regardant d'un air shooté ? Non, moi je dis qu'il faut partir d'ici, et vite. D'ailleurs, on n'a rien appris du tout.

Ileana leva les yeux au ciel.

— Mais n'importe quoi ! Tu as vraiment la mémoire courte ! Je te fais remarquer que tu as appris la langue des fées sans te fatiguer, alors qu'il t'aurait fallu des siècles en temps normal.

Benoît grimaça. Effectivement, il avait oublié ce point important.

— Et je te rappelle aussi que sans Angvarna, tu ne saurais toujours pas que tu es sorcier ! C'est quand même elle qui l'a déterminé. Tu ne vas pas dire le contraire.

— Bon, d'accord, ce n'était pas complètement inutile.

— Et c'est grâce à cette révélation que tu sais que tu ne seras pas obligé de retourner dans le monde-du-dehors si tu ne veux pas. Et qu'on a de bonnes raisons de penser que vos parents sont sans doute ici, à Edelynn, alors que vous les croyiez morts ! Si c'est pas utile, ça…

— OK, je m'excuse, Angvarna a été très utile. Mais maintenant, il n'y a plus rien à en tirer. Tu as bien vu comme elle pédalait dans la semoule après ton histoire.

— Je ne suis pas du tout de ton avis ! Au contraire, j'ai l'impression qu'elle en sait beaucoup plus qu'elle ne veut bien le dire, et j'ai la ferme intention de la cuisiner pour obtenir un maximum de renseignements. En plus, j'ignore pourquoi, mais elle sait faire un tas de choses et elle semble bien informée. Il faut que je tire tout ceci au clair. Elle en sait plus qu'Isilda ou que les Anciennes, ça vaut la peine de rester encore un peu.

Claire acquiesça.

— Je suis entièrement de ton avis, Ileana. Elle m'a l'air d'être une personne tout à fait remarquable et je pense qu'elle peut nous en apprendre beaucoup dans tous les domaines.

Benoît haussa les épaules.

— Bon. La majorité a parlé, je me rends. Cuisinez-la tant que vous voudrez, mais ce sera sans moi, elle me fiche la chair de poule.

Et sur ces paroles définitives, il décida d'aller se coucher.

* * *

Lorsqu'Ileana se réveilla le lendemain matin, elle perçut immédiatement que quelque chose n'allait pas.

Depuis son retour à Edelynn, elle se sentait responsable des jumeaux et, dix fois par jour, elle projetait son esprit dans leur direction pour vérifier qu'ils allaient bien.

Ce matin, après être sortie des brumes de rêves un peu angoissants, elle avait fait sa petite vérification habituelle. La constatation que quelqu'un manquait avait achevé de la réveiller. Elle secoua Claire qui dormait dans le lit d'à côté.

— Claire ! Réveille-toi ! Benoît n'est plus là.

Sans attendre de réaction, elle sortit de la pièce en courant et se précipita au rez-de-chaussée.

La chambre de Benoît était vide, mais un petit mot placé en évidence sur l'oreiller attira son attention.

Elle le lut et le passa à Claire qui en fit la lecture à haute voix à destination de Angvarna qui venait d'entrer dans la pièce, attirée par le remue-ménage.

— Je pars faire un petit tour avec Arak, j'en ai pour deux ou trois jours peut-être. Ne vous inquiétez pas, je maîtrise la situation.

Claire était folle de rage.

— Mais quel crétin, celui-là ! Qu'est-ce qui lui prend ?

— Calme-toi. Ce n'est pas bien grave.

Claire ne décolérait pas.

— Dire qu'il est peut-être parti après notre discussion d'hier soir ! On aurait dû le surveiller, j'aurais dû me douter qu'il allait faire quelque chose...

Angvarna apporta une précision :

— Il n'est pas parti hier soir ; j'ai senti l'ours arriver tôt ce matin et le garçon quitter la maison peu après.

— Pourquoi ne l'avez-vous pas retenu ?

Angvarna haussa les épaules.

— Pourquoi aurais-je fait une chose pareille ? Il était libre de partir.

— N'empêche que je ne comprends pas pourquoi il n'a pas dit où il allait et pourquoi il n'a pas proposé qu'on y aille tous les trois. Jusqu'à présent, on a toujours tout fait ensemble.

Angvarna sourit.

— Justement, il en avait peut-être assez de tout faire en groupe. Et il a sans doute eu envie d'action, il faut bien dire que nous avons passé le plus clair de notre temps à discuter depuis que vous êtes ici. Les garçons ne supportent les parlotes qu'un temps limité, il vient forcément un moment où ils ont des fourmis dans les jambes.

Ileana acquiesça.

— C'est tout à fait ça. Il nous a fait comprendre hier soir qu'il en avait un peu marre des discussions. Je suppose qu'il a envie d'explorer un peu son nouveau monde, d'autant qu'avec Arak il ne risque rien... et surtout pas de marcher ! conclut-elle en riant.

Claire semblait calmée.

— De toute façon, on va le voir rappliquer au triple galop dès qu'il aura faim.

Cette évocation lui rendit le sourire.

Les trois femmes s'installèrent devant la table du petit déjeuner. Elle était chargée de choses si succulentes que Claire se sentit vengée de son frère.

— Dire qu'on va s'en mettre plein la panse, alors qu'en ce moment ce pauvre Benoît galope le ventre vide...

Angvarna éclata de rire.

— Tu le fréquentes depuis si longtemps, et tu ne le connais pas encore ? Il est loin d'avoir le ventre vide, il a emporté la moitié de mes réserves !

Claire en était bouche bée.

Pour sa part, Ileana avait classé le problème « Benoît ». Elle avait décidé de soutirer un maximum d'informations à Angvarna, et le moment était propice.

— Angvarna, j'aimerais bien que tu me racontes l'histoire de ma famille, toi qui as connu ma grand-mère et qui as côtoyé ma mère et ma tante quand elles étaient petites.

Angvarna eut un sourire un peu mélancolique.

— Que veux-tu savoir ?

— Tout ! Comment s'appelait ma grand-mère, d'abord ?

— Tu ne commences pas par la question la plus facile. Le nom de ta grand-mère ne doit plus être prononcé.

Ileana ouvrit de grands yeux.

— Mais pourquoi ? ?

— Elle a été bannie. Son existence et jusqu'à son nom doivent être oubliés.

— Elle a commis un crime ?

— On a jugé que oui. Son premier tort a été de mettre au monde des jumelles.

Ileana n'en revenait pas.

— Des jumelles ? Maman et Isdragarn seraient jumelles ? Mais j'ai toujours cru que maman était l'aînée !

Angvarna secoua la tête.

— Non, elles ont le même âge. Ta grand-mère savait bien sûr qu'elle avait conçu des jumelles. Elle aurait dû en supprimer une dans son sein, mais bien qu'elle soit consciente des problèmes que ça pourrait engendrer, elle n'a pas pu s'y résoudre. Cette double naissance a été très mal vue, et les Anciennes ont prédit des catastrophes.

Ileana se fâcha.

— Mais en quoi ça les regardait, cette bande de vieilles pies ?

— Elles sont les gardiennes des règles. Et elles n'avaient pas tout à fait tort : les deux petites étaient de la lignée des reines, avec le même potentiel, mais une seule pouvait régner.

— Et qui a décidé que ce serait maman ?

— Leur mère. Elle a naturellement tourné et retourné le problème dans tous les sens, il fallait qu'elle en choisisse une. Elle finit par désigner Iowena, car elle était plus conforme à cette fonction que sa sœur. Isdragarn offrait des possibilités intéressantes mais elle promettait d'être assez ingérable. Alors ta grand-mère a fait le choix de la tranquillité et de la continuité. Mais je crois qu'il lui en a coûté.

— Et pourquoi on l'a bannie, alors ?

— Parce qu'après avoir choisi celle qui lui succéderait, elle aurait dû en rester là. Mais elle a décidé d'élever ses deux filles de la même façon, ce qu'on trouva totalement déplacé. Isdragarn vivait déjà de façon scandaleuse, et les commérages allaient bon train. Ta grand-mère avait un petit faible pour elle et lui pardonnait tout. Les choses se sont gâtées quand les deux filles ont atteint l'âge de l'initiation. Ta grand-mère a initié les deux…

Ileana et Claire attendaient la suite, captivées.

— Et alors, que s'est-il passé ?

— Les Anciennes ont fait appel aux autres reines. Elles se sont réunies en conseil extraordinaire pour décider de ce qu'il convenait de faire. La mère d'Isilda a bien suggéré qu'on crée une nouvelle cité pour la confier à Isdragarn, mais on ne l'a pas écoutée, car c'était contraire aux règles. Ta grand-mère avait enfreint tellement de lois appliquées depuis la nuit des temps qu'elles ont décidé qu'elle devait être punie, et que la punition devait être exemplaire. Alors elle a été déchue et bannie. Elle a emmené quelque temps Isdragarn, puis celle-ci est revenue à Illiriane, et Iowena, qui avait toujours eu beaucoup d'affection pour elle, l'a accueillie à bras ouverts en tenant tête aux Anciennes.

Ileana réfléchit quelques instants.

— Qu'est-il advenu de ma grand-mère ?

— Elle n'est plus de ce monde.

— Et toi, pourquoi vis-tu à l'écart ? Qu'as-tu fait pour qu'Isilda hésite à me parler de toi, pour que les Anciennes aient peur de toi et qu'Aourig rechigne à me conduire à toi ?

Ileana n'osa pas ajouter : Et qu'est-il arrivé à ton visage ?

Angvarna tordit sa bouche et regarda au sol.

— J'ai choisi d'être fidèle à ta grand-mère et à mes idées. Pour elles toutes, je représente le chaos, la curiosité malsaine, le refus des règles établies : je les dérange dans leur façon immuable de voir les choses. Mais ça ne me gêne pas : la solitude me convient, et la liberté de penser et d'agir est un cadeau qu'elles m'ont fait sans le savoir.

Claire, qui n'avait rien dit jusque là, demanda :

— Vous semblez savoir tant de choses... Ne pouvez-vous pas nous aider à retrouver les parents d'Ileana ?

Angvarna soupira.

— Je ne peux pas vous aider. Il y a quelque chose qui m'échappe dans cette histoire. Je ne vois absolument pas qui peut être cet être à la tête de la troupe qui a attaqué Illiriane, et j'ai beau retourner le problème du vol de la pierre dans tous les sens, je ne lui trouve aucune signification.

Claire souffla de déception.

Ileana réfléchit.

— Ce que tu as dit hier sur les elfes m'a donné une idée. S'ils sont aussi puissants que tu l'affirmes, ils doivent pouvoir nous aider.

Angvarna eut un petit ricanement dubitatif.

— Les elfes ? Mais ils se fichent bien de ce qui se passe autour d'eux. L'immense majorité d'entre eux considère les autres peuples comme sans intérêt.

— Qui peut nous aider, alors ? Les nains ?

— Oh non ! Même s'ils ne trempent pas dans l'affaire, ils doivent être bien contents de ce qui arrive aux fées.

Ileana était stupéfaite.

— Mais pourquoi ?

— Ma petite chérie, mets-toi à la place des nains ou des trolls. Alors que les fées mènent une petite vie tranquille et futile, sans efforts, les nains doivent travailler pour produire leur nourriture, pour construire leurs villages. Ils n'ont aucun talent particulier, ils ne doivent leur survie qu'à un labeur incessant. Les trolls, de leur côté, même s'ils ne sont que des brutes épaisses, sont quand même conscients d'avoir été un peu oubliés le jour de la distribution des dons. Ces peuples haïssent les fées, ne te fais pas d'illusions. Elles sont le symbole de tout ce qu'ils n'ont pas : la beauté et la facilité. Tu n'obtiendras d'eux aucune aide.

— Mais… j'en ai déjà rencontré, des nains colporteurs. Ils étaient gentils avec nous !

— Bien sûr, ils venaient vous vendre leur artisanat ! Et il existe partout des êtres plus ouverts ou plus tolérants que les autres. Ceux-là devaient en faire partie.

— Je vais quand même aller voir les elfes. Ils savent forcément quelque chose. Eux sauront m'aider !

Angvarna soupira.

— C'est très dangereux, mais je crains que tu n'aies raison, tu en trouveras peut-être un mieux disposé que les autres.

— Pourquoi dis-tu que c'est dangereux ?

— Parce que les elfes se protègent des importuns depuis toujours. Ils détestent se mêler aux autres créatures qu'ils méprisent. Leur cité est difficile à trouver, et surtout, elle est entourée d'une forêt extrêmement dangereuse, qui forme une barrière quasi infranchissable entre eux et le reste du monde. Si tu es décidée à aller leur demander conseil, je t'indiquerai où se situe Néourvellen.

— Oh, merci, Angvarna ! Je savais que tu m'aiderais !

— Ne te réjouis pas trop vite, l'entreprise sera risquée. Il reste à espérer que tu tomberas sur un Veilleur bien disposé. Mais surtout, n'oublie pas ceci : si tu te trouves en fâcheuse posture, prononce fortement cette phrase : « Gardiens, en souvenir d'Éden, aidez-nous ! »

13

Retour vers le passé

Dis, Ileana, je ne voudrais pas paraître mère poule, mais je commence quand même à m'inquiéter pour Benoît. Ça fait quatre jours qu'il est parti !

Les deux amies étaient en train de ramasser des plantes médicinales dans le jardin d'Angvarna, mais Claire n'arrivait pas à se concentrer sur sa cueillette.

— Mmm. Je ne pense pas que tu aies du souci à te faire, il est avec Arak.

— Je sais bien, mais il avait dit « deux ou trois jours », pas « quatre » !

— D'accord, on va aller à la recherche de ton frérot chéri. Seulement, on ne sait pas où il est allé... Ah, j'ai une idée. Je vais lancer Astara à ses trousses. Comme elle communique mentalement avec l'ours, elle le retrouvera facilement, notre fugueur préféré.

Les filles allèrent déposer leurs paniers dans la maison, et Ileana appela la licorne, qui ne fut pas longue à se présenter, car elle batifolait dans les environs. Elle lui donna ses instructions, et Astara partit au galop vers la forêt.

Deux heures plus tard, la licorne revint, très agitée.

À voir le visage soudain soucieux d'Ileana, qui conversait mentalement avec elle, Claire comprit qu'il était arrivé quelque chose à Benoît.

Elle agrippa Ileana par la manche.

— Que se passe-t-il ? Où est Benoît ?

— À Naga-Sqa. La porte, ajouta-t-elle en voyant qu'elle ne comprenait pas. Astara dit qu'il est étendu sur le sol et qu'il ne bouge plus.

— Quoiiii ?!! Et Arak, qu'est-ce qu'il fiche ? demanda Claire, en colère.

— Arak n'a pas osé le laisser, il veille sur lui.

— Alors il faut y aller tout de suite !

Ileana acquiesça en se mordant les lèvres. Elle était tout aussi inquiète que Claire.

Elle réfléchit quelques instants.

— Le mieux, c'est que je parte avec Angvarna, et que tu nous suives sur Astara.

Ileana expliqua la situation à la licorne et aida Claire à grimper sur son dos. Puis elle se rua à l'intérieur pour alerter Angvarna.

Celle-ci, sans dire un mot, prit un sac et y fourra quelques herbes, avant de suivre Ileana au-dehors.

Là, les deux fées se transformèrent pour le voyage : Ileana revêtit des ailes d'aigle, comme le jour où elle avait été la cible d'un chasseur, au bord du lac de barrage ; quant à Angvarna, sa transformation fut spectaculaire et inattendue : elle déploya des ailes de peau d'un vert bleuté, munies de griffes à leurs extrémités.

Les deux filles se regardèrent, sidérées. Ileana n'avait jamais rien vu de tel : des ailes de drasque, sans doute. Cela signifiait que l'étrange Angvarna avait déjà rencontré ces bêtes mythiques !

Cependant, elle n'eut pas le temps de s'appesantir sur ce nouveau mystère, car déjà Angvarna avait pris son envol.

Ileana adressa un sourire encourageant à Claire qui attendait, cramponnée à la crinière de la licorne.

— Ça va aller ? Tu te débrouilleras ?

— Ne t'en fais pas pour moi. Je préfère que tu te dépêches, quitte à me laisser seule.

— Dans ce cas, on se retrouve là-bas ! À tout de suite !

Lorsque Claire aperçut les deux fées, au terme d'une heure de galopade effrénée, elles étaient agenouillées et lui tournaient le dos.

Claire se laissa glisser du dos de la licorne et courut vers les deux femmes.

Ce qu'elle vit lui glaça le sang : Benoît gisait sans connaissance, le visage bleuâtre, les traits pincés.

Elle eut le temps de voir les étranges plantes dont avait parlé Angvarna, dressées de part et d'autre de son frère.

— Mais c'est horrible ! Est-ce qu'il est... ?

Angvarna secoua la tête.

— Non, il est vivant. Mais pas en très grande forme.

— Mais qu'est-ce qui lui est arrivé ?

— Il est passé par une porte du temps. Et ça fait quatre jours que son corps est là, sans eau ni nourriture. Pendant que son esprit cavale sans fatigue, là-bas, dans un des innombrables temps, son corps périclite. Cela, il ne le sait pas. Il n'a pas pensé qu'il risquait de se déshydrater en partant inconsidérément. Si ça se trouve, il ne s'est même pas rendu compte qu'il n'avait plus son corps. C'est ma faute, je n'aurais pas dû lui parler de ces portes...

Ileana posa sa main sur le bras d'Angvarna.

— Non, Angvarna, ne te reproche rien. Je le connais bien,

j'aurais dû comprendre ce qu'il avait en tête quand on a parlé des portes, et j'aurais dû ne pas le lâcher d'une semelle.

Claire était hébétée.

— Mais… qu'est-ce qu'il pouvait avoir en tête ? Je ne comprends pas…

Ileana darda sur elle un regard pénétrant.

— Il voulait revoir vos parents, voilà ce qu'il avait en tête ! Tu imagines, un garçon comme Benoît, qui n'a toujours pas digéré la disparition de ses parents, est prêt à faire n'importe quelle expérience désastreuse… Quand on a parlé des portes du temps, c'est comme si on lui avait offert le Graal ! Tu sais à quel point la curiosité peut lui faire oublier la prudence.

Claire déglutit avec peine.

— Mais qu'est-ce qu'il cherche exactement ? Puisqu'il sait qu'ils sont sans doute ici !

— Il avait tout à coup la possibilité de les revoir, il n'a pas résisté. Et je pense qu'il veut en avoir le cœur net, savoir s'ils sont morts ou pas, s'ils sont passés par Fonpierre.

Claire allongea le bras vers le visage de son frère, hésita une seconde et posa sa main sur sa joue. Elle se tourna vers Angvarna.

— Il faut le ramener chez vous ! Là-bas, vous pourrez mieux le soigner !

— Non, surtout pas ! Il faut qu'on le laisse à la porte, afin que son esprit puisse réintégrer son corps ! Si on le déplace, son corps et son esprit seront définitivement séparés, et c'est la mort assurée pour son enveloppe charnelle. Arak a bien fait de le veiller, c'était la seule chose à faire, empêcher qu'on puisse endommager son corps en attendant qu'il revienne.

Sa voix baissa sur ces derniers mots. Claire comprit tout de suite.

— Vous voulez dire… qu'il pourrait ne pas revenir assez vite ?

— C'est une possibilité, je ne te le cache pas. J'espère qu'il aura assez de bon sens pour revenir vite, et que sa quête aura été fructueuse. Mais ne t'en fais pas, nous allons le soigner sur place.

Tant que nous serons là, il ne craint rien. Nous allons joindre nos efforts pour le réhydrater et nourrir ses cellules. Comme vous avez toutes deux le don de guérison, vous pouvez le sauver.

Claire jeta un regard éperdu à Ileana.

Celle-ci lui sourit en essayant de ne pas montrer à quel point elle s'en faisait pour lui. Elle se concentra et commença à passer ses mains sur le corps de Benoît. Claire l'aida dans la mesure de ses moyens, et bientôt le teint du garçon se fit plus rose, ses traits plus détendus.

Ileana soupira de soulagement.

— Ouf, il est tiré d'affaire !

Claire retrouva sa combativité.

— Pour le moment ! Mais on ne va pas rester là pendant des semaines en attendant que monsieur Benoît se souvienne qu'il a un corps ! Il faut faire quelque chose. Je vais aller le chercher !

Angvarna l'attrapa par le bras, de peur que la jumelle ne se jette par la porte.

— Ne fais pas ça, jeune écervelée ! Il est impossible de le retrouver, puisqu'il existe une multitude de temps et que tu ne sais pas où il est allé ! Tu serais condamnée à errer dans un temps donné, sans aucun espoir de le rejoindre. Dans ces conditions, la moindre fraction de seconde devient une distance infranchissable...

Claire insista.

— Je pourrais lui laisser des messages, il finirait tôt ou tard par tomber dessus.

Angvarna leva les yeux au ciel.

— Tu es bien sa sœur, va. Aussi têtue que lui ! Et comment tu t'y prendrais pour lui laisser un message, dis ? Tu tiendrais ta plume comment, avec ton esprit désincarné ?

Claire baissa les yeux, ne sachant plus que dire.

La vieille fée se radoucit.

— La seule chose que nous puissions faire, c'est patienter

jusqu'à son retour, et prendre soin de son corps. Je propose que nous établissions notre campement ici.

Les filles acquiescèrent sans un mot.

— Confie-moi ta licorne, Ileana, et demande aussi à l'ours de me suivre. Ils pourront m'aider à rapporter de quoi nous installer pour quelques jours.

Et la vieille fée s'éloigna, laissant les filles commencer leur longue attente.

14

Les tribulations d'un fantôme

Une espèce de coassement tira Claire de sa torpeur. Elle jeta un regard machinal à Benoît qui reposait toujours sur le sol, à l'endroit où elles l'avaient trouvé, trois jours plus tôt.

Conformément à ce qu'avait préconisé Angvarna, les filles ne l'avaient pas déplacé : elles s'étaient contentées de glisser des couvertures sous son corps pour le protéger de l'humidité et de le réhydrater fréquemment.

Pour la millième fois, Claire scruta le visage de son frère avec tendresse et angoisse.

Soudain, elle tressaillit.

Les paupières de Benoît venaient de battre.

Elle se précipita sur son frère et le secoua.

— Benoît, réveille-toi !

Ileana accourut à côté de Claire.

Benoît ouvrit les yeux et fit à nouveau entendre un coassement.

— Il essaie de nous dire quelque chose mais il n'y arrive pas ! Vite, il faut lui donner un peu à boire.

— Claire... Je les ai vus !

Benoît avait une expression extatique. Il essaya de continuer mais referma les yeux et se laissa aller en arrière, trop faible pour pouvoir discourir.

Claire lui pressa la main et adressa un grand sourire à Ileana. Elle était si heureuse qu'il soit de retour !

La jeune fée vérifia son pouls : il était faible.

— Tiens, donne-lui ceci, ça va le remettre sur pied en un rien de temps !

Angvarna se tenait derrière elle, un flacon à la main. Ileana fit couler une gorgée du liquide sombre dans la bouche de Benoît qui grimaça et rouvrit les yeux.

— Beurk! Profiter de ma faiblesse pour me faire avaler un truc pareil, c'est de la cruauté !

Claire était aux anges. S'il retrouvait son caractère de cochon, tout allait bien !

La potion était d'une efficacité redoutable, et le garçon put s'asseoir au bout de quelques minutes, aidé par les filles. Claire en oublia qu'elle avait craint de le perdre.

— Alors, espèce de taré, il a fallu que tu fasses tes expériences dans ton coin ! Tu aurais pu nous en parler.

— Pour que vous m'empêchiez d'y aller ? Pas question !

Il changea instantanément de ton.

— Claire, tu ne te rends pas compte, je les ai revus ! J'aurais donné des années de ma vie pour ça !

— Comment tu as fait pour les retrouver ?

— Ça n'a pas été facile. J'ai mis un temps fou à comprendre comment marchait cette fichue porte. Il ne suffisait pas d'y passer simplement pour « partir ». Je me suis souvenu de ce qu'avait dit

Angvarna au sujet de la plante, alors j'en ai mangé des tas, jusqu'à ce que je sois dans les vapes. Mais après, j'avais du mal à me concentrer sur le moment du passé que je voulais rejoindre. Bref, j'ai fait plusieurs allers-retours, et j'ai fini par arriver à peu près à me diriger.

Angvarna prit un ton sévère.

— Si j'avais su que tu te jetterais dans cette aventure sans réfléchir, je me serais bien gardée de te parler de la plante. Tu as eu de la chance de t'en sortir, elle ralentit beaucoup le cœur.

— Merci, au fait, Angvarna. Je sais que c'est grâce à ta potion que je vais bien, et surtout grâce à toi que j'ai pu revoir mes parents.

Claire était bouleversée.

— Comment ils étaient ? Tu as pu leur parler ?

Benoît secoua la tête.

— Non, j'ai pas pu. J'étais une espèce d'ectoplasme. J'avais toujours la même forme, mais j'étais presque sans couleurs, et je pouvais passer à travers les murs ou les objets, et même à travers les personnes. C'était marrant, d'ailleurs, parce que j'avais gardé mes réflexes habituels et chaque fois que quelqu'un s'approchait, je m'écartais pour ne pas le toucher. Les gens ne me voyaient pas, en fait.

— Ton père non plus ne te voyait pas ?

— C'est curieux que tu me poses la question. Non, il ne me voyait pas, mais j'avais parfois l'impression qu'il sentait quelque chose : il avait l'air troublé et il regardait dans ma direction ! Par contre, un jour, il m'est arrivé un drôle de truc, ça m'a fait froid dans le dos. Je marchais au milieu de la foule comme d'habitude quand tout à coup une femme s'est mise à crier « un fantôme ! » en me montrant du doigt. Elle devait être un peu médium, je suppose.

Claire s'énerva.

— Bon, tu vas enfin parler de nos parents, oui ou zut ?!

Benoît se tut quelques instants : il eut un doux sourire en se remémorant cette vision.

— Quand j'ai enfin pu me diriger, je suis arrivé à la maison le jour de Noël, quand on avait cinq ans. Tu sais, c'était la fois où...

— Où tu avais reçu un train électrique, oui, je m'en souviens. Ce jour-là et les jours suivants, il a fallu t'assommer pour que tu acceptes d'aller au lit le soir.

— Je suppose que c'est ce souvenir particulièrement fort qui m'a guidé vers ce moment précis. En tout cas, quand je me suis retrouvé dans la pièce avec maman qui te tenait sur ses genoux pendant que papa était accroupi pour m'aider à assembler les rails, j'ai cru que j'allais me mettre à chialer. J'ai revu maman, avec son sourire... Elle avait sa jolie robe bleue, tu t'en souviens ?

Claire, la gorge nouée, ne put pas répondre.

— Je me suis approché tout près, tout près, j'étais parmi eux et j'ai passé des heures à les regarder, à nous regarder. Entre nous, t'avais l'air cake avec tes petites couettes et ta jupe écossaise.

Claire ne pensa même pas à le pincer.

— T'es resté longtemps ?

— J'aurais pu y passer toute ma vie, j'ai eu beaucoup de mal à partir. Mais au bout d'un certain temps je me suis dit qu'il fallait aussi que je sache ce qu'il s'était vraiment passé le jour de leur disparition. Alors je suis revenu ici, et je suis reparti plusieurs fois en tâtonnant, jusqu'au fameux jour.

— Et alors, tu as percé le mystère ?

— Pas jusqu'au bout, malheureusement. J'ai vu papa partir. Il nous a embrassés très fort sans que maman le voie, il n'avait vraiment pas l'air comme d'habitude. Il nous faisait ses adieux, mais nous, on n'avait rien remarqué du tout. Il a pris maman dans ses bras en essayant de paraître naturel, puis il est sorti.

J'ai vu maman qui fronçait les sourcils, et elle a pris sa décision en trente secondes. Elle avait dû trouver son attitude louche, alors elle a regardé par la fenêtre pour voir dans quelle direction il allait, elle a attrapé son manteau et elle est sortie.

La voisine rentrait justement chez elle, maman lui a demandé de s'occuper de nous un moment, parce qu'elle avait un truc urgent à faire.

Je les ai suivis : papa a pris le train, maman est montée dans le wagon d'à côté sans qu'il la remarque. De toute façon, il ne regardait pas autour de lui, visiblement il ne pensait qu'à son but.

Je me suis rendu compte qu'il savait très bien où il allait. Il n'a pratiquement jamais hésité, il a juste demandé son chemin une fois.

— Et il allait où ?

— C'est exactement comme on pensait : il est allé à Fonpierre. Heureusement qu'il l'a fait, d'ailleurs, c'est ce qui nous a permis de retrouver Edelynn !

Ileana hocha la tête.

— C'est vrai, je n'avais pas envisagé les choses sous cet angle.

Claire pressa son frère, elle était impatiente de connaître la suite.

— Il a donc pris le train jusqu'à Rochésy, exactement comme quand on va chez Colette et Xavier. Ça m'a fait drôle de faire ce trajet avec papa et maman. Ensuite, il a pris le bus jusqu'au Roussail, vous savez, le village de Nicolas, le gamin qui a disparu. Là, ça s'est un peu gâté pour maman, elle n'a pas osé prendre le bus, papa l'aurait remarquée tout de suite, surtout qu'il s'est assis tout devant. C'était super stressant, je ne savais pas si je devais suivre papa ou rester avec maman !

— Et ensuite ?

— Le bus a démarré, et maman s'est précipitée vers un vieux monsieur qui était en train de monter dans sa voiture, elle lui a demandé où il allait et s'il pouvait l'emmener. Je me suis invité sur la banquette arrière, et on a suivi le bus : heureusement, il ne roulait pas vite, sinon il aurait semé le papy.

Au village, papa a demandé le chemin des ruines, et voilà.

— Et voilà quoi ? Parle donc, bougre d'âne !

— La suite, c'est ce qu'on imaginait : il a trouvé la porte

facilement, il est passé, et maman a attendu quelques instants derrière un arbre avant de passer aussi. Alors je me suis précipité pour y aller aussi, mais impossible, je n'y arrivais pas, comme si la porte était fermée par un rideau élastique. J'avais beau pousser, ça résistait. J'ai fini par laisser tomber, et je suis revenu ici.

Benoît regarda Angvarna.

— Qu'est-ce qui s'est passé, à la porte ? Pourquoi je n'ai pas pu passer ?

— Tout simplement parce que tu n'appartenais pas à ce plan-là, tu n'y étais qu'en esprit. Les portes du présent sont des portes physiques, un esprit seul ne peut pas les emprunter. De plus, ton corps était déjà à Edelynn, tu ne pouvais pas passer une deuxième porte pour y revenir, il fallait que tu reviennes par Naga-Sqa.

— Hmm, je comprends. En tout cas, maintenant il n'y a plus de doute, on sait qu'ils sont tous les deux à Edelynn. Il ne reste plus qu'à les trouver !

Toutes acquiescèrent sans mot dire.

Tandis que Claire était sous le choc de ces révélations, Ileana se demandait où les parents des jumeaux avaient pu aller. Quant à Angvarna, elle s'interrogeait sur le lien entre l'arrivée à Edelynn des parents des jumeaux et les événements de ces dernières semaines.

15

Demandez le programme

Avez-vous trouvé ce que vous cherchiez lors de votre dernière quête, ma Dame ? demanda Aslan à Ileana.
La jeune fée, surprise, regarda l'archer en fronçant les sourcils, comme pour essayer de discerner s'il se moquait d'elle ou s'il avait une arrière pensée. Mais rien dans l'attitude toujours aussi déférente du dryade ne l'indiquait.
Elle rétorqua, légèrement agacée :
— Je vous ai déjà demandé, Messire Aslan, de ne pas m'appeler Dame. C'est un titre qui ne revient qu'à ma mère. De plus, si vous teniez tant à savoir si mon expédition chez Angvarna serait couronnée de succès, pourquoi ne nous avez-vous pas accompagnés là-bas ? Vous m'aviez habituée à plus de zèle.
Aslan se troubla légèrement mais ne répondit pas.

Ileana s'en voulut un peu d'être aussi agressive avec lui. Sa question n'avait rien de déplacé, il ne voulait sans doute que faire la conversation.

Mais elle était mal à l'aise en sa présence. Il était si impossible, si maître de lui… Elle ne savait jamais ce qu'il pensait, et ça la mettait hors d'elle. Et il était toujours irréprochable. Et même agaçant avec son vouvoiement appuyé. Elle avait parfois une furieuse envie de le rouer de coups pour le voir perdre enfin son calme.

Comme il restait là, à attendre un ordre éventuel, elle tourna les talons et toucha fébrilement le bracelet de Stan, pour tenter de dissiper l'étrange humeur dans laquelle la mettait l'archer. Elle retourna auprès des jumeaux, assis au campement.

Cela faisait deux jours qu'ils avaient tous trois quitté Illiriane en compagnie d'Aslan. Après avoir pris congé d'Angvarna, le trio était retourné à la cité des fées, mais Ileana n'avait pas l'intention d'y séjourner. Elle avait décidé de partir à la recherche de ses parents, et le plus tôt serait le mieux.

Ses amies fées et faés avaient proposé de l'accompagner dans sa quête, mais elle avait décliné leur proposition. Elles ne lui seraient d'aucun secours, et il serait moins aisé de voyager avec une troupe nombreuse. Elle avait souhaité n'être entourée que de Claire et Benoît, d'autant qu'ils essayeraient eux aussi de retrouver leurs parents.

Aslan s'était imposé avec fermeté, et Ileana avait accepté. Autant parce qu'il était le seul qui sache se battre que parce qu'Angvarna avait parlé de lui comme de l'un des éléments de l'histoire.

Ileana se retourna pour voir ce qu'Aslan faisait. Il marchait en direction de la colline, sans un regard en arrière, et elle en fut mortifiée.

Benoît avait suivi son regard.

— Enfin il nous lâche un peu, Schwarzy. C'est pas trop tôt !

— Arrête de grogner comme ça, il ne t'a rien fait, lui dit sa sœur qui trouvait Aslan tout à fait agréable.

— Il m'énerve avec ses manières, c'est tout.
— Dis plutôt que tu envies ses biscottos et son style. C'est vrai qu'à côté, tu fais un peu minable. Au lieu de râler, t'as qu'à faire des pompes et lire un manuel de savoir-vivre pour essayer de lui ressembler un peu.

Benoît adressa une affreuse grimace à Claire.
— Plutôt crever !

Puis le garçon changea de sujet.
— Puisqu'il est allé faire un tour, on devrait en profiter pour parler. Quand il est là, j'ai l'impression qu'il nous épie, je n'ose rien dire d'important.

Claire pouffa.
— Parce qu'il t'arrive de dire des choses importantes ?

Benoît secoua la tête.
— Je pense qu'il nous espionne, surtout depuis qu'il parle bien le français.
— Si t'avais écouté en classe, on pourrait parler anglais, mais voilà…
— Tu oublies qu'il peut lire dans les esprits.
— D'accord, d'accord. Alors, qu'est-ce que tu avais de si important à dire ?
— Ben… On devrait parler du programme.
— Encore ? Mais on en a déjà parlé : on va à Néourvellen, on interroge les elfes, on trouve le seigneur noir et on délivre mes parents. Ensuite on va chercher les vôtres, et puis basta. Il est clair, le programme, dit Ileana.
— Vu comme ça, ça a l'air simple. Mais tu sais que ça ne se passe en général pas comme on l'a prévu.
— Tiens donc, tu deviens prudent ?
— Disons plutôt expérimenté.

Les filles se regardèrent en souriant. Benoît poursuivit :
— D'abord, ça ne va pas être de la tarte de trouver Néourvellen, même si Angvarna t'a expliqué où c'était, à peu près.

— Je ne me fais pas de souci à ce sujet, je trouverai.

Claire intervint :

— Moi, ce qui m'embête plus, c'est cette histoire de forêt infranchissable et de gardiens.

— C'est quoi, ce truc ? Vous ne m'en avez pas parlé !

— T'avais qu'à être là au lieu de faire ton petit tour tout seul dans ton coin ! dit Claire qui n'avait toujours pas digéré l'escapade de son frère.

Ileana le mit au courant et l'informa de la phrase magique à prononcer en cas de problème.

Benoît était sidéré.

— En souvenir d'Éden ? Pourquoi Éden et pas Edelynn ?

— Edelynn, c'est Éden-Lynn, ça veut dire « la nouvelle Éden », en fait.

— Et ça se trouve où, Éden ? Et pourquoi ces fameux gardiens devraient s'en souvenir ? C'est du chantage ou quoi ?

— Ouh là, tu nous saoules avec tes questions !

— Mais je veux comprendre ! Si Éden est un autre pays qu'Edelynn, qu'est-ce qu'il vient faire dans l'histoire ? Et ça voudrait dire que le père Guillemin s'est trompé. Pour lui, c'était la même chose.

Ileana soupira.

— Benoît, je ne peux pas te parler d'Éden, n'insiste pas. De toute façon ça ne change rien à notre programme.

Benoît se tut quelques instants, la mine chiffonnée.

— Y a plein de choses qui ne me plaisent pas dans cette histoire. On va essayer de trouver une ville cachée, de traverser une forêt infranchissable, pour aller voir des mecs hostiles et surpuissants. Et si j'ai bien vu la bestiole en 3D montrée par Aïnara, leurs animaux familiers, que vous appelez tordakyls, sont des ptérodactyles ! Pas des canaris ! On est juste nous trois, avec une espèce d'archer bodybuildé, et on est censés délivrer tes parents et retrouver les nôtres. J'le sens pas du tout.

— Eh bien, Benoît, qu'est-ce qui t'arrive, je ne te reconnais pas... On a pourtant fait des trucs difficiles, déjà ! Retrouver le chemin d'Edelynn, c'était pas facile ! Approcher Angvarna ou voyager dans le temps, non plus.
— Peut-être, mais au moins ça n'était pas vraiment dangereux.
Sa sœur le regarda avec mépris.
— Chochotte, va ! Si t'as peur, t'as qu'à retourner dans le monde-du-dehors. Si tu te dépêches, tu ne louperas pas la rentrée des classes. Et nous, on continuera seules avec Aslan.
Ileana vola au secours de Benoît.
— Il n'a pas tout à fait tort, il risque d'y avoir du sport. Mais bon, on n'a pas trop le choix, car personne ne le fera à notre place. Essaie plutôt de penser que dans quelque temps, nous serons tous réunis, avec nos deux familles !
— Mais même ça, ce sera la cata ! Tu imagines, si notre père est vraiment l'ancien chéri de ta tante, elle risque de coincer de le voir avec notre mère ! Bonjour l'ambiance !
— Oh, je n'avais pas pensé à ça.
Elle haussa les épaules.
— De toute façon, rien ne nous dit que ce n'est pas elle qui l'avait largué. Et puis, si ça se trouve, votre père n'est pas Aniel mais un autre faé. Je te rappelle que c'était juste une supposition de ma part. On ne va pas s'en faire à l'avance.
Tous trois s'abîmèrent dans leurs réflexions. Soudain, Ileana fronça les sourcils.
— Ah, au fait, comment as-tu trouvé la porte de Naga-Sqa, l'autre jour ? Personne ne t'avait expliqué où c'était, que je sache...
Benoît prit son petit air supérieur.
— Je l'ai su par Arak. Je me doutais bien qu'il m'aiderait.
— Mais Arak n'est pas au courant, ce n'est pas possible qu'une bête sache ça alors que la fée de base ne le sait pas !
— Non, effectivement, il ne le savait pas. J'avais un peu de mal

à communiquer avec lui, parce qu'il comprenait mes pensées, mais que ça ne marchait pas dans l'autre sens. Je lui ai appris à secouer la tête pour dire oui ou non. Je lui ai demandé s'il connaissait quelqu'un qui sache où était Naga-Sqa. Il a fermé les yeux pendant un bout de temps, et quand il les a rouverts, il a hoché la tête pour me dire « oui ». Puis je suis monté sur son dos, et il m'a emmené pile à la porte. J'ai reconnu les arbres entortillés dont parlait Ileana, et juste à côté les plantes qu'Angvarna avait montrées. La suite, vous la connaissez.

Ileana était perplexe.

— Tu dis qu'il a consulté quelqu'un qui savait où était Naga Sqa ?

— Hmm.

— Et il n'a pas bougé de devant la maison d'Angvarna...

— Non. On s'était mis pas très loin de la maison, à la lisière de la forêt, et c'est là qu'il a euh... médité.

— C'est curieux, ça... Qui a-t-il pu interroger dans le coin ? Pas Angvarna, ça c'est sûr, ni moi non plus. Qui a pu lui donner la réponse ? Tu ne lui as pas posé la question ?

— Ben non, je m'en fichais de ses sources. La seule chose qui comptait pour moi, c'est qu'il m'y emmène, c'est tout.

Benoît s'interrompit.

— Tiens, il y a Schwarzy qui revient de sa promenade! Lui non plus, je ne le sens pas : on peut se demander pourquoi il n'a pas voulu nous accompagner chez Angvarna alors qu'il te colle tellement aux basques, non ? Bon, il approche, motus et bouche cousue...

16

Monstres en tous genres

L'après-midi était beau, et tous les quatre marchaient d'un bon pas. Benoît cheminait en tête, suivi des deux filles, et Aslan menait son cheval par la bride, un peu en retrait.

Soudain, Ileana s'arrêta et fixa le sous-bois. Claire s'écria :

— Oh, Aodren, mais qu'est-ce qu'il fait là ?

Elle s'élança joyeusement à sa rencontre. Un cri d'Aslan l'arrêta :

— Claire, n'avancez pas !

Et l'archer décocha une flèche à Aodren sous les yeux ébahis des autres. Claire était horrifiée.

— Aslan, non !

Elle vit la silhouette d'Aodren devenir floue et être remplacée par la forme affreuse d'une créature brunâtre, vaguement humanoïde, qui s'enfuit avec des couinements déchirants. Claire, choquée, resta figée sur place. Aslan, en quelques rapides enjambées, la rejoignit et la saisit par le bras.

— Venez, ne restez pas là, rejoignons le chemin.

— Mais qu'est-ce que c'était, cette horreur ? Qu'est-ce qui est arrivé à Aodren ?

— Ce n'était pas Aodren. Cette créature a simplement pris son apparence afin de vous attirer.

Ileana le questionna :

— Comment avez-vous su que ce n'était pas Aodren ? Vous connaissez ce genre de créature ?

— Tout comme vous, j'ai senti sa présence sans pouvoir déterminer sa nature. Mais j'avais entendu parler de ces monstres qui imitent l'aspect d'une personne dont elles trouvent l'image dans l'esprit de leur future victime. Ce sont des créatures extrêmement dangereuses mais, heureusement, assez couardes. Je ne pensais pas en rencontrer dans ces parages.

— Mais alors, Messire Aslan, vous m'avez sauvée d'un grand péril ? Je ne sais pas comment vous remercier, dit Claire.

— N'en parlons plus. Je suis heureux d'avoir pu vous aider.

Claire en frissonna rétrospectivement et elle regarda avec angoisse la forêt autour d'eux.

— Vous pensez qu'il peut y en avoir d'autres, de ces choses ?

— C'est possible. Je sais juste que ce sont des créatures solitaires, elles ne se déplacent pas en groupe. Il faudra rester sur nos gardes.

Ils se remirent en marche, tendus. Ils ne pouvaient s'empêcher de guetter tout autour d'eux.

Soudain Ileana sursauta.

— Mais que je suis bête ! Je n'ai pas encore vraiment réalisé que je dispose de certaines armes, à présent. Approchez-vous, je vais nous entourer d'un dôme de protection.

Le groupe se resserra autour d'elle. Une lueur bleuâtre apparut au-dessus de sa tête, puis forma un cercle qui allait en s'agrandissant. Quand il eut acquis un diamètre suffisant, l'anneau lumineux descendit jusqu'au sol puis disparut.

Benoît était soufflé :

— Épatant, ce truc ! Je me sens beaucoup plus rassuré. Mais est-ce qu'on peut toucher les parois de ton dôme, ou alors on se fait griller les doigts ?

— Non, tu ne sentirais rien. Ceux qui sont dessous peuvent en sortir mais ceux du dehors ne peuvent pas y entrer, sauf si ce sont des fées, bien sûr.

Ils continuèrent leur chemin, mais n'aperçurent plus de créature.

En fin d'après-midi, Ileana décida d'établir le campement au bord d'un lac.

Claire s'écroula plus qu'elle ne s'assit. Puis elle retrouva quelques forces pour ramper jusqu'à un rocher et s'y adosser.

Aslan s'occupa de décharger son cheval et de le panser, observé du coin de l'œil par Benoît. Celui-ci était en proie à un conflit intérieur : il n'aimait pas du tout Aslan, mais il devait reconnaître que sans lui, Claire serait sans doute... C'était trop affreux. Il finit par se décider à approcher l'archer.

— Euh, merci pour Claire. C'était sympa.

— Pas de quoi. Tu aurais fait la même chose pour moi.

— Peut-être pas, se dit Benoît pas très fier.

Puis, soulagé d'avoir accompli cette démarche, il s'assit au bord du lac pour regarder le paysage. C'était un beau lac, sauvage et pur comme le sont les lacs de montagne. Le soleil était encore chaud, et Benoît eut envie de se baigner.

— Dis, Ileana, je n'ai pas de maillot. Tu peux transformer mes sous-vêtements ? Mais attention, pas de blague, hein ?

Ileana sourit et l'équipa d'un simple geste de la main. Elle avait eu la brève tentation de créer un modèle rose à pois verts mais s'était retenue.

— Ne t'éloigne pas trop, tu n'as pas ta bouée !

— Haha, très drôle.

Les filles le regardèrent barboter en grignotant un morceau, tandis qu'Aslan s'asseyait à l'écart.

Soudain le soleil disparut derrière la montagne, et l'atmosphère changea brutalement. Le lac était devenu presque sinistre.

— Benoît, tu ferais mieux de revenir, maintenant !

Mais Benoît n'écoutait pas, il nageait en direction de l'autre rive.

Tout à coup, Claire poussa un cri perçant : à quelques mètres de Benoît était apparue une chose affreuse, qui fendait l'eau dans sa direction !

En une fraction de seconde, Ileana mit des ailes et se précipita vers le centre du lac. Mais Benoît, qui avait aperçu la bête, nageait vers elle au lieu de tenter de fuir ! Le monstre était presque sur lui, quand Ileana, frôlant la surface de l'eau, projeta une boule de feu vers la créature qui plongea. Ileana sauta dans l'eau, se transforma instantanément en sirène et saisit Benoît en projetant un dôme de protection autour d'eux. Benoît, vigoureusement tracté par la jeune fée, vit soudain la bête tenter une nouvelle attaque. Le garçon cria, car l'image était saisissante. Mais la créature se fracassa la face contre le dôme invisible et hurla de frustration. C'est alors qu'Aslan, qui avait pris son envol pour venir à leur secours, transperça le monstre de plusieurs flèches tandis qu'Ileana ramenait son encombrant paquet à terre.

Benoît s'effondra sur la rive du lac, suant et soufflant. Il avait vraiment cru sa dernière heure arrivée.

Ileana, qui avait repris son apparence habituelle, était aussi fraîche qu'une rose. Mais son visage était déformé par la colère.

— J'en ai vraiment assez ! D'abord Claire, ensuite toi ! Faut vraiment vous surveiller comme des gosses ! Qu'est-ce qui t'a pris d'aller si loin ? Et pourquoi tu n'as pas réagi quand on a crié ?

— Ileana, je ne l'ai pas vu tout de suite, le monstre. J'ai vu ma mère qui me souriait !

— Et tu ne t'es pas méfié, après l'histoire du faux Aodren ?

— Non, de voir maman, ça m'a un peu court-circuité les

neurones. Je suis désolé, j'ai été complétement inconscient. Merci, au fait. Et merci à toi aussi, Aslan.

Aslan éluda d'un petit geste de la main.

— Mais purée, comment il fait pour avoir l'air de sortir de chez le coiffeur après un combat contre un monstre ? se dit Benoît avec envie. Il se sentait tout petit et misérable, en comparaison.

À ce moment, Ileana se tourna vers le chemin.

— Encore une sale bête ? demanda Benoît, alarmé.

Ileana secoua la tête.

— Non, une licorne que je ne connais pas, et qui fait les cachottières. Allez, montre-toi ! cria-t-elle.

Tous les quatre regardaient fixement le chemin. Après quelques instants, une magnifique licorne noire apparut entre les arbres, à plusieurs dizaines de mètres d'eux.

— Approche, attends-moi…

Mais la licorne se redressa fièrement et tourna les talons.

— Ça c'est trop fort ! Pourquoi n'a-t-elle pas voulu me parler ? De quelle reine peut-elle être le familier ?

Elle regarda Aslan : il lui sembla qu'il y avait une ombre de sourire sur son visage.

— Qu'est-ce qu'il y a de drôle ?

Il secoua la tête.

— Vous ne connaissez pas cette licorne ?

— Non ! D'où la connaîtrais-je ? demanda Ileana, surprise.

— Vous ne l'avez pas vue lors de votre dernière expédition ?

Ileana sentait la moutarde lui monter au nez.

— Mais que voulez-vous dire ? Parlez, à la fin !

— C'était la licorne d'Ingvarna. Votre grand-mère.

17

Dans la gueule du garloup

Ma grand-mère ? C'est impossible ! Angvarna, la soi-disant suivante de ma mère serait en réalité la mère de ma mère ? Ileana examina un instant cette hypothèse et dut admettre que tout concordait. Alors elle se fâcha tout rouge et ne se rendit même pas compte qu'elle tutoyait Aslan.

— Mais d'abord, comment se fait-il que toi, tu saches ça ? Pourquoi ne m'a-t-elle rien dit ? Pourquoi maman et Isdragarn ne m'en ont-elles jamais parlé ? Est-ce qu'Isilda le sait ? Et si c'est réellement ma grand-mère, pourquoi ne m'a-t-elle pas aidée davantage ?

Les trois autres la fixaient, étonnés de cette logorrhée.

Aslan tenta de la calmer.

— Je vous prie de m'excuser. Peut-être aurais-je dû me taire.

— Non, je préfère savoir. Mais c'est si surprenant ! Je suis complètement déboussolée.

— Pour répondre en partie à vos questions : oui, Isilda le sait. C'est d'ailleurs elle qui vous a orientée vers Ingvarna. Et votre grand-mère vous a aidée en vous indiquant où trouver Néourvellen. De plus, elle se sent certainement très concernée par votre quête, puisqu'elle vous fait suivre par sa licorne pour s'assurer que vous allez bien et pour avoir de vos nouvelles.

— Tu as sans doute raison. Mais ça me rend folle de rage de constater jour après jour combien on a pu me cacher de choses : sans être parano, il y a de quoi crier au complot !

— Dans l'immédiat, il vaudrait peut-être mieux que vous preniez un peu de repos. Demain, vous aurez digéré la nouvelle et vous verrez les choses d'un autre œil.

* * *

Le réveil fut morne. Le sommeil des jumeaux avait été troublé par des cauchemars peuplés de créatures brunâtres : Ileana aussi avait eu son lot de mauvais rêves dans lesquels tous les visages familiers l'entraînaient dans une sarabande échevelée. Quant à Aslan, il avait veillé toute la nuit près du feu et avait reconstitué son stock de flèches pour s'occuper. Mais nulle créature, malfaisante ou non, ne s'était montrée.

Aucun d'entre eux n'avait envie de s'éterniser là, et ils se mirent rapidement en route.

Le premier signe qu'ils approchaient du domaine réservé des elfes fut un changement assez net dans la végétation. La forêt prenait une allure étrange.

Le groupe s'arrêta avec perplexité devant des lianes qui barraient le chemin. Benoît trouvait qu'elles avaient l'air inoffensives, mais Aslan le détrompa :

— Elles sont très dangereuses. Au moindre frôlement, elles se dressent et s'enroulent autour de la créature qui a eu le malheur de les toucher.

— Qu'est-ce qu'elles lui font ? demanda Claire, dégoûtée.

— Elles ne la lâchent plus, tout simplement. Regardez par là !

Il désigna des ossements encore enserrés par une liane.

Benoît demanda :

— Et comment on va passer, alors ?

— Par-dessus, dit Ileana qui mit des ailes.

Aslan fit de même. C'était la deuxième fois qu'ils le voyaient comme ça, mais les jumeaux avaient du mal à s'y faire ; ils ne savaient pas pourquoi, ils avaient imaginé que les dryades étaient dépourvues d'ailes.

Ileana prit Claire par la taille. Celle-ci était inquiète :

— Tu es bien sûre que tu arriveras à me soulever ?

Ileana sourit.

— Je sais, tu repenses à notre essai de vol près de la crique, à Arbassols. Ne t'en fais pas, ici je peux te porter sans fatigue, il y a de l'énergie vitale partout.

Et elle lui fit passer le dangereux barrage. Aslan regarda Benoît en souriant :

— On y va ?

Benoît eut un moment d'hésitation. Se faire transporter par ce type ? Quelle humiliation ! Et si Aslan en profitait pour le lâcher dans les lianes ? Du genre « Oups, désolé, j'ai les mains moites, ça a glissé ! »

Aslan sourit de plus belle, comme s'il entendait les pensées du garçon.

— N'aie aucune crainte, en deux secondes nous serons de l'autre côté. À moins que tu ne veuilles te débrouiller tout seul ?

— Euh... non.

Horriblement mal à l'aise, et très vexé qu'Aslan le tutoie alors qu'il vouvoyait les filles, Benoît retint sa respiration tandis qu'Aslan, passant derrière lui, entoura son torse d'un bras et le souleva sans effort apparent pour le déposer à quelques mètres de là.

Pour masquer sa gêne, le garçon fanfaronna un peu.

— En même temps, il ne faut pas exagérer, elles ne sont pas carnivores, ces lianes !

Aslan le regarda, étonné :

— En effet, elles se contentent de vous étouffer ou, pire, de vous maintenir entravé jusqu'à ce que vous mourriez de faim et de soif. Mais si tu t'intéresses aux plantes carnivores, tu vas être servi, il paraît qu'elles sont nombreuses par ici.

Claire tressaillit.

— Des plantes carnivores ?

— Oui, et particulièrement voraces. Mais rassurez-vous, Claire, il ne vous arrivera rien, je vous les désignerai au fur et à mesure.

Ileana railla.

— Mais quel guide formidable tu fais, Aslan ! D'où te viennent tes extraordinaires connaissances ? Il y a des cours de botanique dans l'armée d'Isilda ?

Aslan rougit légèrement.

— On apprend beaucoup de choses dans une armée d'archers, en effet.

Ileana sourit. Aslan était peut-être courageux et bien informé, mais il était très facile de le déstabiliser et elle aimait bien ça.

Un hennissement se fit entendre.

C'était le cheval d'Aslan qui était resté planté de l'autre côté des lianes.

L'archer hésita un instant puis retourna auprès de sa monture d'un battement d'ailes. Il murmura quelques mots et le cheval s'éloigna au trot.

— Je préfère qu'il nous attende en dehors de cette forêt, il n'aurait aucune chance de survivre ici.

Benoît hoqueta.

— Aucune chance ? Et nous alors ?

— Nous, nous sommes attentifs et conscients du danger. Ça fera sans doute la différence.

— Sympa, comme programme ! Je suis vraiment content d'être là !

Aslan l'ignora et se tourna vers Ileana.

— Ma Damoiselle, nous nous fions à vous. Vous seule pouvez à présent nous guider vers Néourvellen.

Ileana soupira.

— C'est dans cette direction.

Elle se fit la réflexion qu'ils formaient une fine équipe : elle connaissait la direction mais ignorait tout des dangers de cette forêt, quant à Aslan, il semblait très au courant mais ne savait pas se diriger. L'aveugle et le paralytique, en somme, comme disent les humains !

La petite troupe s'engagea dans un chemin étroit tout en regardant attentivement autour d'elle.

— Ces fleurs sont absolument splendides ! Jamais rien vu d'aussi beau ! dit Claire en tendant la main vers des hampes turquoise phosphorescentes.

La main d'Aslan s'abattit sur la sienne.

— Claire, je vous en conjure, ne touchez à rien dans cette forêt ! Et n'oubliez pas qu'ici la beauté cache souvent de grands dangers. Votre œil a été attiré par les fleurs, et pendant ce temps vous avez omis de regarder le sol. Voyez les longues feuilles qui traînent à terre. Encore un peu et vous auriez été enfermée dans une cage végétale avant d'être lentement digérée.

Claire gémit.

— Dis, Ileana, c'est vraiment indispensable qu'on aille jusqu'à cette cité ?

— Je pensais qu'on était tous d'accord sur ce point. Vous savez bien que les elfes sont notre seule piste. Comme ils semblent être les maîtres de ce monde, ce que j'ignorais encore il y a peu, ils pourront nous donner des réponses et nous orienter. Mais j'aurais peut-être dû vous laisser à Illiriane. Je n'ai pas le droit de mettre ainsi votre vie en danger.

Claire était penaude.

— Excuse-moi d'avoir flanché. C'est juste qu'entre les créatures d'hier, les lianes et les plantes carnivores... Mais il est hors de question qu'on te laisse toute seule. Et puis, avec Aslan et toi, on ne risque rien du tout !

Ileana grimaça.

— Je n'en suis pas si sûre.

Elle s'arrêta pour regarder autour d'elle.

— Là, par exemple, je crois qu'on est perdus. On tourne en rond depuis un moment.

— Mais... Et ton sens de l'orientation ?

— Parti, on dirait. Ça fait quelques minutes que je ne sens plus rien.

— Qu'est-ce que tu veux dire par là ?

— Que j'ai l'impression très désagréable d'être devenue sourde et aveugle, d'avoir perdu mes pouvoirs, quoi ! Comme dans le monde-du-dehors, mais en pire.

La voix d'Aslan s'éleva.

— C'est vrai ! Je ne peux plus me transformer, non plus.

Ileana essaya elle aussi, en vain.

— C'est ce que je disais, pire que dans le monde-du-dehors ! Si nous sommes privés de nos pouvoirs, nous sommes à la merci de la première créature venue.

— Il me reste encore les flèches, ma Damoiselle.

— Eh bien, je crois que tu vas en avoir besoin, et pas plus tard que maintenant !

Elle se baissa et ramassa une branche morte tout en fixant les arbres. Aslan banda son arc, sur le qui-vive. Les jumeaux suivirent son regard, envahis par une peur toute primitive.

— Qu'est-ce qu'il y a ? Vous avez vu quelque chose ?

Ileana acquiesça.

— Il y a une bête qui rôde là derrière.

Et au même moment, l'attaque survint des deux côtés du chemin. Benoît hurla lorsqu'une créature velue bondit sur lui, le jetant à terre. Elle planta ses crocs dans son épaule, tandis qu'il essayait désespérément de lui faire lâcher prise. Aslan décocha plusieurs flèches avant de parvenir à tuer le monstre. Quand la bête relâcha enfin son étreinte, Benoît se détourna pour vomir, autant de douleur que de terreur.

Pendant ce temps, la bataille faisait rage. Ileana tapait de toutes ses forces avec sa branche pour envoyer valdinguer les bestioles, tandis qu'Aslan vidait son carquois. Quant à Claire, elle avait saisi un gros caillou et s'apprêtait à défendre chèrement sa peau.

L'attaque cessa aussi soudainement qu'elle avait commencé. Comme sur un signal, les créatures disparurent dans le sous-bois.

Ileana rejeta la tête en arrière et poussa un gros soupir de soulagement. Aslan regarda tout autour pour s'assurer que les bêtes étaient bien parties.

Claire se précipita sur Benoît, toujours à terre. La chemise du garçon était maculée de sang.

— Benoît, ça va ? C'est affreux, tu es blessé !

Elle s'affaira autour de lui.

— Mais... Je n'arrive pas à te soigner !

— Normal, les pouvoirs sont annihilés ici. Mais laisse, on verra ça plus tard, je ne suis pas mourant.

Il se tourna vers Ileana.

— C'était quoi, ces trucs ?

Ileana regarda Aslan, qui répondit :

— Des garloups. Nous avons eu de la chance de nous en sortir. Encore quelques instants, et c'en était fini de nous. Ils étaient de plus en plus nombreux et je n'avais plus de flèches.

Le naturel de Benoît reprit le dessus.

— S'ils sont partis, c'est qu'ils ont compris qu'ils n'étaient pas de taille.

Les autres le regardèrent fixement. Claire n'en croyait pas ses oreilles.

— Mais tu te rends compte de ce que tu dis ? Tu as été mis

hors service dès les premières secondes, et tu aurais fini en steak haché dans l'estomac d'un garloup si Aslan ne l'avait pas tué !

Aslan balaya ce dernier argument de la main.

— Nous n'avons aucun mérite. Si quelqu'un n'avait pas rappelé les garloups, nous aurions tous péri.

— Comment ça, quelqu'un ? Tu penses que ces monstres étaient téléguidés, qu'on nous surveille ?

— Non seulement on nous surveille, mais on ne nous laisse pas approcher. Nous avons perdu nos pouvoirs à partir du moment où nous nous sommes enfoncés dans cette forêt, puis nous avons tourné en rond dans un labyrinthe conçu pour égarer les voyageurs. Ensuite, on a décidé de nous intimider avec des garloups.

— Qui ça, « on » ? Les elfes ?

Ileana haussa les épaules.

— Bien sûr.

Aslan ajouta :

— De toute façon, on ne trouve jamais Néourvellen s'ils ne le veulent pas.

— Super ! Et c'est quoi, la suite du programme ?

Ileana réfléchit quelques instants.

— Là, c'est mal parti. Je pense qu'on ne trouvera jamais la cité de nous-mêmes. Il faut essayer autre chose, et ce que m'a dit Ingvarna devrait nous aider.

Elle se redressa et dit d'une voix forte :

— Gardiens, en souvenir d'Éden, aidez-nous ! Il faut que je vous parle, je vous en supplie, laissez nous arriver jusqu'à vous !

Benoît grogna :

— Mais tu leur lèches carrément les bottes ! On a notre fierté, quand même !

À ce moment, une voix se fit entendre :

— Avancez, il ne vous sera fait aucun mal.

Et dans le bois apparut un chemin, qui n'existait pas une minute plus tôt.

Benoît essaya de trouver d'où venait la voix. Il siffla entre ses dents.

— Ah, d'accord ! Ça ne m'étonne plus qu'on se soit perdus. S'ils jouent avec la forêt comme moi je jouais avec mes Lego…

Ileana s'avança vers le chemin, suivie d'Aslan. Benoît rouspéta :

— Quoi, vous n'allez tout de même pas faire confiance à ces gars ? Je vous rappelle qu'ils ont lâché leurs fauves sur nous ! S'ils changent la configuration de la forêt, c'est sans doute pour nous faire tomber dans un piège.

— Non. Pour ça, ils n'auraient pas jugé utile de nouer le contact. Ils veulent nous conduire à leur cité.

— Mmm…

Claire lui secoua le bras.

— C'est la seule solution, on n'est pas en position de force.

— Et c'est le moment ou jamais de les voir de près sans avoir besoin de les chercher pendant cent sept ans.

Elle ricana.

— Oh, il semblerait que nous n'ayons plus le choix…

La forêt venait de bouger autour d'eux et de fermer tout autre issue.

18

La ville de cristal

La mort dans l'âme, Benoît se résolut à suivre les autres.
— Oh, que je n'aime pas ça, j'ai l'impression d'être conduit à l'abattoir.
Le décor se faisait de plus en plus étrange au fur et à mesure qu'ils avançaient. La muraille de feuilles et de branches qui les cernait des deux côtés devenait bizarrement floue par endroits, comme si la matière dont elle était faite avait du mal à maintenir sa cohésion.
Bientôt elle se réduisit à une simple surface lisse et verte, agitée d'ondes. Des images fugaces y apparaissaient : arbres et fleurs, mais aussi tout un bestiaire fantastique, des créatures inconnues qui les fixaient quelques instants avec curiosité comme à travers les parois d'un aquarium.

— Beurk, je déteste cet endroit ! maugréa Benoît. J'ai l'impression d'être dans le film où la Mer Rouge se coupe en deux pour laisser passer les gens : dans deux minutes ça va nous tomber dessus.

— Tu sais quoi, Benoît ? La ferme !

Mais Benoît n'avait pas envie de se taire. La peur le rendait bavard.

— Ileana, tes pouvoirs ne sont pas revenus ?

— Non. Mais je ne me pose pas de question, je me laisse porter par les événements. Et tu ferais bien d'en faire autant.

— Oh, regardez !

Devant eux se tenait un être de grande taille, vêtu d'une longue tunique brune. Un elfe ! Il attendit tranquillement que le quatuor soit arrivé jusqu'à lui et les dévisagea l'un après l'autre en souriant.

— Ainsi vous voilà. Ileana fille de Iowena, Promesse de l'Avenir, et toi, Aslan, guerrier dryade ; vous voici aussi, jumeaux du monde-du-dehors…, dit-il dans un français parfait.

— Euh… sorciers, précisa Benoît sans crainte de froisser l'impressionnant personnage.

L'elfe sourit à nouveau.

— Je sais cela : je vous observe depuis que vous avez pénétré à Edelynn.

— Vous nous avez espionnés ? Mais comment ? Je n'ai vu aucun micro, aucune caméra. À moins que ce ne soit de la magie ?

— Pour un humain ou une fée, ça peut ressembler à de la magie. Tout comme un sauvage de ton monde pensera qu'une radio est un objet magique. Mais ce n'est que de la technologie, comme vous dites chez vous.

— Vous connaissez si bien le monde-du-dehors ? C'est pour ça que vous parlez notre langue ?

— Bien sûr, je le surveille également. Et j'y ai beaucoup voyagé par le passé. Mais vous devez être fatigués. Et vous, jeune sorcier, vous requérez des soins.

— Par votre faute, non ?

Claire poussa son frère du coude, effarée de son culot. L'elfe se mit à rire.

— Haha ! Vous êtes si rafraîchissant ! J'adore les créatures !

Benoît se sentit encouragé à parler franchement.

— Vous savez, il ne faut pas nous sous-estimer, nous les humains. Nous sommes plutôt malins ! On aurait fini par la trouver tout seuls, votre ville !

L'elfe rit de plus belle.

— Décidément, vous me plaisez. J'ai bien fait d'arrêter les garloups ! Et pour répondre à votre amusante affirmation, jeune humain, sachez que vous n'auriez jamais trouvé Néourvellen. Dans le meilleur des cas vous auriez gentiment été reconduits à la lisière de la forêt sans vous en rendre compte. Dans le pire des cas, vous auriez subi une attaque dont vous ne seriez pas sortis vivants. Il y a une ménagerie très intéressante et très agressive, dans cette forêt, vous savez.

Benoît déglutit avec peine. Claire s'adressa à l'elfe :

— Messire elfe, puis-je vous poser une question ? Qu'est-ce qui a déterminé votre choix ? À quoi devons-nous d'être là avec vous ?

L'elfe la considéra avec bienveillance.

— Vous avez eu beaucoup de chance, voilà tout. C'est moi qui étais de surveillance, et j'ai entendu l'appel au secours d'Ileana. Il se trouve que j'ai toujours eu une affection particulière pour les créatures, au contraire de mes semblables. J'ai d'abord procédé comme nous le faisons toujours en cas d'incursion étrangère dans notre forêt. Puis ma curiosité a été la plus forte. J'ai alors décidé de vous amener à Néourvellen, ce qui ne va pas être du goût de tout le monde.

— Ce n'est pas un peu risqué ? Pour vous et pour nous ?

— Ne craignez rien, charmante jeune personne, vous ne rencontrerez personne. Mes congénères ont un sens aigu de la discrétion et de la tolérance. Ils me laisseront libre de faire ce qui me plaît, même s'ils le réprouvent. Chacun ici a ses petites manies et ses sujets de recherche.

— Sujet de recherche ? s'exclama Benoît dont les craintes renaissaient. Il se voyait déjà attaché comme une grenouille sur la table à dissection.

— N'ayez pas peur ; les elfes ont un sens de l'humour particulier, mais pas au point de tirer les gens des griffes des garloups pour les disséquer ensuite.

— Zut ! Il entend tout ce que je pense, se dit Benoît qui se jeta néanmoins à l'eau :

— Vous nous emmenez à Néourvellen ?

L'elfe rit.

— Oui. J'y serai plus à l'aise pour vous disséquer qu'ici, en pleine forêt. Je plaisante, bien sûr.

Benoît grimaça un sourire.

— En parlant de forêt, elle n'est pas vraiment au point, la vôtre. Votre jardinier a un peu fumé de la moquette, non ?

— Benoît ! dit Claire, scandalisée.

— Nous avons eu largement le temps de nous lasser de l'écorce et des feuilles. Alors on laisse des arbres tout autour de notre domaine pour faire couleur locale, mais ailleurs certains d'entre nous laissent libre cours à leur créativité.

— Et les affreuses bestioles brunâtres, c'est aussi l'une de leurs œuvres?

L'elfe se rembrunit légèrement.

— Non. Ces... choses ont été faites récemment, et pas par quelqu'un de chez nous, enfin pas exactement.

— Par qui, alors ? Qui d'autre que les elfes peut bricoler des êtres vivants ?

— Comment sais-tu que nous savons créer des êtres vivants ?

— Ben, il paraît que les garloups et les tordakyls sont vos œuvres, plus d'autres bêtes que nous n'avons pas eu l'occasion de voir.

L'elfe parut soulagé.

— Effectivement, nous nous sommes beaucoup adonnés aux manipulations génétiques, mais c'est une voie que nous avons définitivement abandonnée depuis des millénaires.

— Pourquoi ? Ça ne vous amusait plus ?

— Si. Mais une fois qu'on aborde ce domaine, on va de plus en plus loin, et on finit par ne plus avoir de limites. C'est ce que nous avons fait : créer des êtres utiles ou décoratifs, du plus simple au plus extravagant. Et un jour, l'une de nos créatures s'est montrée si sanguinaire qu'elle a fait totalement disparaître une autre espèce. Alors notre Conseil a décidé d'arrêter à jamais ce genre de recherches.

— Et les elfes ont obéi ?

— Presque tous. Il y a eu un irréductible, un nommé Guémereld. On a longtemps fermé les yeux sur ses activités, mais il a fini par passer les bornes, et il a été banni de chez nous.

Benoît eut une illumination.

— C'est lui, le seigneur noir ?

— Non, c'est son père. Et le nom elfe de celui que vous appelez le seigneur noir est Naragd.

Ileana sursauta.

— Vous le connaissez ? C'est donc un elfe ?

— Pas complètement. Oh, et je peux bien vous raconter cette histoire. Mais suivez moi, nous n'allons pas rester plantés là.

À son signal, la paroi s'entrouvrit, et l'elfe s'engagea sur un chemin qui ne ressemblait en rien à ce qui existait à Edelynn. La matière en était curieusement élastique, et il était entouré d'étranges pelouses bleutées couvertes de fleurs dont certaines ressemblaient plus à des cristaux qu'à des végétaux. Devant eux se dressait une montagne immense et terriblement abrupte.

Les jumeaux se regardèrent. Cette montagne n'avait pas d'équivalent dans le monde-du-dehors. Edelynn n'était pas une simple copie de leur monde, mais bel et bien un endroit totalement différent dans sa géographie.

Au détour du chemin apparut soudain une grande ouverture dans la paroi vertigineuse. Elle était de dimensions à couper le souffle, mais ce n'était rien en comparaison avec ce qui les attendait à l'intérieur de la montagne : elle était complètement creuse, et une cité de cristal s'y logeait jusqu'à la cime !

Elle avait un peu la forme d'une mince pomme de pin dont les écailles transparentes s'appuyaient contre la paroi minérale en une multitude de passerelles.

L'elfe attendit en souriant que l'effet de la découverte se soit un peu atténué chez ses quatre invités et leur fit signe de le suivre. Il se dirigea vers la base de la cité, ignorant les quelques elfes qu'ils croisèrent. Ileana et Aslan se comportaient avec naturel, alors que les jumeaux n'étaient pas rassurés : ils s'attendaient à être arrêtés d'une minute à l'autre. Le regard des elfes avait beau glisser sur eux comme s'ils étaient invisibles, ils se sentaient observés et en danger. Ces êtres étaient si grands, si beaux, si inhumains dans leur perfection glacée !

Le petit groupe pénétra dans l'immense cité. On aurait pu croire, étant donné sa taille, qu'elle grouillerait de monde, mais ils rencontrèrent peu de gens, qui eurent tous la même attitude fuyante.

De près, les parois de la cité n'avaient pas l'apparence froide du cristal : au contraire, elles semblaient palpiter de vie et luisaient doucement comme de la nacre. Les quatre regardaient avidement cette matière inconnue qui offrait tant de variations subtiles, tantôt opaque ou transparente, mate ou brillante, parfois lisse ou mouvante.

Sur le sol, au centre de l'immense hall où ils se trouvaient, se dessinaient de discrets emplacements circulaires en une matière rainurée qui tenait à la fois de la pierre et du métal. Lorsqu'ils eurent tous les cinq pris place sur l'un des cercles, un léger halo les environna une fraction de seconde, et ils se transportèrent instantanément à un autre endroit de la cité.

Le hall où ils étaient à présent avait des dimensions plus modestes que le précédent, et de nombreuses taches mouvantes animaient ses murs.

Les quatre comprirent avec ébahissement qu'il s'agissait de portes lorsqu'ils virent l'elfe marcher vers l'une de ces taches sans manifester la moindre intention de ralentir. Il disparut à leurs yeux, puis Ileana passa aussi après une imperceptible hésitation. Les autres lui emboîtèrent le pas, et Benoît constata qu'on ne sentait absolument rien en traversant cette drôle de paroi.

Il supposa qu'ils étaient arrivés au domicile de l'elfe. À moins qu'il ne s'agisse d'une sorte d'hôtel ou même d'un labo ? Tout y était si étrange qu'il ne disposait d'aucun point de repère.

Une immense baie occupait tout un côté de la pièce. Benoît s'avança, jeta un coup d'œil au dehors et recula précipitamment. Ils ne devaient pas être loin du sommet de la cité, et la vue était vertigineuse !

L'elfe leur indiqua ce qui semblait être des sièges et ils s'installèrent tous confortablement dans la matière enveloppante.

Ileana décida que le moment était venu de parler sérieusement.

— Pouvons-nous connaître votre nom, Messire elfe ?

— Bien sûr. Je me nomme Imraëgg.

— Eh bien, Messire Imraëgg, vous qui savez tout d'Edelynn et au-delà, me permettez-vous de vous poser quelques questions ?

— Pose toutes tes questions, Promesse d'Avenir.

Ileana fronça les sourcils. Quel drôle de surnom !

— Vous savez sans doute ce qui est arrivé à ma cité et à mes parents. Depuis des semaines, j'essaie de comprendre qui a agi et dans quel but. Je veux retrouver mes parents et les ramener à Illiriane. Vous semblez en savoir long sur le seigneur noir : vous devez connaître aussi son repaire et ses objectifs, et vous êtes seul capable de le contrer. M'accorderez-vous votre aide ?

Imraëgg pianota d'un air détaché sur l'accoudoir de son siège.

— Ma chère demoiselle, il faut que vous compreniez une chose essentielle : les elfes ont décidé il y a de cela plusieurs millénaires de laisser le monde aller, sans ingérence de leur part. À l'origine, ils avaient créé Edelynn en déphasage par rapport au monde-du-dehors, et pour cela installé une machinerie complexe qui fonctionne toujours...

Benoît lui coupa la parole :

— Qui fonctionne... Pas tant que ça ! La porte du vent, par exemple, ça n'était pas un modèle d'efficacité.

Ileana jeta au garçon un regard noir. Il n'allait pas recommencer à accaparer la conversation avec ses remarques futiles !

Imraëgg sourit :

— Les portes sont très anciennes et ne sont plus entretenues depuis longtemps. De plus, elles se situent sur la ligne de déphasage, ce qui les rend fragiles. Mais pour en revenir à ce que nous disions, les elfes laissent les peuples libres de leur destin.

— Je pense au contraire que les elfes, du fait de leur position supérieure, ont un devoir vis-à-vis des autres peuples.

— C'est amusant ! Tu es vraiment faite pour être la Promesse de l'Avenir. Sais-tu que tu m'as dit exactement la même chose il y a quelques dizaines de siècles ?

Ileana était stupéfaite.

— Mais je n'ai que cent vingt ans, comment aurais-je pu vous parler il y a si longtemps ?

L'elfe sourit :

— Crois-moi, tu le feras, un jour pas si lointain. Ton histoire est intimement mêlée à celle d'Éden et d'Edelynn.

Ne sachant que dire, Ileana revint à ses préoccupations plus immédiates.

— Le seigneur noir est dangereux. Il a volé notre pierre, peut-être cherchera-t-il à voler les autres ou à séquestrer d'autres personnes, il faut l'arrêter !

— C'est vrai, il a en sa possession votre pierre, celle des nains, celle des trolls et même la nôtre.

Ileana et les jumeaux sursautèrent en même temps.

— Il a la vôtre ? Mais pourquoi l'avez-vous laissé faire ? Ça veut dire que vous l'avez laissé arriver jusqu'à vous, tout en sachant sans doute qu'il était mal intentionné !

— Contrairement à ce que vous semblez penser, il n'a pas commencé par dérober les pierres des autres peuples et fini en beauté par voler la nôtre. Il a pris la nôtre en premier et il a ensuite eu l'idée de compléter sa collection.

Benoît intervint :

— Elles servent à quoi exactement, ces pierres ?

— Elles sont cinq et ensemble elles forment un cristal un peu particulier, doté d'un pouvoir phénoménal, une espèce de source d'énergie illimitée.

— Il vient d'où, ce cristal ? Les nains l'ont trouvé dans une de leurs grottes ? demanda Benoît avec espoir.

— Non, il ne vient pas d'ici.

Et aussitôt Benoît s'imagina une météorite bourrée de cristaux frappant la terre et creusant un gigantesque cratère.

On entendit la voix douce de Claire.

— Pour quelle raison chacun des peuples en a-t-il reçu une partie ?

— Le cristal entier réagissait très bizarrement au champ magnétique terrestre. Son interaction avec lui était si dangereuse que nous avons préféré le démanteler et éloigner ses différents composants. Le plus simple était d'en confier une partie à chacun des peuples.

Ileana revint à la charge.

— N'empêche que je ne comprends pas comment un grand peuple comme le vôtre, qui a créé Edelynn pour être tranquille, peut tolérer qu'un individu vienne mettre le pays sens dessus dessous et qu'il ait même le culot de voler la pierre sous son nez. N'êtes-vous pas légèrement vexés ?

Imraëgg rit.

— Tu es une avocate coriace, mais il est vain d'essayer d'attiser mon amour-propre. S'il est parvenu jusqu'à nous, c'est que l'un de mes congénères l'a laissé venir, tout comme je l'ai fait pour vous. Et c'est ce même elfe qui lui a remis la pierre.

— Un traître ?

L'elfe était pensif.

— Plutôt quelqu'un qui a pris le parti d'être fidèle à un ancien ami, quitte à se mettre au ban de notre communauté. J'ai promis de vous raconter l'histoire, alors la voilà : je vous ai parlé de Guéméreld, l'elfe qui n'a pas accepté de cesser ses recherches dans le domaine de la génétique. Il a été banni par notre conseil, non seulement de Néourvellen mais aussi d'Edelynn.

— Comment pouviez-vous être certains qu'il ne reviendrait pas ?

— Les portes ont été réglées sur ses ondes personnelles, il aurait été désintégré en tentant de revenir et il le savait très bien.

— Il est donc venu chez nous, dans le monde-du-dehors ?

— Oui, il a été obligé de s'installer là-bas. Il a eu un enfant d'une femme humaine. Ce fils, c'est Naragd, celui que vous appelez le seigneur noir.

— Le fameux mi-elfe dont parlait M. Guillemin ! Et ce type a retrouvé comme nous le chemin d'Edelynn, murmura Benoît.

— Il a voulu voir les semblables de son père mais il a été mal accueilli…, poursuivit Claire.

—… sauf par un elfe, ancien ami de son père, qui le reçoit à Néourvellen et lui donne la pierre des elfes en prime. Et ensuite ?

— Les elfes le chassent car il est le fils bâtard de celui qu'ils ont banni.

— L'autre elfe, comment s'appelait-il, au fait ?

— Guéonegg.

— Donc ce Guéonegg part avec lui, lui apprend tout ce qu'il sait, et depuis ils écument Edelynn pour se venger, conclut Benoît.

Ileana fronça les sourcils.

— Mais pourquoi avoir enlevé mes parents ? Les fées ne lui ont rien fait ! Il aurait pu se contenter de prendre la pierre, si c'est ça qui l'intéresse. Et d'ailleurs, qu'est-ce qu'il va en faire, de ces pierres ? Obtenir une source d'énergie illimitée ? Ça ne vous dérange pas ?

— Aucune importance. Il lui manque le cinquième cristal. Sans lui, les quatre qu'il a déjà sont inopérants.

— Et le cinquième ? Qui l'a ? demanda Benoît.

L'elfe éluda.

— Il ne le trouvera jamais.

Ileana fit une ultime tentative pour obtenir plus de renseignements.

L'elfe refusa de prendre parti.

— Vous avez en main suffisamment d'atouts pour réussir. Vous trouverez le repaire de Naragd au bord de la mer, mais même cela, vous auriez fini par le savoir. Et je vous suggère de vous servir plus souvent de votre intéressant don de vision.

— Ah, vous savez ça aussi ?

— Oui, j'ai beaucoup aimé votre discours dans la clairière ; vous avez donné un bon coup de pied dans la fourmilière, c'était très distrayant. À présent, je vais vous demander de me suivre, car j'ai à faire.

Ils suivirent l'elfe hors de l'appartement et prirent place sur le cercle gris du hall. Au moment où la lueur jaillit, ils se rendirent compte que Imraëgg se tenait en retrait et n'était pas monté avec eux sur le transporteur.

19

La transe de l'archer

Ils réapparurent tous les quatre sur un cercle en plein milieu de la forêt. Dès qu'ils furent descendus du transporteur, les mousses et la végétation le recouvrirent, et en quelques secondes il avait disparu à leurs yeux.

Puis il leur sembla que la forêt formait comme une muraille dans leur dos, qui les poussait dans une certaine direction.

— Oh, le fumier ! s'écria Benoît. Comme il s'est bien débarrassé de nous ! Il en a eu assez de discuter avec nous, alors il nous a tout simplement jetés !

Ileana partageait sa colère.

— C'est scandaleux de nous avoir virés comme des malpropres, sans nous dire au revoir ! Et de nous laisser nous dépatouiller tout seuls. Il aurait pu nous aider, franchement, ça aurait été facile pour lui ! C'est quand même incroyable que depuis le début personne ne nous aide : les Anciennes pas du tout, Isilda et Ingvarna très peu, l'elfe quasiment pas ! Ras-le-bol de toutes ces personnes qui ne bougent pas le petit doigt !

Aslan, qu'on n'avait pas entendu à Néourvellen, prit la parole :

— Chacun a tout de même donné des renseignements intéressants qui, mis bout à bout, vous ont permis d'avancer.

Ileana eut une expression dubitative. Elle se sentait découragée, elle attendait tant de cette entrevue !

Tandis qu'ils sortaient de la forêt qui s'ouvrait devant eux et se fermait derrière, Benoît tenta de ramener le sourire sur le visage d'Ileana.

— On n'a besoin de personne, on leur montrera à tous de quoi on est capable ! D'ailleurs, il l'a dit lui-même, Imraëgg, qu'on avait en main tous les atouts pour réussir. On y arrivera, tu verras.

La jeune fée ne répondit pas, elle avait le moral en berne.

Au terme de deux heures de marche, la forêt vivante des elfes avait laissé la place à une forêt normale et sans artifices. Aslan repéra un endroit où établir le campement et proposa qu'on s'arrête pour la nuit. Ileana accepta docilement.

Les quatre jeunes gens mangèrent en silence. Ensuite Aslan s'occupa de son cheval puis s'éloigna d'eux comme à son habitude.

Benoît attendit qu'il eut disparu à leurs yeux et vida son sac.

— Je me pose plein de questions.

— Tu m'étonnes, railla sa sœur.

— Si on résume, on a un mi-elfe en liberté qui collectionne les pierres pour en faire je ne sais quoi, avec l'aide d'un elfe renégat spécialiste des manipulations génétiques qui a déjà commencé à peupler Edelynn de charmantes bestioles sanguinaires. Ils ont volé les pierres des nains et des trolls, peut-être qu'ils ont aussi kidnappé le roi des nains et le chef des trolls. Encore que les trolls ont plutôt l'air d'être des alliés puisqu'ils l'ont aidé à attaquer

Illiriane. Pourquoi ont-ils attaqué ta cité et pas les autres cités fées ? Parce qu'ils voulaient la pierre. Et peut-être pour avoir la reine. Mais qu'est-ce qu'ils veulent en faire ? Demander une rançon ?

Ileana sortit de son mutisme.

— D'après Isilda, les nains sont insolents et agressifs depuis quelque temps. Ça semblerait vouloir dire qu'ils se sentent forts, au contraire. Ils doivent être du côté du seigneur noir comme les trolls. Sympa ! Ça fait beaucoup de monde contre les fées. Et comme arbitre les elfes qui ne veulent rien savoir.

Benoît continua :

— Moi, je trouve curieux qu'Aslan n'ait pas dit un seul mot pendant l'entrevue avec l'elfe. On ne l'a pas du tout entendu, à croire qu'il cherchait à se faire oublier.

Claire prit la défense de l'archer.

— Ça ne m'a pas frappée. Moi non plus, je n'ai pas parlé. C'est qu'il n'avait rien de spécial à demander. Je te rappelle qu'il ne fait que suivre le mouvement, puisque son rôle est juste de protéger Ileana, et accessoirement toi, je te signale.

— J'avoue que j'étais trop occupée à parler à l'elfe et à regarder autour de moi pour faire attention à Aslan, dit Ileana.

Mais Benoît ne désarmait pas.

— Je me demande comment il a pu être au courant pour les fleurs carnivores, les lianes et les créatures. Vous ne trouvez pas ça louche ?

— Non, pas spécialement. Il a dit avoir appris ça chez les archers d'Isilda.

Benoît contre-attaqua :

— Est-ce que Isilda t'a appris ça lors de ton initiation ?

— Non.

— Et tu ne trouves pas bizarre qu'elle ne t'ait pas dit ce que les archers savent ?

— Elle ne m'a pas appris non plus à manier un arc, si tu vas par là.

— Ouais, ouais... Il y a plein de choses qu'elle ne t'a pas dites, on dirait.

Ileana se fâcha :

— Mais tu soupçonnes Isilda de quoi, exactement ?

— Rien de précis pour l'instant, mais je ne peux pas m'empêcher de me poser des questions. Et si j'étais toi, je surveillerais un peu le mignon petit envoyé d'Isilda. Tu as les moyens de le faire, non ?

Ileana était ébranlée malgré elle par les insinuations de Benoît : cependant, elle hésitait encore à considérer Isilda et Aslan comme des personnes suspectes.

Benoît poussa son avantage :

— Tu as remarqué que ce cher monsieur Muscle se met à l'écart à chaque fois qu'on campe ?

Ileana haussa les épaules.

— Si c'est ça, ton argument décisif... C'est peut-être parce qu'il ne se sent pas vraiment accepté, non ? Il préfère ne pas être pesant.

Benoît secoua la tête avec conviction.

— Tu n'y es pas du tout. Depuis qu'on a parlé à l'elfe, plus rien ne m'étonne ici. Je pensais qu'on nageait en pleine magie avec vos transformations et tout le reste. Mais depuis que l'elfe a parlé de technologie, j'ai compris qu'on était plus dans la science-fiction que dans la fantasy. Je suis presque sûr que l'autre, tous les soirs, il trafique quelque chose de louche. Tu devrais l'espionner.

Ileana hésitait. Puis elle se décida.

— Tu as raison, il faut en avoir le cœur net. Ça ne me plaît pas beaucoup, mais je préfère savoir. J'ai tellement l'impression de me faire balader par tout le monde que je n'aimerais pas me rendre compte qu'Aslan me cache aussi des choses.

Benoît essaya de cacher sa jubilation.

— Eh bien allons-y ! Tu veux procéder comment ? Vampirisme mental ou approche avec dôme de protection ?

Ileana le considéra, un peu écœurée.

— Tu as déjà tout prévu, à ce que je vois. Tu le détestes

vraiment ! D'abord Stan, maintenant Aslan. Tous ceux que…
— Qu'est-ce que Stan vient faire là-dedans ?
Ileana rougit.
— Rien, oublie. Je vais y aller seule, je sais comment faire pour qu'il ne me remarque pas.
— Mais… et moi ?
— J'y vais seule, je t'ai dit. Et ne t'avise pas de me suivre, si tu ne veux pas tout faire foirer, lui dit-elle durement.
Ileana se leva et fixa le chemin par lequel Aslan était parti tout à l'heure. Soudain sa silhouette devint floue et elle disparut.
— Oh purée ! Comment elle fait ?
Claire haussa les épaules. Elle ne savait pas et s'en fichait éperdument. Elle avait de la sympathie pour Aslan et souhaitait ardemment qu'il n'ait rien à se reprocher. Et le côté charognard de Benoît l'agaçait un peu.
Dix minutes plus tard, Ileana reparut, un peu hagarde. Claire se leva, alarmée.
— Alors, j'avais raison ? exulta Benoît.
— Je ne sais pas trop quoi penser. Il était assis en tailleur, les yeux fermés. De temps en temps il parlait d'une drôle de voix. J'ai juste entendu deux ou trois phrases. Il racontait ce qu'on avait fait chez l'elfe. À la fin, il a dit : « Oui, ma Dame ». J'ai été tellement surprise que j'ai cessé de me contrôler et que j'ai crié : « Mais à qui parles-tu donc ? Tu nous espionnes pour le compte d'Isilda ? Toi aussi, tu me caches des choses ? » Mais il ne s'est pas démonté, il avait l'air très calme, très naturel, comme d'habitude. Il n'avait pas l'air coupable, en tout cas. Il m'a dit qu'Isilda lui avait ordonné de la tenir au courant de ce que nous faisions. Alors je lui ai demandé comment il s'y prenait pour parler à Isilda alors que nous sommes à des dizaines de lieues de chez elle. Il m'a répondu que c'est elle qui se chargeait d'établir la communication. Mais si ma mère ne peut pas parler à une telle distance, pourquoi Isilda le pourrait-elle ? Et pourquoi ne m'a-t-

elle pas prévenue en m'envoyant Aslan que c'était aussi pour me surveiller ?

— Ça fait sans doute partie de la conception qu'Isilda se fait de la protection : d'une part te confier à un garde du corps, d'autre part savoir exactement ce qui t'arrive pour pouvoir éventuellement t'envoyer une troupe en renfort, je suppose. Je pense que tu n'aurais pas aimé savoir qu'elle te faisait surveiller. Tu as voulu te lancer dans cette aventure sans son armée, c'est un peu normal qu'elle se fasse du souci, elle se sent responsable de toi, argumenta Claire.

Benoît restait sceptique.

— Moi je te dis que je trouve ça louche. Isilda t'a collé ce type dans les pattes pour savoir exactement où tu en étais dans tes recherches. La protection, c'est du pipeau, c'était juste l'alibi.

Claire était indignée.

— Sa protection, du pipeau ? Je te trouve bien ingrat ! Je te rappelle quand même qu'il nous a sauvé la vie à tous les deux. Je ne sais pas ce qu'il te faut de plus ! Moi, en tout cas, je le considère comme un ami. Il fait partie de l'armée d'Isilda, il ne fait que son travail et c'est injuste de lui en vouloir pour ça.

Ileana regarda alternativement ses deux amis. Elle avait tendance à être plutôt de l'avis de Claire : elle n'arrivait pas à imaginer sa tante Isilda en conspiratrice et elle répugnait à voir Aslan, dont elle commençait à apprécier la présence rassurante, sous les traits d'un traître.

Pourtant, le lendemain matin, l'archer avait disparu.

20

Dans la gueule du troll

Ileana fouilla les environs tout en sachant que c'était parfaitement inutile. Si Aslan avait été dans les parages, elle l'aurait senti. Elle avait envie de pleurer. Même lui l'avait laissée tomber ! Au fil des jours, elle s'était si bien habituée à sa présence silencieuse et à sa tranquille assurance qu'elle se sentait perdue.

Benoît la regardait faire, étonné.

— Ça ne sert à rien de le chercher, il est parti. Ça prouve que j'avais raison et qu'il était coupable.

Ileana eut la brève tentation de l'étrangler. Puis elle s'assit, la tête dans les mains, ne sachant que faire.

— J'ai du mal à croire qu'il soit parti comme un voleur. Ça ne lui ressemble pas. En tout cas, ce n'est pas comme ça que je l'imaginais, dit Claire.

— T'en fais pas, on peut se débrouiller sans lui. D'ailleurs, je suis content qu'on se soit enfin débarrassé de ce traître, répondit Benoît.

La jeune fée lui lança un regard mauvais.

— Oh oui, on va se débrouiller sans lui. Chercher un endroit où camper, tout installer, préparer à manger, veiller pendant toute la nuit, nous défendre contre les bestioles brunâtres...

Benoît grimaça. Il avait déjà oublié combien Aslan abattait d'ouvrage.

Ileana poursuivit : elle avait besoin d'exprimer son chagrin.

— Et qui me dit que tu n'es pas un traître, toi aussi ? Tu es peut-être non pas le fils d'Aniel, mais celui de Naragd ! Et depuis le foyer tu tisses ta toile autour de moi pour endormir ma méfiance.

Le regard éberlué de Claire la fit taire.

— Excusez-moi, je dis n'importe quoi. Mais c'est dur de se faire lâcher comme ça. J'en viens à me demander si je peux encore faire confiance à quelqu'un.

La voyant au bord des larmes, Benoît se sentit tout bête.

— Tu veux qu'on aille demander de l'aide à tes amis ? Aodren et les autres viendraient tout de suite si tu le leur demandais.

Ileana secoua la tête.

— Non, on continue en direction de la mer. On verra après. En attendant, je vais appeler Astara et Arak. Ils nous aideront à porter nos affaires, et l'ours fera fuir les sales bêtes.

Elle lança son appel à la licorne et les trois se mirent en route, leur paquetage sur le dos.

Ils cheminèrent pendant deux heures en silence. Ileana, le visage fermé, ouvrait la marche. De temps à autre, elle s'arrêtait, hésitait puis continuait. Derrière elle, les jumeaux échangeaient des regards expressifs mais ne pipaient mot.

Soudain un joyeux hennissement se fit entendre et les deux animaux familiers déboulèrent dans le chemin. Ileana sauta au cou d'Astara.

— Oh, comment vas-tu, ma toute belle ? Que je suis contente de te voir !

Comme par miracle, Ileana avait retrouvé sa bonne humeur et son énergie.

Les jumeaux firent fête à l'ours, qu'ils ne trouvaient plus du tout impressionnant. Ils arrimèrent leurs maigres bagages sur ses flancs et grimpèrent sur son dos.

Bientôt, le paysage sembla familier à Benoît.

— Dis, Ileana, on n'est pas déjà passés par là ?

— Si, tout au début. On n'est pas très loin de la porte de Fonpierre.

— Je me disais bien que je connaissais ces drôles de collines et ces falaises là-bas au fond.

Voyant que la jeune fée était dans de bonnes dispositions, Benoît tenta une question.

— Est-ce que tu as un plan pour la suite ?

— Oui, je compte aller rendre visite à mes cousines les ondines. Il y a une cité d'ondines pas très loin d'ici, et comme elles sont en relation avec nos cousines les sirènes, elles pourront me donner des informations sur le repaire du seigneur noir. S'il a effectivement son camp au bord de la mer, et je ne crois pas qu'Imraëgg ait menti à ce sujet, les sirènes le sauront. C'est beaucoup plus simple de passer par elles que d'arpenter la côte sur des centaines de lieues.

À cet instant, Ileana cessa de parler et tourna la tête vers le chemin en amont. Alarmés, les jumeaux tendirent l'oreille : on entendait au loin des cris et des mugissements.

— C'est une créature inconnue... poursuivie par des trolls ! analysa Ileana en éperonnant Astara.

Claire n'hésita qu'une seconde et élança Arak à la suite de la licorne.

— Viens, Benoît, on y va !

Benoît se cramponna en marmonnant.

— C'est peut-être pas très malin d'aller se jeter dans la gueule du troll !

Claire se tourna à demi vers lui avec un sourire féroce.

— C'est pas toi qui voulais de l'aventure ? Ben voilà, tu en as.

Devant eux, le tumulte grandissait. Soudain, une silhouette féminine échevelée et à bout de souffle jaillit dans le chemin et trébucha. Ileana descendit prestement de sa monture et saisit la jeune personne sous les aisselles.

À ce moment, les trolls débouchèrent au détour du chemin. Les jumeaux furent épouvantés par leur face de cauchemar et par leur taille : ils mesuraient au moins deux mètres cinquante !

Benoît se jeta à terre tandis que Claire, toujours juchée sur l'ours, s'approchait d'Ileana. Celle-ci souleva la créature à bout de forces et la coucha sur le dos de la licorne, mais déjà les trolls étaient sur eux.

Un troll hideux se jeta sur Astara pour tenter de lui arracher le corps de la jeune personne évanouie mais la bête se cabra.

Ileana projeta une boule de feu vers la petite troupe qui recula dans un concert de hurlements. L'assaillant d'Astara leva sa masse d'armes et l'abattit sur la licorne qui ne put s'écarter à temps et s'écroula sous le choc avec sa précieuse cargaison.

Claire hurla de colère et Arak se dressa de toute sa hauteur, fauchant le troll d'un formidable coup de griffes.

Ileana cria à Claire de se rapprocher d'elle. De son corps massif, l'ours fit un rempart à la licorne qui tentait vainement de se redresser. Tout en maintenant à distance les autres trolls en leur envoyant des boules de feu, Ileana installa autour du petit groupe un dôme de protection.

Claire jeta un regard éperdu à son frère qui n'était pas dans le périmètre de sécurité. Cet idiot avait préféré se mettre à l'abri derrière un buisson !

Un troll resté à l'écart avisa Benoît et se précipita vers lui en ajustant sa lance. Le garçon hurla et tenta de lui échapper, mais il se prit les pieds dans des racines et s'étala de tout son long, ce qui lui sauva la vie : la lance alla se ficher dans un arbre, un peu plus loin.

Alors le troll se jeta sur lui en poussant un cri guttural.

Benoît crut sa dernière heure arrivée. Il leva le bras en attendant le choc... qui ne se produisit pas.

Le troll tomba en arrière, criblé de flèches.

Surpris au-delà de toute expression, Benoît cria : « Aslan ! » et se retourna.

Mais ce n'était pas l'archer : une troupe d'hommes habillés de bric et de broc fondit en hurlant sur les trolls. Ileana se mit à les aider en lançant des boules de feu et des éclairs. Arak s'élança à leur poursuite, mais Ileana le rappela car il la gênait plus qu'autre chose pour viser les géants velus.

Les trolls survivants, peu nombreux, décampèrent sans demander leur reste.

Les hommes les poursuivirent encore un peu en poussant des cris de guerre, puis ils revinrent vers Ileana et ses amis qui s'affairaient autour de la licorne et de la jeune personne.

Ileana délaissa un instant Astara et se leva pour accueillir leurs sauveurs.

Elle n'en croyait pas ses yeux : ceux qui s'avançaient vers elle en souriant, c'étaient des humains !!

Le premier d'entre eux lui serra énergiquement la main.

— J'ai comme l'impression qu'il était moins une, pas vrai ?

Ileana éclata de rire. L'homme parlait français !

— En effet, vous avez le sens de l'à-propos. Nous n'en menions pas large, vous avez été providentiels ! Je ne sais comment vous remercier.

— Laissez les remerciements. Nous sommes toujours heureux de rosser ces brutes et d'essayer de leur soustraire leurs victimes. Il faut bien dire que depuis quelque temps ils sont particulièrement enragés.

— Je n'en reviens pas de vous voir ici. Vous êtes humains, de toute évidence. Que faites-vous à Edelynn ?

L'homme eut un geste fataliste.

— Ce monde est une souricière : on y entre sans le vouloir, et on n'arrive plus à en sortir. Nous sommes nombreux ici, mais nous vous raconterons cela plus tard. Pour l'instant, il importe de partir vite. Les trolls sont rancuniers, et ils risquent de revenir plus nombreux. Suivez-moi…

Il s'interrompit pour jeter un coup d'œil compatissant à la licorne.

— Votre bête est-elle en état ?

— Elle le sera vite.

Ileana retourna auprès d'elle pour terminer de soigner les blessures infligées par le troll. Elle regarda Claire qui s'occupait de la jeune personne.

— Comment va-t-elle ?

La jeune femme avait toujours les yeux fermés. Elle avait le teint livide et une affreuse couture lui barrait la gorge.

— Elle est épuisée, mais ses jours ne sont pas en danger. On va la mettre sur le dos d'Arak.

Quelques hommes se précipitèrent pour aider Claire à manipuler la pauvre créature.

Ileana se tourna vers leur chef.

— Elle est de votre village ?

L'homme la regarda avec étonnement.

— Non, elle n'est pas des nôtres. C'est une des victimes du seigneur Naragd. Le signe sur sa gorge, c'est lui.

— Mais comment ? Je n'y comprends rien !

— Je pensais que vous saviez : c'est une fée, ou plutôt ce qu'il en reste.

21

Un fol espoir

Abasourdie, Ileana contempla la misérable créature. Ça, une fée ? Soit, elle en avait le physique, mais ça ne voulait rien dire. Elle avait vu plusieurs jeunes filles dans le monde-du-dehors qui ressemblaient un peu à des fées. Mais cette jeune personne n'émettait rien de caractéristique, son mental n'était pas celui d'une fée !

— Au fait, je m'appelle Thibaut. Je suis le capitaine. Le chef des armées ou le ministre de la défense, si vous préférez, dit l'homme avec humour.

— Comment savez-vous que c'est une fée ? lui demanda Ileana.

— Avant celle-ci, nous en avons trouvé deux autres dans un sale état. On n'avait pas les moyens de les sauver, elles sont mortes toutes les deux. L'une d'elles a quand même pu dire qui elle était avant de mourir. Toutes les deux avaient cette affreuse trace d'opération sur la gorge.

Ileana était muette de stupeur. Dans quel but Naragd avait-il fait ça ? Pourquoi n'avaient-elles pas pu se soigner toutes seules ?

Entre-temps, ils étaient arrivés au pied de la falaise. Thibaut saisit une corne à sa ceinture et émit un son modulé. Aussitôt des silhouettes parurent au sommet de la paroi rocheuse, et Ileana et les autres purent monter grâce à un ingénieux système de paniers, de poulies et d'échelles amovibles.

Voyant le regard admiratif de la jeune fée et de Benoît, Thibaut expliqua :

— Nous avons installé le village au sommet de la falaise. Il est complètement invisible d'en bas, et notre système d'ascenseur le rend inaccessible.

Derrière les gros rochers du sommet étaient disposés les mécanismes qui permettaient l'ascension, ainsi que deux ou trois cabanes, sans doute pour les gardes. Mais le village était situé plus loin.

Des enfants étaient accourus et les regardaient avec un mélange de curiosité et de timidité.

Ils les accompagnèrent sur un chemin bordé de champs et de jardins, puis ils pénétrèrent dans le village proprement dit, entouré d'une palissade en bois.

Benoît regarda les maisons avec intérêt : faites d'un mélange de bois et de torchis, de pierres et de briques, elles donnaient au village une apparence moyenâgeuse. Des enclos abritaient des poules et des chèvres.

Quelques habitants sortirent sur le pas de leur porte. Ils étaient vêtus d'étoffes aux teintes ternes.

Thibaut donna des ordres pour qu'on attribue une chambre à la fée moribonde. Ileana se tourna vers Claire, qui la rassura :

— Ne t'inquiète pas, je m'en occupe. Tu n'es pas obligée de rester près d'elle.

— Je le sais, je te fais confiance. Si elle reprend connaissance, viens me chercher immédiatement. Il faut absolument que je lui parle.

Claire acquiesça et entra dans la maison où des hommes avaient déposé le frêle corps sur un lit.

Thibaut s'adressa à Ileana :

— Je vais leur faire apporter à boire et à manger. Souhaitez-vous vous restaurer ou voulez-vous voir notre chef d'abord ?

Ileana n'avait pas faim, mais elle était pressée de discuter avec les humains.

Le chef, Mathieu, l'accueillit en disant que c'était la première fois qu'une fée pénétrait dans ce village et qu'il en était très honoré.

Ileana s'étonna que l'existence de ce village puisse passer inaperçue.

Mathieu sourit.

— Peu de personnes savent qu'il y a des humains à Edelynn. Il y a bien les quelques trolls à qui nous flanquons régulièrement une raclée, mais ils ne sont pas assez évolués pour le raconter autour d'eux. Et des nains avec qui nous commerçons, dont nous avons découvert fortuitement le village il y a très longtemps lors d'une mission d'exploration loin à l'est.

Benoît intervint.

— Les elfes doivent savoir que vous êtes là, ils savent tout.

— C'est possible, mais on n'en a jamais vu. On sait qu'ils existent, mais c'est tout.

Soudain trois hommes très énervés firent irruption dans la pièce.

— Mathieu, Martin nous a dit que tes invités sont ceux qu'il a vus entrer à Edelynn il y a quelques semaines ! Il en est certain.

— Et alors ? demanda Mathieu durement. Cela justifie-t-il que vous pénétriez dans cette maison sans frapper à la porte ?

— Faut prendre ta retraite, Mathieu, on dirait que tu ne sais plus combien font 1 + 1 ! Cette fée et les deux qui l'accompagnent, avec leur aura bizarre, ils sont entrés par Fonpierre ! C'est une fée, tu comprends ! Ça veut dire qu'il y a une sortie et qu'elle la connaît ! Il faut l'interroger !

— Je sais à quel point c'est important pour vous, et notre invitée répondra certainement à vos questions si vous y mettez les formes. En attendant, sortez de la maison du conseil ! Ici on ne badine pas avec les lois de l'hospitalité, ni avec celles de la politesse d'ailleurs.

Thibaut s'interposa et les trois énergumènes sortirent de mauvais gré.

— Vous ne connaissez pas la sortie, constata Ileana.

— Non, et ce n'est pas faute d'avoir cherché. Ça fait des siècles que les humains prisonniers d'Edelynn cherchent à retourner de l'autre côté. Mais il y a deux sortes de personnes au village : ceux qui sont nés ici, qui sont de la deuxième, cinquième voire vingtième génération et qui n'ont jamais connu la France, et ceux qui ont fait personnellement le passage. Ceux-là sont les plus nostalgiques. Les trois que vous venez de voir sont arrivés en même temps, il y a trois ou quatre mois. C'est plutôt rare d'arriver en groupe, d'habitude les gens se perdent seuls. Les trois dont je parle ne s'intègrent pas du tout, pourtant nous faisons tout ce que nous pouvons pour qu'ils s'habituent et se plaisent ici. Mais rien à faire.

En général, les nouveaux arrivants sont si contents de nous voir qu'ils sont vite assimilés par notre groupe de villageois. Bien sûr, on ne choisit pas nos concitoyens, si je puis dire, mais on accepte tout le monde. C'est sûr qu'il y a des gens qu'on ne fréquenterait pas de l'autre côté ; mais ici, le seul fait d'être humain constitue un lien plus fort que tout.

Les trois hommes que vous venez de voir ne pensent qu'à une chose : trouver la sortie, comme ils disent. Ils sont persuadés qu'il y a forcément une issue, alors ils partent sans arrêt en expédition pour la chercher. Seulement, beaucoup d'autres l'ont fait avant eux et personne n'a jamais trouvé. Autant chercher une aiguille dans une botte de foin. Mais votre venue change tout.

— En effet, je sais où se trouve une porte et je vous dirai où elle se situe. Mais que deviendra votre village, alors ?

Mathieu haussa les épaules.

— Je pense que de toute façon la plupart resteront, n'ayant jamais connu une autre vie. Pour ceux-là, Edelynn est devenue leur patrie. D'autres partiront, bien sûr. Et il y aura ceux qui voudront voir le monde des hommes, et qui reviendront car ils se sentiront décalés. Il paraît que là-bas, tout change tellement vite ! En tout cas, j'estime qu'ils doivent tous avoir le choix de partir ou de rester.

— Alors c'est entendu, je vous l'expliquerai.

Sur ces entrefaites, Claire parut.

— La fée va mieux, elle dort. Elle était épuisée, déshydratée et choquée. Mais tout est rentré dans l'ordre, demain tu pourras lui parler. Des femmes se relaient à son chevet et je retournerai la voir tout à l'heure.

— Ah, comme je suis soulagée ! Tu es une vraie magicienne.

Mathieu toussota.

— Je ne voudrais pas paraître indiscret, mais Martin avait été catégorique lorsqu'il vous avait surveillé il y a quelques semaines : son rapport mentionnait trois fées dont deux avec une aura inhabituelle. Qu'est-ce que cela signifie ? De quelle espèce êtes-vous ?

Claire sourit.

— Nous sommes des sorciers, un mélange d'humain et de fée. Notre père faé a fait un séjour dans le monde des humains et y a rencontré notre mère humaine. Nos parents ont disparu tous les deux quand nous avions cinq ans. Nous avons appris récemment qu'ils étaient passés par Fonpierre il y a quelques années. Ils sont peut-être à Edelynn, mais nous n'avons aucune nouvelle d'eux.

Mathieu parut épaté.

— Des sorciers... Je ne savais pas que les deux races s'étaient mélangées. Quoi qu'il en soit, vous êtes tous les bienvenus dans notre village, aussi longtemps qu'il vous plaira d'y rester. Et si je peux vous aider à retrouver vos parents, ce sera bien volontiers, bien que je ne sache pas grand-chose de ce qui se passe dans ce pays. En attendant, vous voulez peut-être vous reposer ? Nous organiserons ce soir une fête en votre honneur.

Ileana et Claire saluèrent gracieusement Mathieu, Benoît grommela un vague merci, et Thibaut leur fit signe de le suivre. On attribua à chacun une chambre chez des villageois, dont les maisons étaient pauvres mais bien tenues.

— En tout cas, maintenant on sait qui nous épiait à notre arrivée. Pas étonnant que tu n'aies pas deviné quelle créature c'était, dit Benoît.

Ileana eut un air dubitatif.

— Mmm. Je connais le psychisme des humains, quand même ! Là, ça n'avait rien à voir.

— Alors c'est qu'ils ont muté, déclara Benoît, très content de son explication.

Puis il alla jeter un coup d'œil à sa chambre. Comme il n'avait pas dormi dans un vrai lit depuis son séjour chez Ingvarna, il ne résista pas à l'appel des draps frais et n'émergea qu'en début de soirée. Quant aux filles, elles allèrent prendre des nouvelles de la fée qui dormait toujours profondément, puis elles ressortirent de la maison pour visiter le village. Elles furent bientôt prises d'assaut par une troupe de gamins.

Ileana eut une idée de génie : elle fit apparaître des monceaux de pâtisseries, auxquelles les enfants n'avaient jamais goûté de leur vie, et de fil en aiguille tout le village se retrouva sur la place à se passer des petits fours dans une ambiance de fête. Ileana avait aussi recoiffé les fillettes et transformé leurs vêtements, les rendant à la fois plus solides et plus beaux. Bientôt des jeunes filles vinrent demander à Ileana si elle pouvait faire la même chose pour leurs pauvres nippes. Dans la foulée, la jeune fée habilla tout le village de pied en cap puis s'écroula sur un banc, vannée mais heureuse d'avoir pu faire plaisir à tant de monde et d'avoir oublié ses soucis en parlant chiffons.

Soudain Benoît accourut sur la place. Il venait d'avoir une idée en se réveillant.

— Hé, dites, les filles ! On a oublié quelque chose ! Le petit Nicolas...

Honteuse, Claire porta la main à sa bouche.

— Mais oui, le gamin qui a disparu cet été ! On n'a pas pensé à demander s'ils l'avaient trouvé !

Ileana se tourna vers Thibaut qui ne la quittait pas d'une semelle.

— Thibaut, avez-vous recueilli un petit garçon du nom de Nicolas, il y a quelques semaines ?

— Oui, en effet. Je l'aperçois là-bas. Vous le connaissez ?

— Pas personnellement. Mais nous avons entendu parler de sa disparition juste avant de faire nous-mêmes le passage. Ça a fait toute une histoire, les gendarmes et les habitants ont passé la forêt au peigne fin sans le retrouver.

Thibaut eut un rire sans joie.

— Une histoire qui a dû se répéter bien des fois aux environs de Fonpierre. Mais je vais vous l'appeler.

Bientôt, un garçonnet aux yeux vifs se présenta devant eux.

— C'est toi, Nicolas Charmaux ?

— Vous savez comment je m'appelle ?

— Oui, nous avons entendu parler de ta disparition quand nous étions en vacances à Cantargues.

Le garçon donna les signes de la plus grande excitation.

— Vous connaissez Cantargues ? Et Le Roussail, mon village ? Vous avez vu mes parents?

— Non, nous en avons juste entendu parler dans les journaux, quand tu as disparu.

Le visage du gamin se fit grave.

— Que s'est-il passé, ensuite ?

Les gens firent cercle autour de lui. Plusieurs d'entre eux avaient vécu cela. Ils s'étaient tous demandé comment leurs proches avaient réagi, ce qu'ils avaient entrepris... avant de réaliser qu'ils ne les verraient plus jamais.

Ileana raconta les recherches, le récit du frère de Nicolas, les brigades cynophiles, les battues des habitants.

Le petit Nicolas se mit à pleurer. Claire le prit dans ses bras.

— Ne pleure pas, nous allons te ramener chez toi.

Ileana se mordit les lèvres. C'était la seule chose à dire susceptible de le consoler, mais elle aurait préféré dévoiler ça aux habitants dans un cadre plus officiel. Qui pouvait savoir comment ils allaient réagir ?

Thibaut prit immédiatement la bonne décision, pour couper court à toute possibilité de désordre voire d'émeute : il invita toute la population à la salle commune pour y entendre une déclaration d'Ileana et envoya un enfant prévenir Mathieu.

Le temps que la foule se déplace, les membres du conseil, Mathieu à leur tête, avaient ouvert en grand les portes de la salle commune et invitaient les villageois à s'asseoir. Ils savaient déjà qu'Ileana avait régalé les gens sur la place, aussi Mathieu commença-t-il son discours de la sorte :

— D'habitude, on mange puis on parle, mais il semblerait que notre invitée ait déjà fait le nécessaire pour que vous ayez le ventre plein, il ne nous reste qu'à entendre les histoires qu'elle et ses compagnons vont nous raconter.

Les villageois s'installèrent sur les nombreux bancs, les enfants assis à leurs pieds à même le sol. Mathieu entraîna Ileana et les jumeaux vers une estrade située au bout de la salle. Thibaut fit un signe discret à l'un des hommes qui les avaient délivrés des trolls et celui-ci vint se placer de l'autre côté de l'estrade.

Ileana reconnut dans l'assemblée les trois hommes qui avaient fait irruption dans la salle du conseil un peu plus tôt. Ils la fixaient d'un air tendu. Elle chercha le regard de Thibaut qui lui sourit en retour. Elle ne risquait rien, ils étaient sous contrôle.

Ileana réfléchit quelques instants à la façon dont elle allait présenter les choses et amplifia sa voix pour que chacun l'entende à son aise.

Elle se présenta et commença son histoire par l'attaque de la cité. Les villageois l'écoutaient dans un silence religieux. Cependant, quand elle évoqua son passage par la porte qui devait l'amener dans le monde-du-dehors, elle fut interpellée d'une voix furieuse par l'un des trois hommes.

— Ne perdons pas de temps avec des histoires ! Où se trouve le passage ? Ça fait des mois que nous sommes prisonniers de ce maudit pays, nous voulons rentrer chez nous !

Les deux autres se tournèrent vers la foule en brandissant le poing.

— Oui, on veut rentrer !

D'autres cris fusèrent. Mathieu s'avança, la main levée pour réclamer le silence. Ileana reprit la parole :

— Ne vous en faites pas, vous êtes libres de retourner dans l'autre monde, le vôtre. La porte que je connais est à quelques dizaines de lieues d'ici, pas très loin des Pierres Blanches.

— Emmène-nous là-bas ! Partons tout de suite !

Ileana secoua la tête.

— Je ne peux pas vous y conduire maintenant, j'ai une tâche qui passe avant tout : il faut que je délivre mes parents des griffes du seigneur Naragd et que je découvre quels sont ses desseins. Vous emmener dès à présent à la porte me ferait perdre des jours précieux. Mais je vous le promets, dès la fin de ma quête je reviendrai vers vous et je mènerai à la porte tous ceux qui le souhaitent.

— Des mots, tout ça ! Une fois partie d'ici tu nous oublieras bien vite. C'est maintenant qu'il faut agir !

Ileana tenta de les calmer, mais les énergumènes s'approchèrent de l'estrade en vociférant. Thibaut et son comparse s'interposèrent.

C'est alors que Benoît s'avança vers eux et leur fit entendre raison. Personne ne comprit ce qu'il leur dit, mais comme par miracle les trois hommes reculèrent et retournèrent s'asseoir.

Ileana ne savait pas si elle devait continuer son histoire. Elle regarda le chef d'un air interrogateur. Celui-ci s'adressa à la foule.

— Vous avez tous entendu la promesse d'Ileana. À son retour, elle repassera par notre village pour emmener ceux qui le veulent. D'ici là, il nous faut le temps de la réflexion. Ce genre de décision ne se prend pas à la légère et nous n'aurons pas trop de quelques semaines pour nous y préparer.

Les gens acquiescèrent.

— En attendant ce jour historique, voulez-vous entendre la suite de l'histoire ?

La foule manifesta son enthousiame.

Ileana raconta donc la suite de ses aventures, d'abord dans le monde-du-dehors, puis de retour à Edelynn. Elle n'omit presque rien, elle n'avait pas de raison de cacher quoi que ce soit aux humains. Elle leur parla de l'armée de sa tante, sans pour autant évoquer son attitude suspecte et celle d'Aslan. Elle relata aussi sa rencontre avec sa grand-mère, puis décrit Illiriane, la forêt des elfes et ce qu'elle avait vu de Néourvellen. Elle conclut en demandant si quelqu'un avait des questions. Une voix s'éleva :

— Pouvez-vous nous raconter comment est notre monde en ce moment ?

— Je n'en ai eu qu'un très petit aperçu, je ne suis pas la personne la plus compétente pour vous en parler. Mais je laisse la parole à mes amis humains qui pourront vous renseigner mieux que moi.

Benoît, très à l'aise, s'avança au milieu des gens et fit signe à Claire de le rejoindre. Les villageois s'approchèrent et bientôt tous bavardaient à bâtons rompus.

Ileana en profita pour s'entretenir à part avec Mathieu et Thibaut.

— Vous connaissez mon but, à présent. Je dois absolument

trouver le repaire de Naragd. Je pense que c'est là-bas qu'il retient mes parents prisonniers, ainsi que beaucoup d'autres personnes, je le crains. Avez-vous des informations à ce sujet ?

— Aucune, j'en ai peur. Nous vivons retirés, le plus discrètement possible pour notre sécurité. Nous avons remarqué une agitation inhabituelle chez les trolls depuis un ou deux ans, mais sans savoir à quoi cela était dû. Nous avons une équipe qui se relaie pour surveiller sans cesse la porte de Fonpierre et intercepter tout humain qui arriverait par là. Elle est composée des descendants des familles qui vivent là depuis des siècles. Nous avons remarqué que ces gens-là passaient inaperçus, peut-être leur psychisme s'est-il modifié, on n'en sait rien. Quoi qu'il en soit, alors que les abords de la porte étaient toujours déserts, un groupe important de trolls s'est installé là il y a environ un an et demi, visiblement dans le même but que nous. Ils nous ont sacrément compliqué la tâche, car on devait ne pas se faire remarquer. Un jour, un type est arrivé, et ils se sont jetés dessus, ils l'ont enchaîné et emmené sans qu'on ait le temps de dire ouf. Ils étaient tellement nombreux qu'on n'a pas osé les attaquer pour délivrer le pauvre gars. Dix minutes plus tard, alors qu'un premier groupe de trolls avait emmené le type je ne sais où, nouveau remue-ménage à la porte : une femme apparaît, et rebelote, ils la ficèlent et ils l'emmènent. On n'y a rien compris. Il ont encore laissé un détachement de ces sales bêtes là pendant quelques jours, puis ils ont levé le camp et on ne les a plus jamais revus à cet endroit. Faut croire qu'ils attendaient le gars en question, ou la femme. En tout cas, j'ai toujours regretté que nos hommes n'aient pas été assez nombreux pour les délivrer.

Ileana n'en croyait pas ses oreilles. Un homme, arrivé il y a un peu plus d'un an, soit une dizaine d'années en temps humain, puis une femme quelques minutes après lui ! Les parents des jumeaux, sans aucun doute !

Mathieu avait bien remarqué l'expression stupéfaite d'Ileana à la fin de son récit.

— On dirait que cette histoire vous dit quelque chose ?
Ileana hocha la tête, pensive.
— Oui, je crois savoir qui sont ces personnes.
Elle leva la tête vers les jumeaux qui parlaient toujours là-bas.
— J'ai bien l'impression que ce sont les parents de mes amis.
— Ça alors ! Leurs parents seraient aussi prisonniers de Naragd ?
— Il faudrait déjà être sûr que les trolls ont amené leur prisonniers à Naragd. Il était là, au milieu de ses troupes, lors de l'attaque de ma cité, je sais donc que c'est lui qui a fait enlever mes parents par des trolls. Par contre, pour Aniel et Madeline, les parents des jumeaux, peut-on avoir une certitude ?
— Je le pense. La fée mutilée qui avait pu nous parler un peu avant de mourir nous a dit qu'elle était une fée mais qu'elle avait perdu tous ses pouvoirs. Elle a aussi pu nous dire qu'elle avait été traquée par les trolls en s'échappant de chez Naragd. C'est donc qu'ils ont partie liée.
— Ce qui m'étonne, c'est que vous ayez rencontré trois fées fugitives dans ce coin. Or on est assez loin de la mer, comment auraient-elles pu faire tout ce chemin dans leur état d'épuisement ?
— En fait, il n'y a que celle d'hier qui soit parvenue si loin : les deux autres, nous les avons trouvées bien plus à l'ouest, près de l'océan, de retour d'expéditions de pêche. Et pas du tout au même endroit l'une et l'autre. Mais rien ne nous dit que Naragd garde tous ses prisonniers au même endroit.
— Non, c'est vrai. Moi, ce qui me tracasse, c'est cette affreuse cicatrice que les trois fées ont, ou avaient, à la gorge. Qu'est-ce que ça signifie ? Et pourquoi la fée vous a-t-elle dit qu'elle avait perdu ses pouvoirs ? Serait-ce ce que j'ai ressenti dans la forêt des elfes ? Pourquoi ne se sont-elles pas cachées quand elles étaient traquées ? Elles auraient pu très facilement semer leurs poursuivants. Non, peut-être leur est-il arrivé la même chose qu'à ma mère : elle aussi a été instantanément privée de ses pouvoirs par

un maléfice que j'ignore. Il y a tant de questions sans réponses... soupira-t-elle.

— Certes, mais demain vous pourrez interroger la fée, et nul doute qu'elle vous fournira d'intéressantes informations. En attendant, essayez de prendre un peu de repos en vue de tout ce qui vous attend encore.

Mais la nuit fut loin d'être tranquille.

22

Les humains d'Edelynn

Ileana se réveilla en sursaut quelques secondes avant l'intrusion.
Instinctivement, elle se mit en mode invisible au moment même où la poignée de la porte s'abaissait, et quitta son lit pour se plaquer contre le mur.
— Là, derrière le lit! dit l'un des assaillants, qui avait vu le drap bouger.
Les hommes se précipitèrent au milieu de la chambre. L'un d'eux brandit sa torche en tous sens. Personne !
— Elle est passée où, cette fichue créature ?
— Elle a dû se cacher, je suis sûr d'avoir vu du mouvement.
Le tour de la petite pièce fut vite fait, les portes de l'armoire rudimentaire ouvertes, les rideaux écartés.

— Tu as dû rêver, il n'y a personne ici. Pourtant on l'a vue entrer dans cette maison !

— Faut fouiller le reste de la baraque.

— Discrètement, alors. S'agirait pas que quelqu'un donne l'alerte avant qu'on ait attrapé la fée.

Tout à coup, la porte claqua derrière eux. Les hommes se retournèrent d'un bond. L'un d'eux alla à la porte et tourna la poignée.

— C'est fermé ! Ah, elle nous a bien eus, la garce. Faut sortir d'ici vite fait. La fenêtre !

Il se pencha.

— Vite, la chaise ! J'ai pas envie de me casser le cou !

L'un de ses comparses lui tendit la chaise, que l'autre fit descendre au pied de la paroi en la tenant à bout de bras.

Le premier grimpa alors sur le rebord de la fenêtre et se laissa glisser le long du mur sur la chaise.

On entendit un juron étouffé.

— Ça va, Didier, rien de cassé ?

— Ça va. Allez, grouillez-vous !

Les quatre hommes descendirent à tour de rôle.

— Et maintenant, on fait le tour, et on y retourne !

À cet instant précis, une multitude de lumières s'allumèrent au-dessus d'eux, et ils furent environnés d'une barrière de flammes.

— Restez où vous êtes ! leur cria Ileana qui avait reconnu les individus agressifs de la soirée.

— Tu ne me fais pas peur avec tes tours de magie ! dit le dénommé Didier qui tenta de sauter par-dessus les flammes. Mal lui en prit, car un éclair bleuté court-circuita instantanément ses muscles et il tomba lourdement à terre. Les flammèches commencèrent à lécher ses vêtements et il ne dut son salut qu'à l'intervention rapide de ses comparses.

Mais les lueurs des flammes et les cris avaient ameuté les villageois qui sortirent de chez eux et accoururent à l'endroit de l'incendie.

Mathieu fut l'un des premiers à arriver aux côtés d'Ileana.

Quand il vit que l'incendie n'en était pas un, et que les foyers allumés par Ileana ne servaient qu'à contenir les agités qui l'avaient déjà menacée, son sang ne fit qu'un tour.

— Thibaut ! Ancelin ! Bouclez-moi ces lascars !

Ileana éteignit lumières et flammes d'un simple geste tandis que les gardes se saisissaient des énergumènes. Inquiet, Mathieu se tourna vers elle.

— Que s'est-il passé ? J'espère qu'ils ne vous ont pas fait de mal...

— Non. J'ai pu sortir sans qu'ils me voient et les contenir.

— Je suppose qu'ils voulaient vous forcer à les emmener tout de suite à la porte.

— Oui, je le pense aussi. Mais il est inutile de les enfermer ou de les punir. Je comprends qu'ils soient à bout, dans ce pays étranger, et je ne voudrais pas que vous soyez trop durs avec eux. Ils ont compris la leçon, ils seront plus patients, à présent. Je leur ai promis de les emmener à la porte, et je tiendrai ma promesse. Simplement, ils devront encore attendre un peu. Pourrez-vous leur expliquer ça ?

— Je vous trouve bien trop gentille avec ces bons à rien. Je ne peux pas tolérer que des personnes de ce village se comportent de cette façon. Ils ont non seulement bafoué les lois de l'hospitalité mais aussi décidé de contrevenir aux ordres, et cela n'est pas acceptable. Ils seront jugés par notre tribunal dès demain.

— Je comprends que vous ne vouliez pas laisser flotter les rubans, mais dites-leur quand même que bientôt ils reverront leur pays...

Mathieu sourit.

— Ah, ces femmes ! On ne peut rien leur refuser. Souhaitez-vous aller vous reposer ? Je peux poster des gardes devant votre porte, bien que je pense que ce soit inutile à présent.

— Oh non, je ne pourrais plus dormir. Je vais attendre le jour et puis j'irai rendre visite à la fée pour l'interroger.

— Dans l'intervalle, venez vous restaurer et vous réchauffer à la maison. La nuit est fraîche.

Tout en suivant Mathieu, Ileana regarda autour d'elle mais ne vit pas les jumeaux. Ils devaient être si épuisés qu'ils ne s'étaient pas réveillés.

Arrivée chez le maire, elle découvrit un intérieur robuste mais confortable. Elle s'installa tandis que Mathieu allait chercher de quoi boire et manger.

— Etes-vous né ici ? lui demanda-t-elle.

— Non. Je suis né en 1910, au Roussail, comme le petit Nicolas. Je suis arrivé ici avec Thibaut pendant la seconde guerre. On faisait de la résistance et on se cachait dans la forêt. Un soir, on a vu une colonne allemande passer à proximité, et on s'est réfugiés dans les ruines romaines. Peu après, on a entendu du bruit, et on s'est retrouvés nez à nez avec des trolls. Ça a été le choc de notre vie ! On était tombés de Charybde en Scylla, d'un mal à un autre.

— Et que s'est-il passé ?

— On a été secourus par le groupe de surveillance. Ils nous ont amenés au village et puis voilà. Je me suis plongé dans le travail pour oublier que je ne reverrais jamais les miens, et on m'a élu maire quelque temps plus tard, et Thibaut s'est occupé tout particulièrement de notre défense, il avait été militaire en France.

— Les trolls ne semblent pas vous effrayer. Pourtant ils sont plus grands et plus agressifs que vous.

— Plus grands, certainement. Plus agressifs, je ne pense pas. Vous connaissez mal les humains ! Il y a toujours des volontaires pour aller en découdre, à croire que la bataille est nécessaire à l'homme… Mais vous avez raison, les trolls ne nous font pas peur. Contre une armée, nous ne pourrions rien faire, évidemment. Mais heureusement pour nous, leurs groupes sont toujours petits, car ils ne se mélangent pas volontiers entre eux : il y a énormément de sous-espèces de trolls : des noirs, des albinos, des trolls à crinière, des rayés…qui ne se supportent pas les uns les autres. De plus, ils sont d'une intelligence très limitée et n'ont aucun sens de la stratégie. Ça nous permet d'en venir à bout relativement facilement.

— Et ce village existe depuis longtemps ? Je suis étonnée de n'en avoir jamais entendu parler.

— Depuis des siècles. À l'époque des romains, déjà, et même avant. Il y a toujours eu des gens pour passer de ce côté par inadvertance. D'ailleurs, il existe peut-être d'autres portes et d'autres villages, mais malgré nos recherches nous n'en avons jamais trouvé trace.

— Et comment toutes ces personnes se sont-elles débrouillées ?

— La tradition orale assure que le village existe à cet emplacement depuis les origines et que les nouveaux arrivants ont toujours été accueillis par les anciens. Mais ici, il n'y avait rien, les gens ont dû vivre comme des robinsons : chasse, pêche et cueillette, comme on apprenait dans nos livres d'Histoire. Et à chaque nouvel arrivant on demandait s'il avait emporté des objets. Vous pensez bien qu'un couteau ou une pioche sont des trésors, ici ! Les capacités des gens aussi étaient une richesse : accueillir un braconnier ou un paysan, un boulanger ou un maréchal ferrant, ça changeait la vie des villageois. Ou alors un musicien ou un maître d'école. On a toujours tout fait pour que les savoirs ne disparaissent pas, pour former un maximum de gens.

Ileana sirota rêveusement sa tasse de thé.

— Comment se fait-il que personne ne parle l'ancien français ? J'ai remarqué hier après-midi que les villageois parlaient tous le français moderne.

— C'est tout simplement que chaque personne nouvellement arrivée de là-bas a toujours été inlassablement questionnée sur la vie à son époque, la situation politique, les découvertes, les coutumes, même la mode, et que tout le monde s'efforçait d'assimiler sa façon de parler, afin de maintenir le lien avec notre ancienne patrie. Ça peut paraître ridicule, mais personne n'a jamais perdu l'espoir d'y retourner, et les gens voulaient absolument rester à la page pour pouvoir mieux s'intégrer une fois de retour.

— Non, ce n'est pas ridicule, bien au contraire. Ça force même l'admiration. En plus, vous avez réussi à faire d'un ramassis de gens égarés un beau village qui semble prospère.

— Prospère, c'est beaucoup dire. Mettons que nous essayons de faire mieux que juste survivre. De ne pas nous laisser aller à assurer seulement nos besoins fondamentaux. Nous tentons d'éduquer les enfants au mieux, de partager ce que nous avons et ce que nous savons, de faire de l'art avec nos maigres moyens.

— Une utopie qui fonctionne, on dirait.

Mathieu sourit.

— Pas trop mal. Mais en équilibre précaire tout de même. Il y a toujours des nouveaux arrivants qui craquent nerveusement, ou des gens qui ne s'intègrent pas bien, comme Didier et les autres.

— Parlez-moi du village de nains. Vous avez été en contact avec eux récemment ?

— Non, notre dernière expédition remonte à pas mal d'années. Il faut dire que nous sommes autosuffisants depuis longtemps. Autrefois, les villageois étaient contents de pouvoir échanger leurs poteries contre les objets en métal des nains, mais depuis que nous avons découvert du minerai pas très loin d'ici, c'est moins crucial.

Mathieu s'arrêta de parler, secoua la tête.

— Mais je parle comme si la vie allait continuer comme avant. Je n'ai pas encore vraiment intégré le fait que, grâce à vous, nous allons pouvoir rentrer chez nous.

Ileana grimaça, un peu gênée.

— Euh…bien sûr. Mais avez-vous pensé au fait que là-bas, vous êtes censé avoir près de cent ans ? Et que tous ceux qui sont nés dans le village n'ont aucune existence légale en France ? Ça risque de poser de sacrés problèmes.

— J'y ai déjà réfléchi. Il faudra que nous nous penchions sur le sujet pour trouver des solutions.

Ileana s'éclaircit la gorge.

— Votre retour poserait un autre problème, pour les peuples d'Edelynn, cette fois.

— Ah bon, et lequel ?

— Tous les humains d'ici connaissent le passage de Fonpierre et connaîtront bientôt celui des Pierres Blanches. Autrement dit, ils pourront non seulement aller et venir, ce qui ne me gêne pas, mais aussi ébruiter ce secret, et c'est la porte ouverte à l'invasion humaine. Et j'avoue que cette idée me glace. Les humains sont si nombreux et si peu…euh…

— Respectueux ?

— Oui, c'est ça. Je ne devrais pas vous dire ça, c'est très impoli de ma part, mais j'ai peur de voir des groupes d'humains visiter Edelynn, tout abîmer, considérer les autres peuples comme des animaux étranges et essayer d'exploiter tout ce qu'ils trouveraient.

— Je suis d'accord avec vous, ce serait une catastrophe.

— Je pense que dans ce cas, les elfes finiraient par sortir de leur réserve habituelle et prendraient des mesures énergiques. Les deux mondes seraient définitivement séparés, et cela, je ne le veux pas, ajouta-t-elle en rougissant.

Mathieu se gratta la joue, songeur.

— Peut-être pourriez-vous mettre en place une espèce d'interdiction psychique qui empêcherait les humains d'ici de parler d'Edelynn ?

Ileana hocha la tête.

— Hmm, ça pourrait être une solution. Ma grand-mère doit être capable de faire ce genre de choses. À moins qu'Imraëgg n'accepte de nous donner un coup de main, ce serait dans son intérêt aussi. Soit, j'y penserai dès mon retour.

À cet instant, des petits pas se firent entendre.

— Papa, je peux plus dormir. On peut aller voir les poussins chez Louison ? Elle a promis de m'en donner un.

Mathieu prit sa fille dans ses bras et leva les yeux vers la fenêtre.

— C'est vrai que le jour se lève. Mais il est encore un peu tôt pour les poussins, ils doivent dormir… On ira tout à l'heure, après le petit-déjeuner et la toilette.

La fillette sourit à Ileana.

— Tu voudras aussi un poussin ? Elle en a plein, Louison, elle pourra peut-être t'en donner un aussi, si tu demandes gentiment.

— Plus tard, ma petite biche, pour l'instant j'ai une visite urgente à faire.

23

Confidences d'une ex-fée

À peine Ileana eut-elle frappé à la porte qu'une souriante villageoise vint lui ouvrir.
— La fée est réveillée, elle a l'air d'aller mieux. Votre amie est déjà auprès d'elle.

Ileana grimpa les escaliers quatre à quatre et pénétra dans la petite chambre. La fée reposait les yeux fermés, le teint pâle.

Ileana adressa une demande muette à Claire en désignant la fée du menton. Claire haussa les épaules et écarta les mains en signe d'ignorance.

Ileana se sentait mal à l'aise : il y avait quelque chose de bizarre chez cette fée, elle lui était aussi peu familière qu'une humaine.

Elle s'approcha du lit et posa sa main sur le front de la pitoyable créature pour lui communiquer un peu de son énergie.

La fée ouvrit les yeux et, en voyant Ileana penchée sur elle, se mit à pleurer.

Interloquée, Ileana ne savait pas quoi dire.

La fée se reprit.

— Ne me touche pas, je ne suis plus une fée.

— Mais que dis-tu là ? Je ne comprends pas.

— Naragd... il m'a...

Elle porta la main à sa gorge.

— Je ne suis plus bonne à rien.

— Ma sœur, explique-toi. Que t'a fait Naragd ?

— Il... m'a enlevé ma dalinn.

Ileana fut horrifiée. La dalinn, c'était la glande qui permettait les transformations. Et la pauvre avait survécu ! Mais pourquoi ce monstre de Naragd avait-il fait ça ?

— Comment t'appelles-tu ?

— Je me nomme Ananka. J'appartiens à la cité d'Iliorna.

— Comment es-tu tombée dans les griffes de Naragd ?

— Je m'étais éloignée de la cité avec deux de mes sœurs. Tout à coup nous avons senti la présence d'un groupe de trolls. Nous nous sommes miniaturisées et cachées, mais il y avait un tordakyl avec eux, et ils nous ont trouvées.

— Un tordakyl ? Pourquoi ?

— Les tordakyls ont la capacité de percevoir l'aura des fées même en plein jour. C'est pour ça que Naragd en a mis plein autour de son château. Impossible de s'échapper sans se faire rattraper par une de ces sales bêtes ! (Elle eut un petit rire désenchanté). Sauf bien sûr quand on n'est plus une fée...

— Raconte-moi. Ils vous ont eues comment ?

— On aurait dû partir dès qu'on les a sentis approcher. Au lieu de ça, on a pensé qu'il suffisait de se cacher pour être en sécurité. Mais on s'est retrouvées dans un filet aux mailles métalliques très fines. Impossible de passer au travers, et aucune de nous n'avait le pouvoir de le détruire. J'ai eu une idée : j'ai mis le feu aux habits de celui qui nous portait, alors il a lâché le filet mais l'ouverture était trop serrée pour qu'on puisse passer. L'une de mes sœurs... oh, je n'oublierai jamais ces images atroces... s'est transformée en serpent pour fuir par le petit trou, et ils l'ont décapitée et écrasée !

Ileana et Claire se regardèrent, horrifiées. Ananka continua :

— Alors on n'a plus bougé, on avait trop peur de se faire tuer aussi. Ils sont arrivés à une espèce de campement, et ils ont fait une fête pour notre capture. D'après ce que j'ai compris, ils avaient une récompense quand ils attrapaient une fée. J'espérais un peu qu'ils seraient tous ivres morts, mais ils ont tiré au sort ceux qui nous surveilleraient. Le lendemain, ils nous ont amenées au château de Naragd et bouclées au sous-sol, avec d'autres fées. Là, c'était affreux, il y avait une sorte de sifflement continu, nous avons automatiquement retrouvé notre grande taille. Plus possible de nous miniaturiser, plus possible de faire quoi que ce soit, d'ailleurs.

— Un sifflement ?

— Oui, un son désagréable, qui suscitait un tel malaise en nous que nous étions affaiblies, incapables du moindre geste.

— Oui, je crois avoir déjà entendu ce son quelques instants, il y a plusieurs mois... As-tu pu repérer l'endroit où se trouve ce château ? Saurais-tu le retrouver ?

— Il est édifié au bord de l'océan, je l'ai senti en arrivant. Mais je ne pourrais pas te dire où. Maintenant, je n'ai plus aucun sens de l'orientation, je n'arriverais pas à le retrouver. De toute façon, il faudrait avoir perdu la raison pour vouloir retourner là-bas !

— Sais-tu pourquoi Naragd enlève leur dalinn aux fées qu'il attrape ?

— Je ne sais pas. Peut-être pour nous affaiblir ? Parce qu'après, on n'est plus une fée, on n'est plus rien. Je n'oserai jamais reparaître dans ma cité !

— Ne dis pas ça, tes sœurs seront heureuses de te revoir saine et sauve et seront fières de savoir que tu as pu t'échapper !... Comment as-tu réussi à fuir, au fait ?

— J'ai fait la morte. Alors on m'a ramassée dans ma cellule et on m'a jetée à la mer. Je me suis laissée flotter, puis j'ai rassemblé mes forces pour accoster un peu plus loin ; ensuite je me suis mise à marcher, à marcher pendant des jours. Je ne savais pas où j'allais, mais tout valait mieux que les geôles de Naragd... Je venais de tomber sur une patrouille de trolls quand vous êtes arrivés. Vous m'avez sauvé la vie.

— N'importe qui aurait fait de même. Une chose me turlupine. Si le château du seigneur noir n'est pas situé très loin de ta cité, comment se fait-il qu'Iliorna n'ait pas averti les autres reines ? Elle devait forcément savoir qu'il s'était installé là.

— Mais elle l'a communiqué aux autres, cela, j'en suis sûre.

— Alors ma mère savait ?

— Ta mère ? Excuse-moi, mais tu ne m'as pas dit qui tu étais.

— C'est vrai. Je suis désolée, j'étais si pressée de savoir ce qui t'était arrivé ! Je suis Ileana, la fille d'Iowena.

— Iowena !

La figure de la fée exprima un vif chagrin.

— Tu l'as vue ?

Ananka hocha lentement la tête.

— Mais parle ! Dis-moi où elle est et comment elle va !

La fée se mordit la lèvre.

— Elle est aussi dans les cachots de Naragd. Elle est vivante, c'est tout ce que je sais. Ils l'ont mise à part.

Soudain Ileana eut atrocement peur.

— Ne me dis pas que Naragd l'a aussi...

— Pas encore, car son procédé n'est pas encore au point. Je suppose qu'il va encore se faire la main sur les quelques fées qu'il aura pu rafler. Ensuite, ce sera au tour d'Iowena...

24

La cité sous l'eau

Ileana était en proie à la plus vive agitation. Elle n'avait qu'une envie : voler au secours de sa mère ! Mais elle ne savait pas où diriger ses pas.

Après avoir obtenu de l'infortunée Ananka tous les renseignements possibles, elle avait pris la décision de partir immédiatement. Elle avait relaté l'entretien à Mathieu et lui avait promis de revenir bientôt pour tenir sa promesse d'emmener les humains à la porte.

Mathieu lui avait alors adjoint Thibaut, et s'était spontanément engagé à lui fournir une petite armée si le besoin s'en faisait sentir. Les trolls, ils avaient l'habitude !

C'est ainsi que, la matinée à peine entamée, elle se retrouva sur les routes avec Thibaut et les jumeaux. Elle avait laissé Ananka à la garde des villageois, et Mathieu avait assuré qu'elle serait bien soignée.

Tout en marchant d'un pas rapide, Ileana repensa à ce que la fée lui avait dit : elle avait confirmé que son père, Aldric, était aussi prisonnier, mais dans une autre cellule ; par contre elle ignorait tout des desseins de Naragd et de ses alliances éventuelles.

Ileana avait profité de ce que Claire était sortie de la pièce pour demander à Ananka si elle avait entendu parler d'Aniel ou Madeline. Car Ileana n'avait pas dit aux jumeaux ce que lui avait confié Mathieu, à savoir que leurs parents avaient été capturés par les trolls dès leur entrée à Edelynn ! Mieux valait ne pas les alarmer.

Mais la fée n'avait entendu parler ni de l'un ni de l'autre : À coup sûr Aniel n'était pas dans les sous-sols, et Madeline ne faisait pas partie des quelques humains qui servaient d'esclaves chez Naragd. Le seigneur noir avait-il plusieurs repaires différents ?

Tout à coup, Ileana redressa joyeusement la tête : elle sentait qu'Astara et Arak approchaient. Quelques instants plus tard, les deux bêtes déboulèrent sur le chemin, à la grande surprise de Thibaut qui n'avait pas eu le temps de s'habituer à cet étrange équipage. En effet, après l'échauffourée avec les trolls, la veille, lorsque Ileana et les jumeaux avaient accepté l'hospitalité des villageois, l'ours et la licorne étaient repartis de leur côté.

— Ah, on va enfin pouvoir avancer ! Claire, je te confie Astara. Thibaut, Benoît vous montrera comment vous installer sur le dos d'Arak.

— Je n'en ferai rien ! C'est à vous de vous installer, je marcherai à côté, dit Thibaut, qui était galant homme.

Ileana secoua la tête.

— Thibaut, ne discutez pas, s'il vous plaît ! J'ai un autre moyen de transport à ma disposition.

Et elle se munit d'une belle paire d'ailes d'oiseau, qui lui donnèrent l'air d'un ange. Thibaut la regarda comme une apparition.

Un peu gêné par l'admiration sans bornes qu'il lisait sur le visage de l'homme, Benoît toussota.

— Hm, vous voulez monter devant ?

Thibaut retrouva ses esprits et laissa cet honneur au garçon : bientôt, les deux animaux et leurs cavaliers s'élancèrent à la suite d'Ileana.

Au terme d'une longue chevauchée, Ileana s'arrêta et les autres l'imitèrent.

— On approche du domaine des ondines. Restez là, je vais leur parler, puis je vous appellerai.

C'était trop de mystère pour Benoît.

— Mais pourquoi on ne peut pas venir avec toi ?

— Parce qu'elles sont spéciales, voilà pourquoi. Plutôt farouches, pour mettre les points sur les i. Je vais aller leur dire bonjour, et prévenir que vous êtes des amis. Sinon, elles se cacheront et on sera venus pour rien.

— Bon, bon, va faire les présentations...

Ileana quitta le chemin et s'engagea dans le sous-bois. Elle parvint rapidement en vue d'un fleuve. Conformément aux usages, elle s'arrêta à bonne distance et modula un appel dans une langue très ancienne.

Aussitôt des silhouettes apparurent dans l'onde et quelques visages émergèrent de l'eau. Ileana se fit connaître puis entra à demi dans le fleuve. Là, elle troqua ses ailes contre une queue de poisson et rejoignit ses lointaines cousines.

Elles se saluèrent longuement, puis les ondines s'enquirent des raisons de sa visite. Ileana leur expliqua brièvement que sa mère avait été enlevée et qu'elle avait besoin de leur aide.

Les ondines se concertèrent quelques instants et lui proposèrent de les suivre. Ileana hésita : pouvait-elle laisser Thibaut et les jumeaux seuls ? Son entrevue avec la reine risquait de durer, les ondines n'étant pas réputées être très rapides.

Elle leur annonça qu'elle était accompagnée d'humains, ce qui provoqua une vague de panique chez ses interlocutrices. La jeune fée dut déployer des trésors de persuasion pour les convaincre qu'ils étaient totalement inoffensifs. Elle fut enfin autorisée à aller les chercher.

Lorsque Thibaut et les jumeaux furent arrivés au bord du fleuve, les deux groupes se dévisagèrent dans un silence méfiant.

Les ondines n'avaient jamais entendu parler des humains, et la présence d'Arak à leurs côtés les rendait nerveuses. Quant au trio, il était un peu rebuté par l'aspect étrange de ces créatures qui ne ressemblaient plus guère à leurs cousines fées, tant elles s'étaient adaptées à leur milieu.

Ileana suggéra de se mettre en marche, et ils longèrent le fleuve en direction de la cité ondine. De temps à autre les jumeaux jetaient un coup d'œil rapide aux créatures qu'on devinait sous la surface de l'eau.

Au loin, on entendait un bruit sourd qui se transforma en grondement au fur et à mesure qu'ils progressaient : à quelques centaines de mètres de là, le fleuve se ruait en contrebas en de brèves mais spectaculaires chutes.

Les ondines leur désignèrent deux grands rochers au pied des cascades. Benoît écarquilla les yeux.

— Quoi ! Elles veulent nous faire passer par là ? Mais elles sont malades ! ? Je tiens à la vie, moi !

Ileana lui jeta un regard furibond.

— Oh, ne commence pas ! J'ai déjà eu assez de mal à les convaincre que vous étiez fréquentables, alors fais un petit effort !

— Un petit effort ! Mais...

Benoît se tut, sidéré par tant de mauvaise foi. Il considéra les rochers et les trombes d'eau qui tombaient dans un vacarme assourdissant. Il fallait au moins s'appeler Tarzan pour réussir un coup pareil !

Tandis que les ondines se laissaient glisser avec aisance dans les chutes, Thibaut descendit agilement jusqu'au pied des cascades et analysa la situation.

Il se tourna vers Ileana.

— Il nous faudra de l'aide pour vous suivre là-bas. Il y a trop de remous et de courant.

— D'accord, je m'occupe de Claire et les ondines vous donneront un coup de main.

Benoît, effaré, vit des créatures s'approcher d'eux et leur faire signe de les rejoindre. Il avait l'intention de clamer qu'il ne pouvait pas en être question, lorsqu'il vit Thibaut se jeter à l'eau, aussitôt encadré par deux ondins – pour autant qu'il pût en juger, c'étaient des mâles – qui le maintinrent fermement hors de l'eau. Quant à Claire, elle était « hélitreuillée » par Ileana et se trouvait déjà en face des deux rochers.

Benoît se laissa glisser dans le fleuve à contrecœur et ne put retenir une grimace de dégoût en voyant les ondins de près, avec leurs yeux transparents et leur nez presque inexistant.

Mais l'expérience se révéla si exaltante qu'il en oublia vite ses préventions, à tel point qu'il regretta d'être arrivé si rapidement à destination ; il aurait volontiers fait encore un petit tour dans sa chaise à porteurs d'un nouveau genre.

Ileana les attendait avec Claire sur un rocher plat au milieu des chutes.

— Et maintenant, il va falloir retenir votre respiration pendant quelques secondes, le temps de passer sous la chute.

— Quoi !! Tu veux nous faire prendre ça sur la tête ? Mais ça va pas ?

— Benoît, tu commences à m'agacer. Si tu ne le fais pas de toi-même, je te prends sous le bras comme un sac de linge sale et je te fais passer de force.

Thibaut tenta d'apaiser le garçon :

— Ne craignez rien, Benoît, à cet endroit précis l'effet de la chute est considérablement amoindri par les rochers.

— Eh ben ça me rassure beaucoup, marmonna le garçon.

Thibaut prit une grande inspiration et s'engouffra sous la muraille d'eau, suivi des deux filles.

— Hé, attendez-moi !

Benoît passa à son tour et faillit suffoquer. Il sentit des mains qui l'agrippaient et le tiraient hors de l'eau. Il s'ébroua et souffla comme un phoque.

— Ouah, ça décrasse ce truc ! J'aurai plus besoin de me laver les oreilles pendant un bout de temps !

Ils se trouvaient dans une grotte peu profonde, complètement invisible de l'extérieur. L'eau de la chute y pénétrait en partie et formait un petit bassin devant eux.

— Il faut suivre la rivière souterraine, dit Ileana.

Et ils entrèrent dans le bassin pour atteindre à son extrémité le cours d'eau qui descendait comme un toboggan.

Ils dévalèrent la pente l'un après l'autre, et les ondines se saisirent d'eux à leur arrivée, car la rivière se jetait dans un petit lac assez profond.

Curieusement, on y voyait assez clair, grâce à une ouverture en cheminée dans le plafond de la caverne.

— Bon, on arrive quand ? J'en ai un peu marre d'être mouillé, râla Benoît.

— À mon avis, ça risque de durer, se moqua sa sœur. En principe, les poissons, ça aime être mouillé.

Ileana conversa quelques instants avec les ondines dans leur langue incompréhensible et parut soucieuse.

— Un problème ? demanda Thibaut.

— Oui. Je pense que j'ai eu tort de vous amener ici.

Benoît regarda l'eau sombre d'un air inquiet.

— Pourquoi ? Il y a des sales bêtes ?

— Non, ce n'est pas ça, le problème. C'est que l'entrée de leur cité se trouve dans cette paroi, sous l'eau.

— Ah. Mais tu sais, on s'est mis en apnée une fois, on peut bien recommencer. Ça fera comme dans une BD de Blake et Mortimer....

— Benoît, il n'y a pas d'air de l'autre côté, toute leur ville est sous l'eau !

— Oh ! Comment on va faire, alors ?

— Eh bien, vous allez devoir rester là à m'attendre. Vous pouvez vous installer sur le bord du lac.

— Ah non alors ! Je ne me suis pas trempé pour rien. Je veux voir ce qu'il y a de l'autre côté! Il doit y avoir un moyen !

Il réfléchit quelques instants et s'écria :

— J'ai une idée! Ton dôme de protection, il est imperméable ?

— J'en sais rien du tout.

— Parce que tu pourrais nous prendre tous les trois avec toi et faire une bulle d'air autour de nous.

— Je ne sais pas si ça peut marcher.

Thibaut se porta volontaire pour tenter l'expérience. Ileana soupira mais s'exécuta. L'auréole bleutée apparut au-dessus de sa tête et grandit pour englober Thibaut. Lorsque qu'elle entra en contact avec l'eau, elle la chassa avec force, et Ileana et Thibaut se retrouvèrent enfermés dans une bulle-barque sous laquelle la surface de l'eau s'incurvait à peine.

La fée annula le dôme et tous deux replongèrent dans l'eau.

— Vous voyez, ce n'est pas une bonne idée : une bulle d'air, ça empêche de se mouvoir librement et surtout de s'enfoncer sous l'eau !

Benoît ne s'avoua pas vaincu.

— Ce qu'il faudrait, c'est des bulles individuelles juste autour de nos têtes, un genre de casque de scaphandrier. Ça ne nous empêcherait ni de nager ni de descendre.

Claire intervint.

— Tu oublies que, sans bouteilles d'oxygène, l'air de nos bulles serait vite empoisonné !

Benoît tapa du poing la surface de l'eau.

— Mais j'aimerais tellement y aller, ça doit être fabuleux ! Tu ne peux pas nous coller des branchies ?

Ileana sourit. Quelle tête de mule, celui-là !

— Je pense que je peux faire des bulles d'air autour de vos têtes, mais Claire a raison, ça ne vous laissera que quelques minutes pour venir voir la cité puis remonter tout de suite !

— D'accord ! Promis, on sera raisonnables !

Ileana tâtonna quelques instants avant d'arriver à créer des bulles-casques. Thibaut s'empressa de tester son nouvel équipement et leva le pouce en signe de satisfaction.

Aussitôt tous nagèrent en direction de la paroi. Là, les ondines leur indiquèrent l'endroit précis où plonger.

C'était un spectacle étrange que d'apercevoir cette gigantesque échancrure dans le rocher, et surtout la lueur bleuâtre qui en émanait. Mais plus étrange encore était la chorégraphie fantastique des ondines qui ondulaient souplement devant eux pour leur montrer le chemin.

Arrivés au niveau du passage, les humains ne purent retenir un cri d'admiration : aussi loin que portait le regard, ce n'étaient qu'habitations bizarrement étagées et baignées par une douce lumière qui ne venait d'aucun point précis.

De partout des ondines approchaient, et Benoît s'apprêtait à avancer vers la ville, lorsque Thibaut, sur un signe d'Ileana, posa sa main sur le bras du garçon et lui fit un geste du pouce sans équivoque.

Benoît faillit désobéir mais se souvint in extremis qu'il avait promis d'être sage. Alors il repassa à regret par le trou entre le lac souterrain et la caverne et arriva bientôt à la surface de l'eau. Les trois humains nagèrent jusqu'au bord du lac et regagnèrent la terre ferme. À ce moment, les bulles disparurent.

Les jumeaux s'assirent sur les rochers tandis que Thibaut s'éloigna pour explorer la caverne.

— T'as vu ça ? C'était formidable ! Quel dommage qu'on n'ait pas pu rester... regretta Benoît.

— Estime-toi heureux d'avoir pu contempler ça ne serait-ce que quelques secondes. Personne n'a jamais vécu ce que nous vivons depuis quelques semaines ! rétorqua sa sœur.

— C'est vrai, on a beaucoup de chance. C'est vraiment extra, Edelynn.

— Malgré les garloups, les lianes mangeuses d'homme et les créatures brunâtres ?

— Mais oui. Tout ça, ce n'était que des petits incidents de parcours.

— Haha, c'est facile de faire le malin après coup. Avoue quand même que ce n'est pas l'endroit idyllique dont on pouvait rêver : c'est loin d'être le jardin d'Éden dont parlait monsieur Guillemin.

— Pas d'accord avec toi, il nous avait prévenus que ce ne serait pas rose, le père Guillemin. Mais en parlant d'Éden, il y a une question que je me pose depuis un moment : ça n'a pas l'air d'être un synonyme d'Edelynn, on dirait plutôt qu'Éden est un endroit distinct. Tu n'as pas cette impression ?

— Oui, ça doit être le lieu où les elfes et les fées étaient avant Edelynn. Ingvarna et Imraëgg l'ont mentionné.

— J'aimerais bien en savoir plus : j'ai essayé de questionner Ileana mais elle m'a envoyé sur les roses. Ça doit être un truc qu'elle a appris pendant son initiation et dont elle ne veut pas nous parler.

— Mais c'est normal ! D'abord, si l'initiation est secrète, ce n'est pas pour qu'ensuite elle clame tout sur les toits.

— Oui mais quand même, elle aurait pu nous en dire des petits bouts.

— Ah, je vois, tu avais envie qu'elle t'apprenne des formules magiques qui te transforment en héros du genre Spiderman. Arrête de rêver, mon vieux.

— Y a encore un truc qui me turlupine. Comment se fait-il qu'Ileana et Aslan aient perdu tous leurs pouvoirs dans la forêt des elfes ? Ça doit être un dispositif de défense des elfes. Et si Naragd l'avait utilisé pour neutraliser la mère d'Ileana ?

— Pas bête, ce que tu dis. C'est peut-être une technologie elfique.

— Comme leurs drôles de parois dans la forêt, ou leurs plateformes de téléportation. Et aussi les portails entre Edelynn et le monde-du-dehors. Moi, je n'ai jamais cru à la magie, je savais que toutes les choses bizarres avaient une explication rationnelle.

Claire fit la moue.

— Côté elfe peut-être, mais je ne vois pas comment la technologie peut expliquer les choses extraordinaires que font les fées.

— Mmm.

Benoît se tut quelques instants. Au loin, Thibaut étudiait attentivement le torrent qui menait au lac, sans doute en prévision du voyage de retour.

— Il y encore quelque chose qui ne me dit rien qui vaille : c'est la position d'Isilda et d'Ingvarna. La tante espionne Ileana, et la grand-mère ne se fait même pas connaître d'elle. On est plutôt mal barrés, qu'est-ce que tu en penses ?

— Ça m'inquiète aussi, figure-toi. Je trouve qu'elle n'est vraiment pas aidée... Même les Anciennes de sa cité jouent un drôle de jeu. Mais j'avoue que je ne comprends rien aux motivations des unes et des autres.

— Peut-être devenir calife à la place du calife ? Ça s'est déjà vu, les gens qui s'entretuaient dans la même famille pour le pouvoir.

— Si c'est ça, c'est plutôt moche. Mais qu'est-ce que vient faire le seigneur noir là-dedans ?

— J'en sais rien. Oh chut, Ileana revient.

De fait, la jeune fée sortit de l'eau, suivie de loin par quelques ondines. Thibaut se rapprocha à grands pas.

— Tu as pu apprendre du neuf ? demanda Benoît.

— Non. Les ondines ne sont au courant de rien du tout. Les humains, les trolls, Naragd, elles n'ont rien remarqué à force de vivre complètement à l'écart.

— Ça n'a servi à rien, alors, qu'on vienne ici.

— Si, quand même. Quelques unes d'entre elles vont me servir d'escorte. Je vais aller jusqu'à la mer en descendant le fleuve, pour interroger les sirènes. Et je préfère ne pas y aller seule, car ce ne sera pas sans danger.

25

Le plan de Claire

Thibaut et les jumeaux chevauchaient depuis des heures sans dire un mot.

Les arbres de la forêt des ondines avaient cédé la place aux pins, et la terre se faisait sablonneuse, signe que l'océan n'était plus très loin.

Soudain, Ileana tomba comme une flèche devant eux, les bras écartés pour leur barrer la route.

— N'avancez plus ! Vous foncez droit sur un camp troll !

Ils stoppèrent net.

— Ileana ! Te voilà enfin de retour !

— Tu les as rencontrées, les sirènes ?

— Oui. Et je suis même allée en repérage au-dessus du château du seigneur noir.

— Il a un château ?

— Oui, même qu'il a dû regarder trop de films dans le monde-du-dehors, son château ressemble à celui de Maléfique dans la Belle au Bois dormant.

— Avez-vous pu voir s'il était bien gardé ? demanda Thibaut, pratique.

— J'ai commencé à inspecter les alentours par la voie des airs, mais j'ai rapidement arrêté après m'être fait attaquer par un tordakyl. Ces bestioles repèrent effectivement les fées de loin !

— Ouh là, et c'est comment, ces tordakyls ? dit Benoît.

— C'est comme un croisement entre un lézard géant et un oiseau. Une espèce de truc sans plumes, immense et laid à faire peur, avec un grand bec et une membrane de peau entre les ailes et le corps.

— Donc ça ressemble bien à nos ptérodactyles préhistoriques. Sympa. Et comment tu t'en es sortie ? En te rendant invisible, je suppose ?

— Bien sûr que ça a été mon premier réflexe. Mais figurez-vous que même invisible, cette sale bête me sentait encore. Incroyable ! Alors j'ai dû la foudroyer, mais puissance minimum pour juste l'étourdir et ne pas laisser de traces, car ce n'est pas le moment d'attirer l'attention. Et j'ai eu une sensation bizarre : j'ai eu l'impression de disposer de pouvoirs plus étendus que d'habitude…

— Ça ne m'étonne pas du tout. N'oublie pas que Naragd a rassemblé quatre des cristaux dans son antre. Imraëgg nous a bien dit que réunies, les pierres avaient un comportement étrange. Je pense que les cristaux vous donnent une partie de vos pouvoirs, tout simplement. Alors là, c'est du surmultiplié !

— Avez-vous eu le temps de voir de combien de forces Naragd dispose ? demanda Thibaut qui ne perdait pas son idée de vue.

— Non. Je suis arrivée par la mer, avec les sirènes. Le château de Naragd est construit sur une falaise au bord de la mer, mais sa façade maritime n'est heureusement pas gardée. Je suppose qu'il ne s'attend pas à être attaqué de ce côté.

— Sans doute ne s'attend-il pas à être attaqué de manière générale. Jusqu'à présent, il a pu accomplir ses forfaits sans être inquiété par quiconque.

— Peut-être, et cela vaudrait d'ailleurs mieux pour nous. Nous n'avons pour nous que l'effet de surprise, pas le nombre.

— Il faudra quand même que nous vérifiions rapidement l'état de sa défense. Vous dites qu'il y a un camp troll pas loin de nous. Comme je sais par expérience que les différentes races de trolls ne s'entendent pas, je suppose qu'il n'y a pas un seul camp mais plusieurs.

— Possible. J'enrage de ne pas pouvoir me déplacer comme je le voudrais, à cause des tordakyls. Ah, il a eu une bonne idée de les prendre comme chiens de garde, le père Naragd ! Les trolls capturent les fées qui sont au sol, et les tordakyls se chargent des airs. C'est imparable. Et si je me mets à les zigouiller, comme dirait Benoît, on va se faire repérer tout de suite !

— J'ai une idée : je vais demander à quelques-uns de mes hommes de venir nous rejoindre. Ils ont l'habitude des trolls, ils pourront les épier sans se faire voir et estimer leur nombre exact.

— Je m'en voudrais de les mettre en danger. Je vais plutôt envoyer des animaux : ils passeront inaperçus et me renseigneront aussi.

— Mais pas aussi bien qu'un humain. Je doute qu'une belette sache compter, ou une biche évaluer l'armement ! Cependant, rien ne nous empêche d'envoyer hommes et animaux surveiller les camps adverses. Toutes les bonnes volontés seront les bienvenues.

Ileana grimaça.

— Ah, quelle valeureuse troupe ! Une poignée de personnes courageuses mais bien démunies, et quelques animaux...

Arak grogna et la jeune fée sourit.

— Keskidi ?

— Il me dit que les trolls ne feront pas le poids s'il rameute ses copains.

L'image d'une bande de grizzlis féroces galvanisa Benoît.

— Il a raison ! Il faut envoyer des messages de tous les côtés, faire feu de tout bois ! Arak connaît plein d'ours balaises, Thibaut va ramener des hommes armés, et il y a sûrement moyen de trouver de l'aide ailleurs.

Ileana le regarda, intéressée.

— On peut aussi demander aux fées d'Iliorna de se joindre à nous. Il n'y aura pas assez de tordakyls pour les attaquer toutes en même temps !

— Et aussi les sirènes : elles peuvent attaquer par derrière !

Ileana hésita.

— Il y aurait aussi les archers d'Isilda...

Sa remarque tomba à plat. Le regard qu'échangèrent les jumeaux ne lui échappa pas.

— Euh... dans le doute, vaut peut-être mieux s'abstenir. Il ne faudrait pas qu'ils se retournent contre nous dans la bataille ! hasarda Benoît.

— La bataille ? Mais vous croyez vraiment qu'il faudra livrer bataille ? J'espérais trouver une façon plus...

— Plus quoi ? Discrète ? Gentille ? Pacifique ? Je crois qu'on n'en est plus à ce stade. Tu vas devoir abandonner momentanément tes principes non-violents. Le seigneur noir, on ne l'attrapera pas avec des bonbons ! Ça va forcément castagner.

Thibaut acquiesça.

— Sans aucun doute. Le tout est de bien préparer notre attaque, afin de mettre toutes les chances de notre côté et d'éviter au maximum les pertes.

— Les... pertes ?

— Il y en aura inévitablement.

Les trois jeunes se regardèrent, l'air grave. Ils n'avaient pas envisagé les choses sous cet angle.

Claire prit la parole :

— On a tout à fait raison de préparer un assaut contre les trolls, il faudra en passer par là pour atteindre le château. Mais il est tout aussi important de savoir ce qui nous attend dans le château. Car je pense que le seigneur noir est bien plus dangereux que les trolls. Et on ne sait rien de ce qu'il mijote, ni de l'endroit où il garde ses prisonniers, ni de ses pouvoirs exacts. Et tant qu'on n'en saura pas plus là-dessus, on ne pourra rien faire, ce serait suicidaire !

— Vous parlez d'or, mademoiselle Claire. Il est exact qu'après la première bataille, une deuxième nous attend, ô combien plus délicate !

Benoît réfléchit.

— Donc, en plus de rameuter un maximum d'alliés et d'espionner les trolls pour les dénombrer, il faudrait essayer de s'introduire dans le château !

— Mais c'est mission impossible ! Ça veut dire passer les lignes des trolls sans se faire pincer...

— Ou passer par la falaise, rétorqua Ileana. Ce n'est pas surveillé, derrière.

— Et ensuite ? Je suppose que le château est bien gardé, lui aussi. Sans compter l'arme secrète qui permet à Naragd de maintenir prisonnières des fées aussi puissantes que ta mère. C'est ça, le plus embêtant, le fait qu'on ne sache rien au sujet de cette arme. Et du coup, ça exclut que ce soit toi qui y ailles, Ileana. Il doit y avoir un truc comme dans la forêt des elfes, un dispositif qui prive les fées de leurs pouvoirs. Or tu dois rester saine et sauve, c'est toi qui coordonnes toutes les opérations.

La voix calme de Thibaut s'éleva :

— Nous avons bien cerné le problème. Je propose que nous cherchions à présent un endroit où installer notre campement : un lieu sûr mais pas trop éloigné des trolls, d'où nous pourrons rassembler nos forces et partir en expédition. Et accessoirement, manger un morceau et nous reposer, car on ne fait pas la guerre le ventre vide !

L'endroit fut choisi avec soin par Thibaut : dans une anfractuosité de rochers, avec deux issues possibles, à l'écart des chemins mais pas loin d'un petit cours d'eau. À proximité se trouvait une clairière suffisamment vaste pour y rassembler des troupes.

Au bout d'une heure de travail, l'endroit avait belle allure et était devenu presque confortable.

Les quatre amis s'assirent pour une pause bien méritée et dévorèrent la nourriture fabriquée par Ileana, qui avait bien progressé dans ce domaine, ces derniers temps.

— Ah, ça fait du bien de manger ! décréta Benoît, repu.

— Tragique fait divers dans la forêt d'Edelynn : un valeureux guerrier, alourdi par des kilos de nourriture, n'arriva plus à bouger son armure et se fit trucider en deux secondes par les ennemis moins bien nourris, récita Claire.

— Peuh, dans une heure, je suis de nouveau d'attaque !

— Reste à espérer qu'on nous laisse tranquille pendant une heure, alors.

Thibaut, indifférent aux chamailleries des jumeaux, remit la conversation sur les rails :

— Il faut maintenant que nous décidions par quel moyen nous allons prévenir nos alliés. Nous sommes quatre, plus Arak et Astara. Qui fait quoi ? Pour ma part, je vais aller chercher de l'aide dans mon village. Mais je ne retrouverai pas le chemin seul, ni l'endroit où nous sommes actuellement. Demoiselle Ileana, pensez-vous que l'un des deux animaux pourrait me guider ?

Ileana secoua la tête.

— Ce serait gaspiller nos forces. Je vais plutôt vous adjoindre un autre animal, à qui Astara communiquera les coordonnées de votre village. J'ai besoin d'Astara pour aller prévenir les fées d'Iliorna, tandis que j'irai moi-même rassembler les sirènes. De son côté, Arak ira chercher des amis...

— Et nous, on ne sert à rien, dit tristement Benoît. On ne sait rien faire.

— Oh si, vous servez à quelque chose ! Sans vous, je n'aurais aucun courage. Vous êtes mes anges gardiens, comme on dit dans le monde-du-dehors.

Puis Ileana s'approcha d'Astara et lui parla mentalement.

Quelques instants plus tard, une grosse buse atterrit à proximité.

— Voilà votre guide, Thibaut. Ce rapace a pour mission de vous mener droit à votre village et de vous ramener ici. Vous ne le comprendrez pas, mais lui entendra vos pensées et vous obéira.

Thibaut sourit en considérant le fier oiseau blanc et brun.

— Eh bien, ami rapace, mène-moi chez moi, je pars tout de suite !

Aussitôt la buse prit son envol et tournoya dans le ciel en l'attendant.

— Magnifique ! Vous faites vraiment des prodiges, demoiselle Ileana. Je vous laisse à regret, car je ne serai pas tranquille vous sachant seuls si près de Naragd. Mais il faut bien prévenir les autres...

— Tranquillisez-vous, Thibaut, nous n'avons l'intention ni de nous faire remarquer, ni d'attaquer sans vous. Mais ne tardez pas !

Et Thibaut disparut à l'angle du chemin.

C'est alors que Claire parla.

— J'ai un plan.

— Et pourquoi tu en parles seulement maintenant, alors que Thibaut vient de partir ? Quelle nouille !

— Et bien justement, je ne voulais pas en parler devant lui, car il aurait été contre.

— C'est que ton plan doit être mauvais.

— Non. Je pense même que c'est la seule façon d'entrer au château.

— Ouh là ! Tu me fais peur. Qu'est-ce que tu as inventé ?

— Mais laisse-la parler, Benoît, tu sais bien que Claire ne parle jamais pour ne rien dire.

Claire énonça posément ses arguments :

— Nous avons bien dit qu'Ileana ne pouvait pas aller au château à cause du dispositif inconnu qui prive les fées de leur pouvoir.
— Mmm.
— De plus, elle sera occupée à rassembler les fées et les sirènes.
— Ne me dis pas que…
— Il faut que ce soit l'un de nous deux qui y aille, Benoît ou moi.
— Mais tu es folle, c'est bien trop dangereux !
— Pas tant que ça. J'ai bien réfléchi : il faut qu'on se fasse attraper pour entrer dans la place. En fait, je vais me faire attraper.
— Ça y est, ma sœur est devenue dingue. Je te défends bien de faire une chose aussi monstrueusement idiote !
— Mais ce n'est pas idiot, au contraire. De nous deux, c'est moi qui ai le plus de chances de réussir. Il ne faut aucune force physique, il faut juste arriver à manipuler Naragd.
— Rien que ça ! Tu as raison, c'est hyper-fastoche, il suffit d'y aller, de faire ton sourire de sainte Nitouche et il ouvrira les cages et te rendra les pierres.
— C'est un peu ça l'idée. Je vais faire la petite humaine effarouchée qui s'est perdue et qui supplie le grand seigneur de la protéger. Ensuite, je lui passe de la pommade, je lui dis qu'il est beau et intelligent, et il me raconte sa vie. Je suis sûre qu'il n'a personne à qui parler, ça lui fera du bien de r   ir une compatriote et de pouvoir vider son sac.
— Mais il ne va pas se laisser avoir par une ruse   i grossière !
— Comment veux-tu qu'il ait le moindre doute ? Il   ut pas avoir peur de moi, je suis dénuée du moindre pouvoir et toute seule. En plus, comme le disait Thibaut, il ne se doute pas qu'on prépare quelque chose contre lui.
— Est-ce que t'as pensé que tu risquais de finir esclave ?
— Fais-moi confiance, ça va marcher.
Ileana soupira.
— Je vais être morte de trouille quand tu seras là-bas, mais je pense que tu as raison : ton plan est la seule solution. Si quelqu'un

peut embobiner Naragd, c'est bien toi. Il ne résistera pas une seconde à ton air innocent et à tes yeux de biche.

— Mais…

— Benoît, n'insiste pas ! On est deux contre trois, ma décision est prise. Reste à organiser la chose. Je me demande s'il vaut mieux marcher tout simplement vers le camp des trolls et me laisser attraper puis conduire au château, ou…

— Et s'ils te gardaient là-bas et qu'ils ne t'amènent jamais à Naragd ? Non, c'est trop risqué !

— Ou alors on attend que Naragd soit dans les parages et je me fais capturer quelques minutes avant qu'il n'arrive, je me jette à ses pieds et je supplie le noble chevalier de me délivrer de ces brutes.

— Oui, c'est mieux. On va mettre Astara et Arak au courant pour qu'ils surveillent les environs et nous préviennent du moindre mouvement. Ensuite, très important, je rassemble une troupe d'informateurs, surtout des oiseaux de petite taille et des écureuils, qui pourront aller et venir discrètement dans le château et nous servir d'agents de liaison en transportant les messages de Claire. Puis on agit dès que Naragd est dans les environs.

26

Opération cheval de Troie

Le troll dégageait une odeur pestilentielle. Claire n'en menait pas large, une corde autour du cou, poussée sans ménagements par son vainqueur.

— Pourvu qu'Arak ne se soit pas trompé ! En principe, Naragd devrait arriver d'une minute à l'autre…

Devant les autres, elle avait tenu à montrer une confiance en son plan qu'elle était loin d'éprouver. Maintenant, au milieu de ces créatures hideuses et brutales, elle était en train de se dire qu'elle avait peut-être fait une terrible erreur. D'autant qu'elle ne savait pas si les tordakyls repéraient aussi les sorciers. Si on la prenait pour une fée, ce serait la catastrophe !

Mais pour l'instant, pas de trace des grands oiseaux.

Soudain, un tumulte se fit entendre, et les trolls se précipitèrent vers l'entrée du camp. Un cheval noir déboula, monté par un homme de haute taille, tout de sombre vêtu.

— C'est le moment ou jamais ! se dit Claire, et elle se précipita vers le nouvel arrivant.

Le troll réagit immédiatement en tirant la corde d'un coup sec.

Claire tomba à terre, agrippa la corde autour de son cou pour la desserrer, et essaya de se mettre debout.

— Pitié, noble seigneur ! Délivrez-moi de ces brutes ! Ne les laissez pas me faire du mal !

Le seigneur noir cracha un ordre guttural, et le troll lâcha la corde à contrecœur. Naragd sauta à bas de son cheval et tendit sa main à Claire pour l'aider à se relever.

Claire joua son rôle à la perfection. Éperdue de reconnaissance, elle remercia Naragd avec effusion, tout en jetant des regards effarouchés aux trolls.

— Oh merci, puissant seigneur, d'avoir écarté ces monstres ! Je ne comprends pas ce qui m'arrive : depuis quelques heures, je vis un véritable cauchemar ! Je me promenais tranquillement dans la forêt près des ruines romaines, pas loin de mon village, quand, après une longue marche dans une forêt inconnue, j'ai été attaquée par ces yétis ! Rassurez-moi, dites-moi que tout ça n'est pas vrai, que ce sont les figurants d'un film !

Naragd, qui n'avait toujours pas lâché sa main, la lui caressa en un geste qui se voulait apaisant.

— N'ayez crainte, mademoiselle, avec moi vous êtes en sécurité. Mais il faudra que vous soyez forte, car j'ai une mauvaise nouvelle à vous annoncer : vous n'êtes plus dans votre monde, vous êtes passée sans le vouloir dans une dimension parallèle.

Claire poussa un gémissement très réussi et regarda le seigneur noir avec des yeux mouillés de larmes.

— Ne pleurez pas, chère demoiselle. Tout cela n'est pas irréversible, je connais un moyen de vous faire réintégrer votre monde.

— Oh, merci, merci du fond du cœur !

Claire pressa la main de Naragd d'un geste plein de gratitude. « Et hop, encore une couche et il est cuit ! », se dit-elle en son for intérieur.

— Mais avant de vous ramener chez vous, je vous prie d'accepter mon humble hospitalité pour quelques jours. La vie parmi ces brutes est très austère, et votre apparition impromptue me ravit. Vous êtes mon invitée au château.

Malgré le danger de la situation, Claire eut envie de rire. Elle avait l'impression de rejouer La Belle et la Bête. Et ce Naragd, que les trolls semblaient craindre, s'était laissé retourner comme une crêpe.

Elle lui adressa son plus lumineux sourire.

— Oh, vous habitez dans un château ? J'adorerais le voir !
— Alors c'est entendu, je vous emmène.

Il saisit les rênes de son cheval et l'immobilisa pour que Claire puisse y monter. Puis il sauta en selle derrière elle et partit au galop sous les yeux des trolls contrariés de voir s'échapper leur proie.

Claire essayait d'enregistrer tous les détails du décor qui les entourait pour pouvoir décrire le terrain aussi fidèlement que possible à Ileana et ses alliés.

Au détour d'un chemin, le château lui apparut, imposant et sinistre.

Il était entouré d'une lande rase qui ne permettait à aucun assaillant de se cacher. Derrière le château, on apercevait l'océan à perte de vue.

En approchant de l'immense bâtisse, Claire s'aperçut qu'elle était entourée d'un fossé percé de tunnels fermés par des grilles, et nota cette information dans sa mémoire. Elle remarqua aussi que l'unique accès au château se faisait par un pont-levis.

On les avait vus venir de loin, et le pont-levis avait été abaissé. Au moment où ils le franchirent, une ombre se profila au-dessus d'eux, et un tordakyl se précipita sur eux en poussant des cris discordants.

On entendit un ordre bref, et le tordakyl reprit son envol en continuant à crier.

Claire avait eu très peur. Elle avait maintenant la preuve que les tordakyls voyaient également l'aura des sorciers, et elle espérait de tout cœur que Naragd ne se pose pas de questions.

Mais celui-ci semblait surtout impatient de lui faire visiter sa demeure. Il sauta à terre et tendit les bras à Claire pour l'aider à descendre. Celle-ci dissimula son dégoût derrière un charmant sourire et fit quelques pas dans la cour du château en regardant tout ce qu'elle pouvait.

De hautes murailles flanquées de tours cernaient la cour, et des baraquements en bois étaient adossés aux murs. Ils semblaient être le casernement des trolls, qu'on apercevait entrer et sortir.

Soudain, une étrange créature parut, qui se répandit en excuses auprès du seigneur noir pour le comportement inqualifiable du tordakyl. Comme Claire l'apprendrait plus tard de la bouche de Naragd, c'était un nain. Plusieurs d'entre eux étaient employés par le mi-elfe pour servir de lieutenants et pour cornaquer les tordakyls dont ils étaient les seuls à maîtriser la langue, faite de cris et de claquements.

Naragd, qui n'avait vraiment pas envie de régler des problèmes d'intendance à ce moment précis, l'envoya sèchement promener en lui faisant comprendre qu'il ne voulait plus d'incident de ce genre. Le nain s'inclina servilement et promit que cela ne se reproduirait pas, puis il alla avertir les autres cornacs afin que la jeune protégée de Naragd ne soit plus importunée par les grands oiseaux. Il savaient tous que les colères du seigneur noir pouvaient être démentielles.

Claire regarda pensivement s'éloigner le nain. Des ennemis dont il faudrait tenir compte, car ils semblaient sournois et très intelligents. Un maillon faible aussi, puisqu'ils semblaient être le seul lien entre Naragd et ses troupes. Il faudrait qu'elle fasse part aux autres de ses réflexions.

Instinctivement, elle chercha des yeux les petits animaux qui devaient assurer la liaison avec Ileana. Elle aperçut avec soulagement une des pies sur le chemin de ronde. Pas de trace des écureuils pour l'instant.

À présent Naragd la dévisageait avec un grand sourire, et elle s'empressa d'afficher une expression ingénue.

— Il est formidable, votre château, on se croirait dans un conte de fées !

— Content qu'il vous plaise. Je vous le ferai visiter, vous verrez des choses assez stupéfiantes.

— Je m'en réjouis. Mais dites-moi, vous m'avez parlé d'une autre dimension... Je pensais que ça n'existait que dans les films. Et puis, comment se fait-il que vous parliez ma langue ? Tout ça est tellement incroyable !

Naragd eut un sourire satisfait. Il adorait jouer les cicérones, et cette délicieuse jeune fille tombait à pic. Il était un peu las de la compagnie des nains et des trolls et il avait besoin d'un peu de divertissement.

— Je vais vous expliquer tout cela, mais rien ne presse. Permettez-moi d'abord de me présenter : je suis elfe et je me nomme Naragd.

« Elfe, tu parles ! pensa Claire. Pas plus que moi je ne suis une fée ! » Elle répondit cependant avec son air le plus nunuche :

— Oh, un vrai elfe ! C'est génial de vous rencontrer ! Mes copines ne vont pas me croire quand je le leur raconterai.

Naragd n'en pouvait plus de contentement. Il décida de se montrer chevaleresque et généreux : bien qu'il ait très envie de commencer à lui faire visiter le château et à lui parler de lui-même, il pensa qu'elle souhaitait peut-être se reposer.

— Vous devez être épuisée après tous ces événements, mademoiselle... Mademoiselle comment, au fait ?

— Je m'appelle Claire.

— Ravissant, ça vous va à merveille. Je vais vous faire conduire à votre chambre, et nous nous reverrons au dîner. Cela vous convient-il ?

— Parfaitement, vous êtes très aimable. Où se trouve la salle à manger ? demanda Claire qui espérait profiter de sa méconnaissance des lieux pour ouvrir toutes les portes et commencer à faire un plan du château.

— Je vous enverrai chercher au coucher du soleil par un de mes lieutenants.

— Vous êtes un vrai gentleman, minauda-t-elle tandis qu'elle pensait : « Zut, je suis invitée, mais pas libre de fouiller. Bah, je trouverai un moyen plus tard. Ne nous plaignons pas, pour l'instant, tout marche comme sur des roulettes. »

Naragd tapa dans ses mains et un autre nain accourut, qui escorta Claire jusqu'à sa chambre. La jeune fille nota avec soin tous les détours pour pouvoir se débrouiller seule ensuite : ils avaient emprunté un escalier monumental qui menait au premier étage, puis un escalier plus petit dans l'une des quatre tours qui encadraient la cour.

Sans aucune amabilité, le nain lui désigna une pièce. Visiblement, il était hostile à sa présence. Claire se demanda pourquoi. Parce qu'elle était humaine ? Parce que les mâles ne toléraient pas de femelles dans un château fort ? Elle décida de ne pas se préoccuper de ce que pensaient les nains. Elle avait mis le maître du château dans sa poche, c'était le principal.

Elle referma la porte derrière elle et vérifia l'état de la serrure. Hors de question de laisser la porte ouverte avec toutes les sales trognes qui peuplaient les lieux !

Elle se retourna pour jauger la chambre. Un lit qui semblait relativement confortable, une petite table et un coffre. Et un drôle de miroir changeant au mur. Mais surtout, une fenêtre ! Elle se précipita, elle avait un peu peur qu'elle soit hermétiquement close. Mais non, elle s'ouvrait sans problème.

Elle se pencha pour tenter d'apercevoir la pie. Elle préférait ne pas avoir à se servir de l'appeau spécial que lui avait remis Ileana pour appeler les petits messagers. La chambre se situait effectivement dans l'une des deux tours à l'arrière du château et donnait sur les toits de la partie centrale et sur le donjon principal. Pas l'idéal pour partir en vitesse, mais bon, elle n'en était pas là.

Elle commençait à désespérer de voir arriver la pie, quand tout à coup l'oiseau surgit devant sa fenêtre et se posa sur le rebord.

Claire s'assit à la petite table et sortit papier et stylo de sa poche (elle avait caché tout un bric-à-brac dans ses vêtements). Elle rédigea rapidement un message à destination d'Ileana et Benoît : « Tout baigne. Je suis invitée. C. » Elle plia le petit bout de papier et l'inséra dans la bague que la pie s'était laissé mettre à la patte.

L'oiseau prit son envol. Claire suivit sa trajectoire tout en surveillant la cour avec inquiétude, mais la pie passa inaperçue et fila vers la forêt.

Claire laissa la fenêtre entrouverte pour le messager suivant et s'allongea sur le lit. Contrairement à ce que croyait le seigneur noir, elle n'avait pas des dizaines de kilomètres dans les pattes et n'avait aucune envie de faire la sieste. Elle fut tentée de sortir dans le couloir pour explorer les environs mais se dit que c'était peut-être prématuré. Il valait mieux attendre d'avoir tiré les vers du nez de Naragd et aussi laisser le temps aux nains de prévenir tous les trolls et tordakyls de sa présence, ceci pour éviter des face-à-face désagréables.

Elle repensa à son plan, aux messagers, aux deux autres qui attendaient avec angoisse de ses nouvelles là-bas, dans leur cachette, aux créatures sinistres qui peuplaient cet endroit, au seigneur noir qu'elle roulait dans la farine... et s'endormit.

27

Confessions criminelles

Magnifique, vous êtes tout simplement magnifique ! Vous portez cette robe à merveille. Avouez que c'est tout de même plus élégant que vos nippes humaines.

Claire dut en convenir. Elle portait une somptueuse robe ciel et or digne de Cendrillon au bal. Le nain qui était venu tambouriner à sa porte le soir venu l'avait apportée et la lui avait tendue sans un mot. Puis il était resté planté là, sans doute pensait-il qu'elle allait se changer devant lui. Elle avait pris la robe et lui avait claqué la porte au nez. Non mais ! Puis elle s'était changée devant l'étrange miroir tout en se demandant par quel miracle Naragd pouvait avoir d'aussi jolies choses dans son affreux château.

— En tout cas, l'habit fait le moine ! s'était-elle dit en se voyant transformée en princesse.

Naragd semblait aussi de cet avis. Claire se l'imagina en train de baver et faillit éclater de rire.

Le dîner avait lieu dans une grande salle de la partie centrale. Au mur, des tentures rouge sombre bordées d'or. Un tapis gigantesque dans les mêmes teintes. Des meubles d'un bois presque noir, une table immense, des coffres et des fauteuils au long dossier.

— Plutôt grandiloquents, les goûts de ce cher Naragd... se dit Claire. Il a dû voir trop de films du genre *Conan le barbare*.

La seule chose un peu vivante était le grand feu qui flambait dans la cheminée et apportait une touche de gaîté à ce décor assez lugubre.

Claire pensait qu'ils s'assiéraient aux deux bouts de la grande table, comme dans les films, et elle faillit pouffer une nouvelle fois en s'imaginant demander le sel au seigneur noir, mais Naragd prit place à côté d'elle après l'avoir galamment installée à sa place.

— Votre chambre vous convient-elle ? Je ne peux guère vous offrir plus, le confort est plutôt sommaire ici.

— Oh, c'est parfait, merci.

— Parlons un peu de vous, ma chère Claire. Je suppose que vous venez du début du XXI siècle ?

— Oui, c'est ça.

Claire se dit qu'elle devait faire attention de ne pas se trahir. Elle n'était pas censée savoir qu'il venait du monde-du-dehors, comme elle, ni que le temps ne s'écoulait pas de la même façon des deux côtés.

Elle demanda prudemment :

— Comment se fait-il que vous connaissiez euh...la dimension d'où je viens ?

— J'y ai passé pas mal de temps : pour tout vous dire, j'y suis né.

— Noon !? En France ?

Naragd sourit, content de sa surprise.

— Hé oui. Vous devez vous demander comment il se fait qu'un puissant chef de guerre, craint et respecté, (Ouh là, se dit Claire, il a les chevilles sacrément enflées) ait vécu dans votre pays. Je vous raconterai tout cela, nous avons toute la soirée devant nous. Mais auparavant, qu'on nous serve !

Il aboya un ordre bref, et un nain parut, l'air obséquieux, suivi de deux trolls qui portaient une desserte rustique chargée de victuailles.

Fascinée, Claire observa le manège des deux brutes qui disposaient la desserte non loin de la table avec toute la délicatesse dont ils pouvaient faire preuve.

Ensuite le nain fit le service.

La scène avait quelque chose de totalement irréel. Être là, en compagnie d'un criminel aux noirs desseins qui lui faisait la causette comme dans un salon mondain, entourée de créatures à l'aspect monstrueux qui montaient la garde à côté de la table, harnachées de cuir et de métal, et servie par un nain habile à l'aspect repoussant, c'était comme un cauchemar éveillé.

Claire se méfiait particulièrement du nain, qui la mettait mal à l'aise avec son teint verdâtre, sa longue barbe beigeasse et effilochée, et surtout ses yeux globuleux qui semblaient la transpercer. Il y avait une ombre de sourire sur son visage effrayant, qui pouvait signifier : « Je sais qui tu es, tes minauderies ne marchent pas avec moi, je me tiens sur mes gardes et je t'aurai le moment venu. »

La jeune fille frissonna.

Naragd, se méprenant, donna un ordre, et aussitôt l'un des trolls en faction alla rajouter quelques bûches dans la cheminée.

Cependant, le seigneur noir ne manquait pas de finesse.

— Ces faciès doivent vous effrayer. Vous voilà précipitée d'un monde qui se dit civilisé dans un autre monde peuplé de créatures d'épouvante. Mais ces trolls et ces nains que vous voyez là me sont fidèles et dévoués ; ce sont des créatures défavorisées, mais elles m'ont entouré quand j'en avais besoin, alors que les hommes…

Le côté assistante sociale de Claire refit surface immédiatement.

— Les hommes vous ont déçu ?

Naragd répondit de façon véhémente.

— Mais regardez-moi ! Je suis à moitié elfe par mon père – il désigna ses oreilles effilées –, un bâtard, quoi. Et les humains traitent très mal ceux qui sont différents. Je n'ai jamais connu ma mère, elle est morte en me mettant au monde, j'étais un trop grand bébé pour son petit corps d'humaine. Petit, j'ai subi les moqueries des autres enfants. Plus tard on m'a trouvé bizarre, peut-être effrayant. Quoi qu'il en soit j'ai toujours été mis à l'écart.

Claire se demanda si l'ingénue dont elle jouait le rôle devait demander ce que faisait son père dans le monde des hommes. Mais Naragd continua, encouragé par la compassion qu'il lisait dans les yeux de Claire.

— Quand j'étais adolescent, j'ai vu mon père mourir devant moi, et son corps se volatiliser quelques heures plus tard. J'ai décidé de devenir chirurgien, pour tenir la vie des gens entre mes mains. Les voir malades de peur, suppliants, pleins d'admiration, suspendus à mes paroles, c'était jouissif, je me sentais comme un dieu.

Claire chercha soigneusement ses mots et se lança.

— Aviez-vous entendu parler de cette dimension-ci, quand vous étiez de l'autre côté ? (Oups, elle avait failli dire « Edelynn » !)

— Oui, mon père m'avait parlé un peu de son pays, de sa cité de Néourvellen, de son ami et assistant Guéonegg. Je savais qu'il y avait des portes pour aller là-bas, mais il ne m'a jamais donné d'indication pour y aller. Je suppose qu'il estimait que je n'avais rien à faire dans son pays natal. Mais moi, j'étais dévoré de curiosité, et plus les années passaient, plus l'idée d'Edelynn m'obsédait. J'ai fait des recherches, en vain. Et puis, un jour, le hasard a joué en ma faveur.

— Que s'est-il passé ?

— J'assurais une permanence de nuit aux urgences, quand on m'a amené une femme en piteux état. La personne qui l'avait trouvée en ville, au bout du rouleau, ne savait ni comment elle s'appelait ni qui elle était.

Elle était inconsciente, mais quand je lui ai touché le bras, elle a sursauté comme si elle avait reçu une décharge électrique. Elle a ouvert les yeux, m'a regardé de façon hallucinée et a dit : « Un elfe ! Oh merci, Grande Mère, tu m'as exaucée, je vais revoir Edelynn ! Vous allez m'aider, n'est-ce pas ? » et elle m'agrippait le bras de toutes ses forces.

J'ai regardé si personne n'avait entendu qu'elle m'avait traité d'elfe. Mais j'étais seul avec elle, l'infirmière était occupée dans un autre box. J'étais sonné. Une créature de là-bas !! Enfin je touchais au but. Mais il ne fallait pas qu'elle me claque dans les doigts avant de m'avoir donné tous les renseignements possibles...

Alors je l'ai mise sous perfusion, bien que je sache que ce n'est pas le manque de glucose ou la déshydratation qui tue les créatures d'Edelynn à petit feu dans le monde-du-dehors, mais bien le manque d'énergie vitale. Je lui ai surtout communiqué une partie de mon énergie personnelle, c'est un truc que mon père m'avait appris à faire pour le maintenir en vie plus longtemps.

Elle a repris quelques forces grâce à moi, et je l'ai fait parler. Je savais qu'elle n'allait pas tarder à mourir et que je ne pourrais rien faire pour l'en empêcher, de toute façon. Mais elle représentait ma seule chance de pouvoir aller un jour là-bas. Tout en surveillant les allées et venues des autres, j'ai écouté ce qu'elle me disait sur Edelynn.

— Et qu'est-ce qu'elle vous a raconté ? demanda Claire, sincèrement captivée.

— C'était une fée, elle était venue de ce côté mais ne trouvait pas la porte de Fonpierre pour rentrer chez elle.

— La porte de... Fonpierre ? Vous croyez que c'est par là que je suis arrivée ?

— Vraisemblablement. Vous avez parlé de ruines romaines. Eh bien, cet endroit s'appelle Fonpierre, pour les archéologues. C'est aussi par là que je suis passé, des mois après la mort de la fée.

— Parce qu'elle est finalement morte ? dit Claire, apitoyée.

— Oui, comme c'était à prévoir. Elle n'a pas eu le temps de me dire grand-chose, à part ce nom, Fonpierre. Quand j'ai vu qu'elle retombait dans l'inconscience, je lui ai tenu la main : je me sentais un lien avec elle, c'était aussi une créature d'Edelynn égarée dans le monde-du-dehors, comme moi. Et soudain, il est arrivé quelque chose d'extraordinaire : au moment de mourir, elle a commencé à se transformer à toute vitesse, ses mains, ses bras, ses jambes changeaient d'aspect sans cesse, c'était fascinant et répugnant à la fois. Puis elle est morte, et elle a retrouvé son aspect normal. Alors, j'ai pris une décision folle : l'autopsier pour voir comment elle était faite. Toutes ses métamorphoses avaient forcément une origine organique, et je voulais la découvrir : j'étais prêt à prendre tous les risques pour ça. De plus, il fallait que je fasse vite : si elle se volatilisait comme mon père quelques heures après sa mort, je n'avais pas beaucoup de temps devant moi. Mon service se terminait, je suis donc allé à la morgue et j'ai disséqué la fée.

Claire, dégoûtée, avait arrêté de manger. Mais Naragd, plongé dans son histoire macabre, ne s'en aperçut pas.

— Il n'y a que deux choses qui différencient vraiment les fées des humains: une conformation un peu différente au niveau des omoplates et du coccyx, et surtout une glande située dans la gorge, qui secrète une hormone phénoménale qui permet de réorganiser instantanément sa structure moléculaire. Mais cela, je ne l'ai pas découvert tout de suite. J'ai conservé la glande comme je pouvais, mais ce n'est qu'une fois à Edelynn, grâce à l'aide de Guéonegg, que j'ai pu continuer mes recherches à ce sujet. Il faut dire qu'ici, j'avais de la matière première.

Claire était sur le point de vomir. Sa matière première, elle imaginait très bien ce que c'était. Elle avait vu le résultat sur la pauvre Ananka. Elle se retint de lui dire sa façon de penser. Ça allait être dur de continuer à l'écouter raconter ses horreurs sans réagir ! Et pourvu qu'il ne se mette pas en tête de lui faire une démonstration ! Elle frissonna à nouveau.

Naragd le remarqua.

— Je vais vous faire apporter un châle. Mais peut-être souhaitez-vous vous retirer ? Vous devez être fatiguée...

Claire se fit violence. Elle ne disposait pas de beaucoup de temps, il fallait lui soutirer un maximum de renseignements, même s'ils étaient durs à entendre.

— Non, pas du tout. J'adore vos histoires, je pourrais vous écouter pendant des heures.

— Dans ce cas... J'avoue que je prends beaucoup de plaisir à évoquer mon passé avec vous, vous savez si bien écouter, c'est une qualité rare.

— Si vous saviez à quel point le plaisir n'est pas partagé ! se dit Claire.

— Mais cette salle ne convient pas pour des confidences intimes. Venez plutôt dans mes appartements, nous y serons bien mieux pour causer.

— Au secours ! pensa Claire. Il me fait le coup du dernier verre ! Comment refuser sans le vexer ?

Naragd dut percevoir son hésitation car il éclata de rire.

— En tout bien tout honneur, naturellement. Tant que vous serez sous ma protection, personne ne vous fera le moindre mal.

Claire n'était qu'à moitié rassurée, mais elle n'avait pas trop le choix.

Naragd se leva et se plaça derrière elle pour retirer son siège.

Un troll saisit un flambeau et ouvrit la marche, tandis qu'un deuxième marchait derrière eux. Ils se dirigèrent vers le donjon central et s'arrêtèrent devant une lourde porte barrée des mêmes tentures rouge sombre que dans la grande salle.

— Ben décidément, il les a achetées en gros, le père Naragd, persifla Claire en son for intérieur. Il devrait feuilleter quelques catalogues de meubles pour changer sa déco !

Le seigneur noir ouvrit la porte et s'effaça pour la laisser entrer. Surmontant son appréhension, Claire pénétra dans une espèce d'antichambre donnant sur un salon. Pas une pièce claire et joyeuse, certes, mais au moins les fauteuils semblaient-ils plus confortables que les sièges de la grande salle.

Elle s'assit, tandis que Naragd se débarrassait de sa grande cape d'apparat et se versait un verre.

— Un peu de vin ? Il provient de chez les nains, qui sont d'assez bons viticulteurs. Ça ne vaut pas un petit blanc d'Alsace, mais ça se laisse boire.

— Non merci, je ne bois pas d'alcool, répondit Claire poliment. Manquerait plus qu'il essaie de me saoûler ! se dit-elle *in petto*.

Naragd s'installa confortablement dans un fauteuil et posa ses pieds bottés de noir sur un coin de la table.

— Où en étais-je ?

— Vous me racontiez vos passionnantes découvertes sur les fées. À quoi vous ont-elles servi ?

— De monnaie d'échange principalement, pour l'instant. Il y a des peuples très basiques, comme les trolls, à qui il suffit de parler de façon convaincante pour les enrôler : je les ai montés contre les elfes et les fées, races supérieures dans ce monde.

— Comment ?

— Je leur ai fait remarquer que le jour de la distribution des prix ils étaient derrière un poteau. En clair, que les autres avaient tout ce qu'ils n'ont pas. Et les voilà qui marchent derrière ma bannière sans faire trop d'histoires. Il faut juste veiller à ne pas les laisser s'approcher entre ethnies différentes.

— Avec qui avez-vous besoin d'une monnaie d'échange, alors ? Avec les nains ?

— Tout juste. Chez eux aussi, j'ai appuyé là où ça fait mal : eux aussi ont un gros complexe d'infériorité vis-à-vis des elfes et des fées. Mais ils sont très intelligents, avec eux les discours égalitaires ne suffisent pas. Il a fallu que je leur promette des miracles.

— Vous avez fait des miracles ?
— Pas encore, mais mes recherches avancent à grands pas. Encore un peu, et ce sera le grand jour : je pourrai transférer une glande de fée sur une autre créature, et j'ai promis aux nains qu'ils en bénéficieraient. Leur roi attend tout particulièrement ce jour. Je lui réserve de la marchandise de tout premier choix : figurez-vous que j'ai attrapé la reine des fées, sa majesté Iowena en personne.
— Ça a dû être dur ! Comment avez-vous fait ?
— Ça a été assez simple, en fait : j'ai fabriqué tout un dispositif pour annihiler le pouvoir des fées, je vous montrerai ça demain si ça vous intéresse. Je me suis servi des connaissances approfondies des elfes à ce sujet. De plus, un ami elfe m'a aidé lors de cette chasse en mettant ses capacités mentales assez étonnantes à mon service. J'ai aussi bénéficié de l'aide des nains qui me fournissent un métal qui a des propriétés de conductivité tout à fait particulières qui m'ont permis d'amplifier mon dispositif. Et, dernière chose mais non la moindre, une fée de mes amies a trahi Iowena en m'indiquant l'emplacement secret de sa cité.
— Isilda ! pensa Claire, atterrée. Ça y est, j'en ai la preuve ! Aslan et Isilda complotent contre Iowena. Il faudra que j'envoie un message aux autres dès que possible…
Elle tenta de prendre un ton détaché.
— Qu'est-ce que vous avez contre cette Iowena ?
— Elle ne m'a rien fait en particulier. Mais si je l'anéantis, je réduis toutes les autres à l'impuissance. Je n'ai rien contre les fées, je les crois plutôt inoffensives, mais bien dirigées elles pourraient devenir dangereuses. Je préfère les mettre tout de suite hors d'état de me nuire. Ensuite, je pourrai concentrer mes efforts sur les elfes, avec l'aide des trolls et des nains.
— Vous êtes fâchés contre les elfes ?
— Ils m'ont rejeté alors que je venais vers eux plein de joie et d'espoir. Ils m'ont méprisé, ne m'ont pas accueilli alors que j'avais tellement envie d'être un des leurs ! À leurs yeux je

cumulais deux tares : j'étais un bâtard, et de plus j'étais le fils d'un proscrit.

— Mais vous avez un ami elfe, cependant.

— Oui, Guéonegg. C'était un ami de mon père, il l'assistait dans ses travaux. Quand mon père a été banni, Guéonegg a fait amende honorable et a obtenu le droit de rester à Néourvellen. Cette trahison a tellement pesé sur sa conscience que quand je suis arrivé, il m'a pris sous son aile et a décidé de partir avec moi.

Claire se demanda comment Naragd avait trouvé l'emplacement de Néourvellen et surtout comment il avait fait pour pénétrer dans la forêt piégée sans y laisser la vie. Mais elle ne pouvait pas lui poser la question. Jouer l'oie blanche avait des inconvénients... Faute d'autre explication, elle supposa que le dénommé Guéonegg était aussi veilleur et qu'il avait guidé jusqu'à lui le fils de son ancien ami à travers les dangers de la forêt maléfique.

— Il est ici ?

— Oui, je lui ai évidemment attribué une des tours. Vous le verrez peut-être, mais j'en doute, il ne se mêle guère aux autres.

— Et la reine des fées, vous me la montrerez ?

— Pourquoi pas, si la perspective de visiter les cachots ne vous effraie pas. Mais il se fait tard, vous devez tomber de sommeil. Demain je vous montrerai mes installations et nous continuerons cette intéressante conversation.

— Drôle de conception de la conversation, se dit Claire en se levant, moi j'appellerais ça plutôt un monologue ! Mais bon, ça m'arrange, je ne suis pas venue là pour lui raconter ma vie, mais pour qu'il me raconte la sienne, et jusque là je n'ai pas été déçue, c'était instructif ! se dit Claire en se levant.

Naragd s'inclina devant elle pour lui faire un baisemain et lui souhaita une bonne nuit. Puis un des trolls l'escorta jusqu'à sa chambre avec une torche, et elle s'enferma à double tour.

Un châle avait été posé sur son lit, et une grande bassine de cuivre avait été remplie d'eau fumante juste avant son retour, semblait-il. Un fauteuil avait été ajouté à son mobilier, ainsi qu'une pile de serviettes et de couvertures. Des chandelles avaient été disposées un peu partout.

— Oh, un bon bain chaud, j'en rêve depuis si longtemps ! Mais d'abord, le message.

Elle se dirigea vers la table. C'est alors qu'elle aperçut l'écureuil assis sur le coffre. Elle lui adressa une pensée de bienvenue mais se garda bien de le toucher.

Comme dans l'après-midi, elle sortit papier et stylo de ses vêtements.

— Heureusement, ils ne les ont pas emportés au pressing, se dit-elle avec amusement et un brin de soulagement.

Elle se mit à réfléchir à la teneur de son message. Comment résumer tout ce que Naragd avait raconté ?

Elle inscrivit pêle-mêle : « Tout va bien. N. sérieusement givré mais gentil avec moi (et bavard). En guerre contre les elfes. Alliés : nains et trolls. Veut mettre les fées hors jeu. Attention, Isilda traîtresse, amie de N. Iowena OK pour l'instant, je la verrai demain. Mais le temps presse, prévoir d'attaquer bientôt. »

28

Le trésor du seigneur noir

Le lendemain, Claire fut réveillée par le bruit. Elle se précipita à la fenêtre : un grand nombre de trolls étaient rassemblés dans la cour. Elle se demanda ce que ça signifiait.

Naragd ne lui avait pas parlé de projets guerriers immédiats, il faudrait l'interroger à ce sujet. Et lui demander si ses armées étaient nombreuses. Et aussi arriver à le faire parler des créatures brunes qui constituaient un autre danger.

Elle s'habilla en vitesse et entrouvrit la porte de sa chambre. Personne dans le couloir, une chance. Devant la porte, une petite table avec un plateau.

— Le petit-déj' est servi, c'est un vrai quatre étoiles, ici !

Claire s'installa dans sa chambre et fit honneur au repas.

Puis elle se demanda ce qu'elle était censée faire. Attendre ici ?

Aller à la recherche de Naragd ? Sans doute était-il occupé avec ses troupes dans la cour ou dans un camp troll. A moins qu'il ne soit en train d'effectuer des recherches dans son laboratoire.

Elle décida de partir en exploration. Si un troll la trouvait, elle ferait l'innocente et feindrait de s'être perdue dans les dédales du château.

Voyons, par où commencer, et surtout que chercher ?

Elle se dit que tout renseignement serait bon à prendre : disposition des lieux, matériel dont Naragd disposait, peut-être plans et papiers ?

Devait-elle essayer de retrouver les parents d'Ileana et de voir si les siens étaient là ? Mais les prisonniers étaient sans doute très bien gardés, et de plus Naragd avait promis de lui faire visiter ses geôles un peu plus tard.

Elle essaya de se remémorer tout ce qu'elle savait : elle se situait dans l'une des deux tours arrière, Guéonegg était dans une autre, et les appartements du seigneur noir dans le donjon. Les prisonniers étaient dans les cachots, sans doute au sous-sol, les trolls tout autour de la cour, et au premier étage il y avait la grande salle du dîner.

Elle résolut d'ouvrir toutes les portes sur son passage, pour avoir une vue d'ensemble du château.

Une rapide exploration de la tour où elle était ne lui apprit rien : les pièces y étaient toutes vides.

Elle descendit dans la partie commune. Là, elle croisa des trolls qui ne lui accordèrent que des regards furtifs. Elle s'enhardit à visiter les salles : en plus de la pièce où ils avaient dîné la veille, il y avait une espèce de grande salle avec un trône, une salle plus petite presque entièrement occupée par une immense table carrée, plus quelques pièces dont elle n'arriva pas à déterminer l'utilité.

Elle arriva au pied du donjon. Devait-elle monter ? Naragd ne devait plus être dans ses appartements, il n'était pas du genre à faire la grasse matinée.

Elle commença à gravir les marches et ouvrit une première porte : un débarras avec du matériel dont l'usage lui échappait totalement. Elle entrouvrit une autre porte et glissa la tête à l'intérieur de la pièce, mais elle n'y voyait rien, car la salle était plongée dans la pénombre.

— Vous cherchez quelque chose ? fit soudain la voix de Naragd dans son dos.

Claire sursauta, morte de frayeur.

— Ouille ouille ouille, ma vieille, tu es fichue, ta carrière d'espionne s'arrête là ! se dit-elle.

Mais elle tenta le tout pour le tout : elle se retourna et afficha un sourire contrit.

— Oh, vous êtes là ! Je m'ennuyais sans vous mais je n'osais pas demander aux monstres où vous étiez. Alors pour vous trouver j'ai décidé de partir à votre recherche. Et en voyant toutes ces pièces, j'ai pensé qu'il y avait peut-être un trésor ou ce genre de surprise... J'espère que vous n'êtes pas trop fâché ?

À sa grande surprise, Naragd éclata de rire.

— Ah les femmes, toutes les mêmes ! Folles des bijoux et des pierres précieuses. Qu'est-ce qu'elles ne feraient pas pour ça... Eh bien, adorable petite curieuse, il y a bien un trésor ici, et je vais vous le montrer.

Claire n'en revenait pas. Ça avait marché ! Elle se sentit soudain flageolante de peur rétrospective, car elle avait risqué gros.

Elle avait lancé cette histoire de trésor complètement au hasard, pour rester dans le style de l'évaporée qu'elle s'efforçait d'incarner devant Naragd. Et voilà qu'il existait un véritable trésor !

Claire réfléchit à toute vitesse tandis que Naragd la précédait dans les couloirs. Le trésor, c'était sans aucun doute les pierres ! Enfin elle allait savoir pourquoi il les avait volées.

Naragd traversa sa chambre, meublée dans un style très gothique, et pénétra dans une petite pièce où il n'y avait rien à part un coffre posé sur une table.

— Approchez, jeune curieuse, et voyez mon trésor.

Claire se mit sur la pointe des pieds pour voir ce qu'il y avait au fond du coffre.

Elle s'attendait tellement à y trouver la pierre des fées et les pierres volées aux autres peuples qu'elle fut surprise de voir un amoncellement de rubis, diamants et émeraudes. Son expression n'échappa pas à Naragd.

— Eh bien, vous semblez déçue. Seriez-vous la seule femme à n'être pas émue à la vue de pierres précieuses ?

— Zut, se dit Claire, il faut vraiment que je me surveille plus.

Elle lui sourit.

— Oh, elles sont vraiment magnifiques, je n'en avais jamais vues de vraies, à part dans la vitrine des bijoutiers, je veux dire. Mais elles sont comme dans mon monde : je pensais que dans une autre dimension les pierres seraient différentes, magiques, extraordinaires...

— Vous avez beaucoup d'imagination, ça me plaît. Et votre intuition est exacte : il existe aussi à Edelynn des pierres infiniment plus rares et plus précieuses. Je vais vous montrer ce que je n'ai jamais montré à personne, pas même à Guéonegg...

Naragd alla vers une petite grille en métal ouvragé qui se trouvait à mi-hauteur de la cloison. Claire eut beau essayer de se contorsionner discrètement, elle ne vit pas par quel moyen il ouvrit le coffre.

Il en sortit une petite boîte délicatement ciselée dont il ôta religieusement le couvercle. Claire retenait son souffle.

Là, sur le velours noir, scintillaient doucement quatre grandes pierres pentagonales qui semblaient palpiter d'une vie intérieure.

— Oh, on dirait une rose des sables...

En effet, les pierres étaient assemblées d'une façon étrange, elles tenaient ensemble en se touchant en certains points seulement, comme aimantées.

— Alors, exigeante jeune dame, trouvez-vous ce trésor moins banal que l'autre ?

— Ah ça, c'est extraordinaire. Vraiment. Elles sont absolument fascinantes. Vous les avez trouvées où ?

— Disons que c'est une collection que j'ai commencée il y a quelques années, des pierres qui n'auraient jamais dû être séparées mais qui se sont retrouvées éparpillées aux quatre coins d'Edelynn.

— Il y en a d'autres ?

— Il n'en manque qu'une, mais celle-ci me donne du fil à retordre. Je ne l'ai pas encore localisée.

— Je suppose que vous serez très content le jour où vous aurez les cinq.

— Ce sera le plus beau jour de ma vie, car je serai à ce moment-là l'être le plus puissant des deux mondes. Alors, plus personne ne pourra me résister.

— Ouh là, se dit Claire, bientôt il va se mettre à danser sur son bureau en jouant avec un planisphère en baudruche. Méchamment allumé, le gars, comme dirait ce cher Benoît. Heureusement, Imraëgg paraissait sûr que Naragd ne trouverait jamais la cinquième pierre.

Naragd s'arracha à la contemplation des pierres et les remit dans le coffre.

Claire se dit qu'elle était censée réagir à sa dernière phrase.

— Vous parlez d'une puissance symbolique ?

— Non, je parle de puissance réelle. Vous qui venez de France, ma chère Claire, vous savez sans doute ce qu'est la fission nucléaire. Eh bien, les cinq cristaux rassemblés, ça ressemble un peu à ça, en beaucoup plus puissant. D'après les légendes des elfes, ils confèrent le pouvoir absolu.

— Mais comment pouvez-vous croire à des légendes, vous qui avez été élevé dans un pays rationnel ?

— Le pouvoir des cristaux n'est pas une simple croyance ! Ils sont véritablement vivants. Vous avez vu comment ils palpitent... Mon père m'avait déjà parlé de ces pierres. Elles ne sont pas qu'une source d'énergie, j'en suis intimement convaincu.

D'ailleurs ce n'est pas pour rien que les elfes ont démantelé le cristal. Cela seul est déjà une preuve.

Claire ne dit plus rien. Après tout, c'était peut-être vrai, cette histoire de pouvoir absolu. Raison de plus pour qu'il ne découvre jamais la dernière pierre.

Naragd lui sourit.

— Je voudrais que vous n'oubliiez jamais cette journée. Prenez ces quelques gemmes, ici elles n'ont quasiment pas de valeur, mais chez vous elles vous mettront à l'abri du besoin. Et peut-être penserez-vous à moi de temps à autre.

Il puisa une poignée de pierres précieuses dans le grand coffre et les mit dans la main de Claire.

— Oh... merci ! Je...

— Ne me remerciez pas, ce n'est pas grand-chose. Mais, puisque nous avons commencé la visite, souhaitez-vous que nous continuions ? Je pourrais vous montrer mes laboratoires, puis nous sortirions prendre l'air après le déjeuner, qu'en pensez-vous ?

Claire tenta d'en savoir plus sur ses opérations militaires tout en fourrant les pierres dans ses poches.

— C'est un chouette programme. Mais je ne voudrais pas empiéter sur vos obligations de chef de guerre, car il me semble avoir vu des troupes dans la cour.

— Vous êtes charmante de vous préoccuper de ça. Mais ne vous en faites pas, il y a du remue-ménage tous les matins dans la cour, des exercices et revues de troupes. Pour ma part, je n'ai rien de prévu dans les prochains jours, je pourrai donc me consacrer presque entièrement à vous, à part une ou deux tâches de routine.

— Bon à savoir, se dit Claire. Ça nous laisse un peu de marge.

— Super, dit-elle à voix haute. Je vous suis.

Les laboratoires étaient situés à l'avant, dans la tour opposée à celle où logeait Claire.

Fort heureusement pour la jeune fille qui avait pénétré dans les labos avec beaucoup d'appréhension, il n'y avait pas d'expérience traumatisante en cours, pas de créature brune en gestation dans une cornue ni de fée sanglée sur une table d'opération. Rien que des éprouvettes, des flacons étiquetés, des plans de travail immaculés.

— C'est ici qu'avec l'aide de Guéonegg je fais mes recherches en matière de génétique. C'était le domaine de mon père, une matière où il excellait. Ces criminels d'elfes n'ont pas su reconnaître son génie à sa juste valeur. Guéonegg et moi n'avons pas son talent, mais nous avons réussi à créer quelques créatures intéressantes. Je ne perds pas l'espoir d'arriver un jour à créer des êtres aussi parfaits que les fées.

— Mais pourquoi ?

— Créer la vie, c'est être Dieu ! Il n'y a rien de plus exaltant. Et ça peut avoir un intérêt pratique : imaginez des créatures dotées d'une force surhumaine pour les travaux lourds, d'autres très habiles pour l'artisanat, des guerriers indomptables…

— Vous avez réussi à faire tout ça ?

— Pas tout à fait, mais j'ai d'intéressants projets pour les années à venir.

— Et comment fabrique-t-on de toutes pièces un être vivant ?

— On utilise du matériel génétique de base : cellules, ovules, qu'on modifie et qu'on mixe pour obtenir de nouvelles caractéristiques. Je me sers de mes propres cellules, mais aussi de celles de Guéonegg et de mes prisonnières. J'ai aussi des trolls et des nains à disposition. De quoi faire des mélanges variés…

— Vos créatures sont ici, au château ? demanda Claire en frissonnant.

— Oui, pour certaines, mais vous ne les verrez pas, rassurez-vous. Elles sont si dangereuses que je les garde enfermées. Et il y en a dans les forêts alentour, qui gardent le château.

— Et vous n'avez pas peur qu'elles se retournent contre vous ?

— Non. Je les ai munies d'un système de sécurité, en quelque sorte. Un dispositif qui me permette de les détruire de l'intérieur si nécessaire.

Claire en avait assez entendu. Ces histoires de manipulation génétique commençaient à la dégoûter.

— J'ai un petit creux. Est-ce que c'est bientôt l'heure du déjeuner ?

— Je vais ordonner qu'on nous serve.

Après le déjeuner, Naragd demanda à Claire si elle voulait aller se reposer avant de visiter les environs. Mais la jeune fille n'avait pas envie de perdre une minute à faire la sieste, elle voulait découvrir comment était organisée la défense du château. Naturellement, elle ne le dit pas de cette manière, mais elle parla innocemment du soleil, du ciel bleu, et suggéra l'idée d'une petite balade.

Le pont-levis était abaissé, et ils sortirent tous deux en marchant. Naragd avait proposé une promenade à cheval, mais Claire tenait à se rendre compte du temps et de la distance à pied entre le château et les camps trolls, et réussit à trouver une excuse pour expliquer son caprice.

En chemin, elle parla de la porte pour rentrer chez elle. Si elle n'en parlait jamais, Naragd finirait par se poser des questions. À moins qu'il ne soit tellement imbu de lui-même qu'il ne mette le peu d'empressement de Claire à rentrer sur le compte de son charme personnel !

Naragd lui expliqua que les elfes avaient construit des portes tout au long de la frontière entre les deux dimensions, sous forme d'une complexe machinerie enfouie sous terre, avec en surface un passage naturel. Le nom de Fonpierre donné par la fée aux urgences lui avait permis d'orienter ses recherches et de trouver finalement la fameuse porte. Mais il y en avait d'autres : un peu plus au nord, non loin d'ici, se situait le passage de Saragone, où il avait installé à demeure un camp troll pour y attraper les quelques humains qui s'égaraient à Edelynn.

— Vous attrapez les humains ? Mais pour en faire quoi ? demanda Claire avec une expression d'horreur qui fit rire Naragd.

— Je ne fais pas d'expérience sur eux, si c'est ce qui vous inquiète. Rien d'autres que des petits prélèvements inoffensifs quand j'ai besoin de matériau génétique. En général, ils me servent de cuisiniers ou de valets de chambre, notamment. C'est que je n'ai jamais pu me faire à la gastronomie trolle.

— Pourquoi n'en ai-je pas encore rencontré ?

— Leurs quartiers se trouvent derrière les cuisines. Ils y restent cantonnés, car ils n'ont pas envie de servir de souffre-douleur aux trolls. Il faut dire que les pauvres humains ne font pas vraiment le poids : ils ne sont ni intelligents comme les elfes, ni doués comme les fées, ni forts comme les trolls, ni indestructibles comme les nains.

Claire posa une question dangereuse :

— Tous les humains d'Edelynn sont ici, au château ? Il n'y en a pas qui ont réussi à échapper aux trolls ?

— C'est possible. Mais si c'est le cas, je les plains. Il vaudrait mieux pour eux être ici que seuls dans un monde hostile.

Naragd ne se doutait donc pas que des humains s'étaient regroupés en village. Ni qu'ils attaquaient fréquemment ses trolls. Peut-être que ceux-ci préféraient ne pas raconter qu'ils se prenaient régulièrement des peignées de la part de petites créatures censément inoffensives.

Mais ils arrivaient en vue d'un camp, un assemblage hétéroclite de baraques en bois et de barrières.

— Pourquoi le château est-il gardé ? Redoutez-vous une agression ?

— Non. Je n'ai pas d'ennemis dignes de ce nom. Mais mes trolls aiment la guerre, et il faut que je les occupe. Ça impressionne les nains, également. Et on ne sait jamais, les elfes finiront peut-être par remarquer qu'il faut compter avec moi, désormais. Alors je me prépare.

— Il y en a beaucoup, des camps comme celui-là ?

— J'ai enrôlé cinq ethnies différentes de trolls, et chacune a le sien : ils sont placés en demi-cercle autour du château, un peu comme les romains autour du village d'Astérix, vous vous souvenez ? dit Naragd qui connaissait ses classiques.

Ils étaient à présent à quelques dizaines de mètres seulement des premières barrières. Les trolls avaient reconnu leur chef de loin et un garde l'attendait aux portes du campement.

Claire avait beau être l'invitée du seigneur noir, elle n'était pas rassurée par toutes ces faces de cauchemar qui les regardaient avancer. Elle avait gardé un très mauvais souvenir de la corde autour de son cou et de la brutalité de son « gardien ». Comment les hommes de Thibaut pouvaient-ils prendre plaisir à les provoquer et à se battre contre eux ? Cela la dépassait complètement.

Naragd entra dans le camp et les trolls se frappèrent le torse du poing en signe de salut. Ils parvinrent à la place centrale de ce qu'on ne pouvait guère appeler un village, quand un nain apparut, tenant en laisse un gigantesque oiseau.

Dès que le tordakyl aperçut Claire, il tenta de se jeter sur elle en poussant des cris discordants. Claire, terrorisée, se cacha derrière la haute silhouette de Naragd. Le nain cria pour ramener l'oiseau au calme tout en tirant sur sa chaîne pour essayer de le maîtriser. Naragd sortit son épée pour en menacer le tordakyl, sous l'œil scrutateur des trolls qui formaient un cercle autour d'eux.

Finalement le hideux volatile cessa de crier et d'agiter ses ailes membraneuses, mais des mouvements convulsifs de son long cou en direction de Claire montrait qu'il n'avait pas désarmé.

Naragd s'avança vers le nain et hurla des invectives. Comment se faisait-il qu'il n'arrive pas mieux à contrôler sa bête ? Encore un événement regrettable comme celui-ci et il passerait lui-même l'oiseau par le fil de l'épée.

Le nain assura que Skrrreykh avait maintenant compris que la jeune personne n'était pas une fée et promit qu'il n'y aurait plus d'incident.

Derrière Naragd, Claire se ressaisissait lentement. Quelle idiote elle avait été d'accepter une promenade en territoire ennemi ! À force de jouer avec le feu, elle allait avoir de sérieux ennuis.

Après un dernier regard glacial au nain et à son animal, le seigneur noir se tourna vers la jeune fille.

— Voulez-vous que je fasse venir mon cheval pour rentrer ?

— Non, ça ira, merci, je peux marcher.

Pendant le trajet du retour, tous deux furent plutôt silencieux.

Claire se disait qu'elle avait quand même bien fait de venir : elle avait vu comment était fichus les camps trolls, de quelle taille ils étaient. Le tordakyl de ce camp l'avait identifiée comme une amie du seigneur noir, ce qui faciliterait peut-être les choses plus tard. Et Naragd n'avait toujours aucun soupçon.

Mais Claire se trompait. Après le deuxième incident de ce genre, Naragd commençait à avoir des doutes sur l'identité de la jeune fille. Et, sans se départir de sa courtoisie à son égard, il résolut de lui tendre un piège dès son retour au château.

29

Nos amis les animaux

Le soleil se levait à peine, mais déjà une grande effervescence régnait dans le camp des alliés.

Un groupe d'ours mené par Arak venait d'arriver, et il ne passait pas inaperçu ! Il est vrai que le spectacle de ces animaux gigantesques et magnifiques, avec leur pelage allant du blanc au noir en passant par toutes les nuances de brun et de gris, était impressionnant.

Ileana, qui venait de rentrer d'une mission nocturne, s'avança pour les accueillir et les remercier d'être venus si nombreux.

Thibaut et Benoît, prévenus du retour de la jeune fée et de l'arrivée des ours, s'approchèrent aussi.

— Thibaut, pouvez-vous vous occuper de leur trouver un endroit dans le camp ? Reste-t-il de la place, d'ailleurs, ou devons-nous chercher un lieu plus grand ? Je me félicite de pouvoir compter sur tant d'alliés, mais j'avoue que je ne m'attendais pas à un tel nombre !

Thibaut rassura Ileana.

— Ne vous en faites pas, demoiselle, il y aura de la place pour tout le monde : j'avais prévu la venue des ours et ils auront un endroit à eux. Mes hommes se sont occupés hier après-midi de l'intendance, nous pouvons accueillir encore d'autres troupes que les fées d'Iliorna ou les ours d'Arak.

— C'est que je n'aimerais pas qu'on attire l'attention. Plus on sera nombreux, moins il sera facile de se cacher.

— Certes. Mais n'oubliez pas un fait essentiel : comme l'ennemi ne se doute de rien, il n'exerce pas de surveillance particulière.

Benoît donna son point de vue :

— En plus, en quelques jours, avec Claire et Astara, on a eu le temps d'identifier les habitudes des trolls d'en face : ils ne bougent quasiment pas de leur camp, font leurs exercices à découvert sur les landes de Naragd, et ne viennent en forêt que pour chasser, en empruntant toujours les mêmes chemins. Quant aux tordakyls, ils n'assurent pas de surveillance aérienne, d'après les aigles que tu as envoyés patrouiller.

— C'est vrai que nous avons pu faire venir plusieurs troupes au nez et à la barbe des ennemis. La négligence de Naragd qui ne se sait pas menacé est notre plus grand avantage.

Benoît alla vers Arak et se chargea de mener les nouveaux arrivants à leur campement.

Le chef de l'armée humaine demanda à Ileana des nouvelles de sa mission de repérage.

— Il semble y avoir cinq camps en tout, disposés en arc de cercle à quelques kilomètres du château. Chaque camp compte une centaine de trolls, d'après ce que j'ai pu voir. Mais il est vrai que je ne me suis pas attardée, à cause des tordakyls…

Thibaut grimaça.

— Donc un demi-millier de ces sales bêtes en tout. Ça fait beaucoup pour mes quelques dizaines d'hommes. On sera à dix contre un, ça sera difficile.

— Plus une quinzaine d'ours, plus deux centaines de fées et de sirènes. Les aigles, aussi.

— Il nous faut encore des renforts, ça ne suffira pas.

Il rumina quelques instants.

— Ah, j'oubliais : Claire nous a fait parvenir cette nuit un nouveau message, assez long. Voyez vous-même.

Ileana lut le billet de son amie. Thibaut rouspéta :

— Je suis malade de la savoir là-bas. Si j'avais été là, je l'aurais empêchée d'y aller, c'est bien trop dangereux ! Dire que nous sommes arrivés une heure à peine après qu'elle se soit volontairement fait prendre...

Ileana soupira.

— Vous m'avez déjà dit ça plusieurs fois, Thibaut. Bien sûr que c'est risqué, mais pour l'instant ça a l'air de bien se passer, et on dirait que le seigneur noir vide son sac, ce qui est de la plus grande importance pour nous. Ne vous inquiétez pas pour Claire, c'est une fine mouche, elle saura faire ce qu'il faut. Elle est courageuse et intelligente.

Ileana relut les quelques lignes et grimaça.

— Moi, ce qui me rend malade, c'est de penser que ma tante Isilda, que j'aimais beaucoup, est du côté de Naragd. Ça fait un moment qu'on la soupçonne, mais de le voir écrit noir sur blanc, ça me fait un choc. Pourquoi a-t-elle fait ça ? Et comment se fait-il qu'on n'ait absolument rien remarqué dans son attitude ? Elle semblait comme d'habitude, la dernière fois que je l'ai vue... gentille, affectueuse, normale, quoi.

Thibaut hocha la tête.

— Je suis désolé. Ça doit être dur pour vous de vous rendre compte que des personnes en qui vous aviez toute confiance n'en étaient pas dignes. Je ne sais pas pourquoi elle a fait ça, je ne la connais pas. Mais je suppose que le seigneur noir a pu profiter de sa naïveté pour lui proposer de prendre la place de votre mère une fois toute cette histoire terminée. Il a peut-être fait cette offre à votre tante parce qu'elle était la seule à avoir constitué une armée, et il s'est dit qu'il valait mieux qu'elle soit avec lui que contre lui. Elle représentait une menace immédiate, contrairement aux autres reines, alors il l'a neutralisée en lui faisant de belles promesses.

— Peut-être. Mais il n'empêche que ça me rend triste à pleurer. Comment a-t-elle pu faire ça à maman ?

Thibaut écarta les bras en signe d'impuissance.

Ileana s'efforça de revenir au message.

— Naragd serait en guerre contre les elfes ? Ça ne cadre ni avec ce que nous avons vu et entendu à Néourvellen, ni avec ce que nous voyons de l'activité des trolls.

— Claire doit vouloir dire que Naragd a l'intention d'entrer en guerre avec eux. Peut-être n'a-t-il pas eu de bons contacts avec les elfes ?

— Oui, ça doit être ça : il faudra quand même en demander la confirmation à Claire. Il veut donc s'attaquer aux elfes, et il a comme alliés les nains et les trolls. Qui m'avait parlé de la jalousie des nains et des trolls à l'égard des fées et des elfes ? Ah oui, ça me revient : ma grand-mère me l'avait fait remarquer. Mais je ne comprends quand même pas pourquoi un mi-elfe serait jaloux des fées ou voudrait les écarter de la bataille. Elles ne représentent aucun danger !

Thibaut rit.

— La preuve : vous êtes là, à deux doigts d'attaquer le seigneur noir. C'est donc que les fées peuvent être dangereuses.

— Oui, mais c'est parce qu'il nous a cherchées !

— Peut-être Naragd a-t-il eu peur qu'elles soient du côté des elfes. Mais il n'a pas essayé de rechercher une alliance avec elles.

— Si. Il a même réussi, puisqu'Isilda est de son côté.

— Très juste. Pensez-vous qu'il ait aussi proposé un pacte à votre mère ?

Ileana haussa les épaules. Elle se rendait compte à présent de l'insouciance totale dans laquelle elle vivait autrefois. Une telle chose aurait pu se produire, et elle ne s'en serait pas rendu compte !

— C'est possible. D'ailleurs, c'est peut-être parce qu'elle l'a envoyé paître qu'il se venge sur elle. Ma pauvre maman... Heureusement, elle semble aller bien. Je sais qu'elle est en vie, j'ai eu une vision d'elle quand j'étais chez les sirènes. Mais je suis très contente que Claire puisse la voir bientôt et m'en donner des nouvelles.

— Il faudra demander à Iliorna si elle a été approchée par Naragd.

Ils se turent un instant.

— Les sirènes sont prêtes ? demanda Thibaut, qui réfléchissait à la façon d'encercler le château.

— Oui. Mais elles attendent qu'on définisse clairement le plan de bataille et leur rôle.

— Excellent !

Sur ces entrefaites, Benoît arriva.

— Ça y est, les ours sont installés. Les fées d'Iliorna ont entrepris de nourrir tout le monde, je crois qu'elles n'ont pas très envie de voir les ours chasser.

Il avisa le bout de papier dans la main d'Ileana.

— Ah, tu lis le message de ma sœur. Elle a l'air de ne pas trop mal se débrouiller, hein. Une vraie *James Bond girl*. Je vous expliquerai, ajouta-t-il à l'adresse de Thibaut qui le regardait sans comprendre.

— En effet, on lui devra une fière chandelle, sourit Ileana.

— T'as vu, elle nous conseille de nous magner pour attaquer.

— Oui, mais on ne peut pas encore le faire : d'abord, tout le monde n'est pas encore là, il faut prévoir un plan de bataille, et surtout, tant qu'on n'en saura pas plus sur l'arme secrète de Naragd, on ne pourra rien tenter. Il faut absolument que je demande des précisions à Claire. Je vais lui envoyer un message tout de suite.

— Tu lui dis quoi ?

— Il faut que je lui demande si la guerre avec les elfes a déjà commencé, si elle a pu voir ma mère. Je voudrais aussi avoir des nouvelles de mon père. Et il est urgent qu'on connaisse le dispositif anti-fées de Naragd, répondit Ileana.

— Bien. N'oublie pas de lui dire que je l'embrasse très fort et qu'elle fasse attention.

Ileana sourit à Benoît.

— Promis, je le lui écrirai.

Soudain, un tumulte se fit entendre. Les ours se tournèrent vers le sud et grognèrent en montrant les dents.

Ileana et ses amis se levèrent et regardèrent avec inquiétude autour d'eux. Les hommes saisirent leurs armes.

— Qu'est-ce qui se passe ? Tu sens quelque chose ? demanda Benoît.

Ileana hocha la tête.

— Des créatures arrivent, que je ne connais pas.

Elle lança un ordre mental aux fées et aux ours, afin qu'ils se tiennent prêts, et envoya son esprit à la rencontre des créatures.

Alors elle écarta les bras pour exhorter ses troupes au calme.

— Ne faites rien, je crois que ce sont des alliés.

Et tout à coup, on vit apparaître une paire d'êtres étranges au corps de félin et aux ailes immenses, qui se posèrent majestueusement devant Ileana en clignant de leurs grands yeux dorés.

— Des lions ailés ! s'exclama Benoît.

Tous fixaient stupéfaits et un peu inquiets les bêtes puissantes et magnifiques.

Le plus grand des deux feula doucement, et Ileana traduisit pour les humains :

— Lui et sa compagne sont envoyés par un allié qui ne souhaite pas se nommer. Il dit qu'ils viennent des déserts du sud et qu'ils se battront à nos côtés contre les tordakyls.

Une ovation bruyante accueillit ces paroles.

C'est ainsi que les deux lions ailés rejoignirent la troupe hétéroclite des alliés, tandis qu'Ileana se demandait quelle mystérieuse personne leur fournissait cette aide aussi insolite que bienvenue.

30

Le piège

Après vous, ma chère Claire.

Naragd désigna une arche de pierre bardée de parties métalliques qui marquait l'entrée du sous-sol. Il attendait de voir comment la jeune fille – ou devait-il dire « la jeune fée » ? – réagirait au moment de passer sous le porche. Si elle était bien ce qu'elle affirmait être, une jeune humaine égarée à Edelynn, elle ne ressentirait rien du tout. Si elle était une fée, par contre, le dispositif la ferait se tordre de douleur, comme toutes ses congénères enfermées dans les cachots.

Claire promena un regard circulaire sur l'étrange arche.

— Une de vos machines ? demanda-t-elle.

— En effet. Je vous expliquerai tout à l'heure à quoi elle sert.

La jeune fille hésita. Elle apercevait là-bas les grilles des premiers cachots et elle n'était pas sûre de pouvoir supporter l'image des prisonnières.

— Avance, que je voie si tu es une traîtresse ou si je peux te faire confiance, se dit Naragd avec impatience.

Claire fit un pas, s'arrêta, observa les buses métalliques qui hérissaient le porche... et pénétra dans le couloir du sous-sol.

Elle se retourna pour regarder Naragd qui était resté en arrière.

— Vous ne venez pas ?

Elle se sentait inquiète, tout à coup. Naragd avait une drôle d'expression... Et si le porche était un piège, un bidule avec des radiations ? Mais le seigneur noir éclata de rire en la rejoignant.

— Eh bien, ma chère, si vous aviez été une fée, ce portique-là vous aurait démasquée à coup sûr. Mais les humains ne risquent rien, je vous rassure tout de suite.

Claire fit un effort pour sourire niaisement, mais son esprit carburait à toute allure. Ainsi donc c'était un piège ! Naragd avait eu un doute en voyant les deux tordakyls se jeter sur elle, et il avait voulu en avoir le cœur net.

Elle en eut des sueurs froides rétrospectives. Ses gênes humains l'avaient protégée de l'affreuse machine. Pourvu qu'il n'y ait pas d'autre piège !

Elle frissonna à nouveau : il ne fallait pas que Naragd ait l'occasion de la voir dans l'obscurité, car son aura la trahirait ! Naragd rit à nouveau, tout guilleret.

— Vous avez froid. Je vais faire chercher votre châle, je ne voudrais pas que vous vous enrhumiez.

Et il appela un garde pour lui donner ses ordres. Quelques minutes plus tard, un nain apporta le vêtement et elle s'y drapa, plus pour s'y cacher que pour se protéger de la fraîcheur.

— Comment marche votre machine à détecter les fées ?

— C'est un dispositif mis au point il y a très longtemps par les elfes : pour schématiser, il émet une fréquence particulière, inaudible pour quiconque, mais qui réduit à néant les capacités des fées. J'en ai installé un sur le portique, à l'entrée, mais il est aussi diffusé dans la totalité des cachots. C'est Guéonegg qui m'a aidé à fabriquer cette machine. Le seul problème, c'est que ce n'est pas son domaine, et nous n'avons pas la technologie elfique pour produire de l'énergie.

— Et pourtant, elle fonctionne, non ?

— Il se trouve que j'étais un bon bricoleur, dans le monde-du-dehors. Il m'a suffi d'installer un groupe électrogène et de brancher cette machine dessus. Les elfes me riraient au nez, mais ça fonctionne, c'est l'essentiel.

— Je n'ai jamais vu de groupe électrogène, vous pourriez me le montrer ? demanda Claire qui était en train de mémoriser le plan du sous-sol avant d'envoyer un message aux autres.

— Oh, ça ne présente aucun intérêt. Il est au bout du couloir, là, mais il y a des choses plus intéressantes à voir.

— Mais j'y pense, si vous avez de quoi produire du courant, comment se fait-il que vous n'utilisiez pas d'électricité dans le château ?

— Parce que j'adore le folklore. J'aime l'ambiance des torches, les feux de cheminée, les chandelles. J'aurais pu bâtir un repaire high-tech, mais j'ai préféré un château digne d'un film fantastique. Avouez que la salle à manger n'aurait pas le même charme sous un éclairage électrique !

Ils firent quelques pas dans le couloir.

— Et l'escalier qui descend, là, il mène où ? Il y a encore un étage en-dessous ?

— Oui, il y a les souterrains.

— Vous m'emmènerez les visiter ? demanda Claire d'un ton aguichant.

— Je ne pense pas que ce soit un endroit pour une jeune fille. J'y ai enfermé toutes les créatures que j'ai créées, et leur vue vous soulèverait le cœur. Mais venez, vous aviez demandé à voir les fées, allons-y.

Claire s'avança à contrecœur et se posta devant la première grille. Dans le cachot, quelques fées et faés la regardèrent d'un air morne. Le cœur de la jeune fille se serra. Quel sale type, ce Naragd ! Et dire qu'il fallait lui faire des sourires...

Elle se souvint juste à temps qu'elle n'était pas censée avoir déjà vu des fées.

— Mais... je croyais que les fées avaient des ailes ?

— Normalement oui, mais rappelez-vous qu'ici, elles sont privées de leurs pouvoirs. Avoir des ailes fait partie de leurs capacités spéciales, là, elles ressemblent à n'importe quel humain.

— Pourquoi y a-t-il des hommes et des garçons parmi elles ?

— Parce qu'il existe des fées des deux sexes, innocente enfant !

Claire rougit, et Naragd la trouva encore plus charmante.

Il l'entraîna vers la grille suivante. Là encore, le même triste spectacle de ces fées et faés privés d'espoir.

Claire eut la tentation de leur délivrer un message mental ? Mais à quoi bon, puisque la télépathie faisait partie de leurs pouvoirs spéciaux. Ici, ils étaient aussi diminués que les humains.

Elle se creusa la tête pour trouver un moyen de communiquer avec eux, mais ne trouva rien. Tant que Naragd serait à côté d'elle, elle ne pourrait rien faire.

— Vous voyez ce type, là ? C'est le compagnon de la reine des fées. Il a piteuse allure, vous ne trouvez pas ?

Ainsi donc, c'était Aldric, le père d'Ileana ! Claire le regarda avidement. Il était comme les autres, sombre et à bout de forces.

— Mais pourquoi gardez-vous tant de fées dans ces cachots ?

— Je vous l'ai déjà dit, je veux les mettre hors d'état de nuire. Celles-ci servent d'exemple pour les autres. Et j'ai aussi quelques expériences intéressantes en cours. Je suis en train de faire des recherches sur la glande spéciale qu'elles ont. Je fais aussi des essais de greffes. Imaginez que vous puissiez bénéficier d'une de ces fameuses glandes : vous pourriez être n'importe qui, et vous transformer à volonté. N'est-ce pas exaltant ?

— Beurk, se dit Claire. Je suis en compagnie d'un docteur Mengele bis, c'est horrible !

— Pour l'instant, les créatures à qui j'ai greffé les glandes prélevées sur mes prisonniers sont très instables et il a fallu les enfermer dans les souterrains. Mais bientôt mon procédé sera parfaitement au point, et je pourrai m'occuper de ma doneuse la plus prestigieuse.

Claire eut envie de vomir. Elle fit semblant de tousser pour cacher son trouble puis se redressa.

— Je suppose que vous voulez parler de leur reine ?

— Oui, et la voici. Je la garde séparée des autres, je ne veux pas qu'ils puissent la délivrer de ses petits gadgets personnels.

— Quels gadgets ?

Il ricana.

— Elle est tellement coriace que la fréquence que je diffuse ne lui fait pas perdre tous ses moyens. Je dois l'amplifier et le lui mettre dans les oreilles à pleins tubes à longueur de journée. Pour le cas où ça ne suffirait pas, je lui injecte aussi un tranquilisant et un produit qui annihile les effets de son hormone spéciale.

— Vous faites ça vous-même ? demanda Claire en essayant de faire passer dans sa voix une nuance d'admiration, dans l'espoir qu'il lui montre les produits en question.

La ruse fonctionna.

— Vous oubliez un peu vite que j'ai été chirurgien. Les produits sont là, sur cette étagère. Une seringue chaque jour, et pfuittt ! plus de problème. D'ailleurs, ça va être l'heure de son petit médicament.

Il ouvrit un flacon puis un deuxième et emplit une seringue. Claire n'en perdait pas une miette. Il faudrait qu'elle trouve un moyen de remplacer les produits par de l'eau pour que Iowena retrouve ses pouvoirs et qu'elle puisse terrasser le seigneur noir.

Soudain, elle eut une idée. Pendant que Naragd remplissait la seringue et la secouait, puis refermait les flacons, Claire prit un bout de papier dans sa poche et griffonna dessus l'arabesque qui voulait dire « Ileana » en langue des fées.

Naragd appela un troll, qui ouvrit la porte du cachot. Claire s'avança avec appréhension.

Elle vit Iowena, enchaînée et à demi couchée sur son grabat, tenter de se relever à l'entrée de Naragd. Elle portait un collier serré autour du cou et un bandeau métallique, et sa robe était toute déchirée. Claire serra les poings en entendant le rire humiliant du seigneur noir qui se délectait de la faiblesse de sa victime. Elle avait envie de les lui coller sur son horrible face de rat !

— C'est l'heure de votre piqûre, majesté ! Je vous la fais où, aujourd'hui ? Dans la fesse ? Non, pas aujourd'hui, il y a une jeune fille avec nous.

Les médicaments n'avaient pas ôté toute sa combativité à Iowena. Ses beaux yeux verts flamboyaient de rage tandis qu'elle essayait vainement de repousser le mi-elfe, mais elle était trop faible pour l'empêcher d'agir.

Il vida le contenu de la seringue dans son bras et se redressa, satisfait.

— Nous pouvons y aller. Cette pauvre Iowena n'a aucune conversation dans l'état où elle est, sa compagnie n'est guère intéressante.

Il sortit, suivi de Claire. Pendant que Naragd refermait la lourde grille à clé, la jeune fille, un peu en retrait, adressa un clin d'œil à la reine, en espérant que ce signe serait compris d'elle.

Tandis que Naragd s'éloignait, Claire arracha sa barrette et la laissa tomber devant le cachot. Elle rejoignit le mi-elfe en courant puis s'écria :

— Oh zut, j'ai perdu ma barrette !

Elle revint en arrière et fit mine de chercher l'accessoire sur le sol. Naragd se désintéressa assez rapidement de la chose et fit quelques réglages sur un tableau de commande, le troll toujours à ses côtés.

Alors Claire, prenant son courage à deux mains, s'accroupit devant le cachot d'Iowena en étalant d'un geste naturel son grand châle autour d'elle, se servant de cet écran improvisé pour jeter le petit papier aux pieds de la reine et ramassa sa barrette.

Soudain, avec une vivacité que Claire n'aurait pas attendue de la part de la pauvre captive, Iowena fit glisser le bout de papier avec son pied et le saisit.

Claire se releva et cria à l'adresse de Naragd :

— Ça y est, j'ai retrouvé ma barrette.

La jeune fille eut encore le temps de voir, en un éclair, le visage de la reine s'éclairer et même sourire à la lecture du billet.

Puis elle rejoignit le seigneur noir qui achevait ses manipulations.

— Je voulais vous demander comment vous avez fait pour la maîtriser, le jour où vous l'avez attrapée, si elle est aussi dangereuse que vous dites.

— J'avais emporté un émetteur portatif. Mais ce qui l'a déstabilisée, c'est une attaque mentale portée conjointement par mon amie fée et par Guéonegg qui l'a beaucoup amplifiée. Les elfes ont des pouvoirs psy remarquables, vous savez. Très puissants mais limités dans le temps. Quand elle a été terrassée, on lui a immédiatement mis le collier et le bandeau, j'ai fait une injection, et l'émetteur a pris le relais. J'avais tout minuté, et ça a marché comme prévu.

Claire en avait la nausée.

Elle se dit qu'elle pouvait essayer de remplir une seringue de tranquillisant et de l'injecter à Naragd pour le mettre hors d'état de nuire. Il faudrait qu'elle trouve un alibi pour revenir rôder seule dans les sous-sols. Restait à savoir quoi faire après... Faire cesser le « son » qui neutralisait les fées, d'abord. Et pour cela, saboter le groupe électrogène.

Puis résoudre le problème des trolls qui pullulaient dans le château.

Claire secoua la tête. Tout cela demandait à être mûrement réfléchi, il s'agissait de ne pas commettre d'erreur.

Ils étaient à présent arrivés au niveau de la cour et s'apprêtaient à prendre le grand escalier, quand un nain s'approcha et murmura quelques mots à l'oreille de Naragd.

— Je vous laisse vous préparer pour le dîner, ma très chère. Et faites-vous belle, nous aurons de la compagnie.

Claire rejoignit sa chambre en se demandant de quel invité il pouvait bien s'agir. Guéonegg ? Un des alliés de Naragd ? Peut-être même Isilda !

Comme la veille, elle trouva une magnifique robe sur son lit. Elle fronça les sourcils. Elle n'aimait pas du tout l'idée qu'on puisse entrer et sortir de sa chambre pendant son absence. Elle n'avait rien laissé de compromettant dans la pièce, mais tout de même !

Elle s'habilla et se recoiffa, en essayant de réfléchir à un plan pour retourner les armes de Naragd contre lui, mais elle n'arrivait pas à se concentrer. L'arrivée de l'invité surprise la perturbait trop. Qui cela pouvait-il bien être ?

Elle eut un accès de panique. Et si on la perçait à jour ?

Elle eut envie de prétexter une indisposition passagère. Mais le mi-elfe ferait sans doute le rapprochement entre son absence et l'invité inattendu. Elle tenta de se rassurer en se disant que si Naragd était persuadé de sa bonne foi, elle pourrait en rouler un autre. Et elle avait proposé cette mission précisément pour en apprendre le plus possible.

— Courage ! se dit-elle. Personne ne va me manger. Encore que… Néron avait ses murènes, Naragd pourrait très bien me jeter en pâture aux monstres du souterrain.

C'est dans cet état d'esprit très gai que Claire descendit souper.

Lorsqu'elle arriva dans la grande salle, l'invité n'était pas encore arrivé. Le seigneur noir se précipita pour lui faire les compliments d'usage.

Soudain, un remue-ménage se fit entendre et tous se tournèrent vers la porte : une très belle femme vêtue de rouge fit une entrée majestueuse et Naragd l'accueillit d'un geste théatral.

— Ma chère, enfin vous voilà ! Vous nous avez manqué. Permettez-moi de vous présenter ma jeune invitée humaine. Claire, voici mon alliée, la reine Isdragarn !

31

Balade de nuit

Claire referma la porte de sa chambre et s'adossa contre le bois.

La traîtresse, c'était Isdragarn !!! C'était elle qui avait aidé Naragd à capturer sa propre sœur, qui avait exilé sa nièce, qui assistait sans états d'âme au martyre de son peuple !

Claire avait affreusement mal à la tête. Pendant tout le dîner, elle avait tenté de garder un visage impassible et de jouer à l'écervelée. Et surtout, elle avait essayé de dompter ses pensées pour qu'Isdragarn ne se doute de rien.

Elle s'était efforcée de créer un écran mental en pensant de toutes ses forces à des choses futiles : elle s'était concentrée sur le dessin du magnifique tissu de sa robe, avait détaillé toutes les pièces du mobilier et de la vaisselle, avant que Naragd, attendri par sa petite mine, lui suggère de se coucher tôt.

Claire soupçonnait le seigneur noir et son alliée sans scrupules d'avoir beaucoup de choses à se dire loin des oreilles indiscrètes, aussi avait-elle saisi cette opportunité pour quitter la table.

Dire qu'Ileana avait toute confiance en sa tante, et qu'elle continuait à attendre qu'elle les sauve !

La jeune fille secoua la tête, amère. Comment allait-elle annoncer ça à son amie ? Que lui écrire ?

Alors Claire prit sa décision : elle allait le lui dire de vive voix, tout de suite ! Il y avait trop de choses à dire, les messages n'y suffiraient pas. Et elle tenait à être là, peut-être pour atténuer l'horreur de ses propos.

Elle entreprit de préparer son expédition nocturne. Son aura allait être très visible à l'extérieur, il lui fallait une grande cape avec une capuche. Elle en trouva une dans l'armoire, qui avait été garnie de vêtements divers en son absence.

Claire se demanda pourquoi Isdragarn n'avait rien dit. Pourtant, elle avait certainement vu son aura caractéristique de sorcière. Peut-être pensait-elle que les humains avaient aussi une aura ?

Elle haussa les épaules. Ce n'était pas le moment de se poser trop de questions. Pour l'heure, il fallait sortir d'ici, et discrètement.

Elle se changea rapidement, s'enveloppa dans sa cape et emprunta le couloir désert.

Elle descendit au bas de sa tour et s'avança dans les parties communes.

Zut ! Il y avait deux trolls postés au sommet du grand escalier ! Elle se demanda quoi faire. Dans les films, l'héroïne aurait escaladé les balustrades et les tentures ou dégommé les deux affreux avec une bonne prise de karaté.

Elle résolut d'y aller au culot.

Elle passa entre les deux sbires en faction, la tête haute et l'air dégagé.

Ils ne firent pas un geste pour l'arrêter.

Encouragée, elle se dirigea vers la cour.

Soudain, une ombre furtive se dressa devant elle.

— Vous sortez, demoiselle ?

Elle reconnut la voix mielleuse d'un nain.

— Oui. Je n'arrivais pas à dormir, alors j'ai pensé que prendre l'air dans la cour me ferait du bien. Mais rassurez-vous, je ne risque rien, avec tous ces trolls pour me protéger !

Le nain hésita et la laissa passer.

Pourvu qu'il n'aille pas cafter à Naragd, se dit Claire avec angoisse. Mais il n'y a pas de raison, il ne peut pas se douter que je veux sortir du château. Pour lui, je ne suis en sécurité qu'ici.

Au moment de traverser la cour, elle resserra sa cape autour d'elle et mit la capuche pour cacher son visage, pour le cas où un tordakyl veillerait. Elle avait la désagréable impression d'être une luciole guettée par des oiseaux gourmands.

Elle parcourut quelques dizaines de mètres sans encombres. Il y avait bien des groupes bruyants de trolls près des baraquements, mais ils ne faisaient pas attention à elle.

Elle leva la tête vers le chemin de ronde : personne. Visiblement, ils étaient tous décontractés, ils ne s'attendaient pas à une attaque.

Elle arriva près de la porte. Ouf, le pont-levis était baissé. Mais le passage était coupé par la herse descendue.

Claire eut des sueurs froides. Comment sortir de là ?

Elle tâtonna un peu et découvrit une petite porte sur le côté, qui permettait de sortir sans relever la herse.

Elle traversa le pont et se retrouva bientôt sur le chemin du premier camp troll. La lune éclairait distinctement la terre claire et sablonneuse.

À quelque distance du camp elle coupa à travers la lande. Pas la peine de rechercher les ennuis ! Au bout d'une heure de marche pénible dans la semi obscurité, elle parvint enfin en vue du campement des alliés. Elle allongea le pas, toute contente d'être de retour parmi ses amis après ces deux jours de folie.

Soudain, une forme monstrueuse se dressa devant elle en grognant.

Claire hurla de frayeur et tomba à la renverse. La bête était presque sur elle, quand elle entendit une galopade et vit débouler Arak.

L'ours familier s'interposa et l'autre ours stoppa immédiatement.

— Claire ! Tu es de retour ! Enfin ! J'ai eu très peur pour toi...

C'était Benoît, qui ne quittait plus Arak d'une semelle.

La jeune fille se précipita dans les bras de son frère.

— C'est qui, lui ? Un copain d'Arak ?

— Oui, il en a ramené une quinzaine, c'est géant. Faut pas lui en vouloir, ils se relaient pour garder le camp et comme on n'était pas au courant que tu allais venir de nuit... Il y a aussi une paire de lions ailés, tu verras.

Benoît entraîna Claire à la recherche d'Ileana, mais déjà celle-ci accourait, prévenue par Arak. Elles s'embrassèrent.

— Oh, ma chérie ! Comme je suis contente de te voir ! Tu n'imagines pas comme on se faisait du souci de te savoir là-bas. Raconte !

Tous trois s'installèrent, bientôt rejoints par Thibaut. Arak et Astara s'approchèrent pour écouter aussi ce qui se disait.

— Ça n'a pas été trop dur ?

— Si. Mais je n'ai pas du tout été maltraitée, bien au contraire, j'ai été très bien reçue par Naragd. Mon plan a marché comme sur des roulettes, à part un petit moment difficile.

— Qu'est-ce qui s'est passé ?

— Comme il avait quelques doutes me concernant, il m'a fait passer une sorte de test pour voir si j'étais une fée, j'ai eu très peur après coup. Mais ensuite, il a été entièrement rassuré, pour lui je suis bien une petite humaine inoffensive et un peu nunuche, et il me mange dans la main.

— Alors, il t'a tout raconté ? Tu as découvert ses secrets ?

— Une bonne partie, oui. C'est un grand malade, ce type, il faudrait l'enfermer. Il est abject...

Ileana hésita.

— Tu as pu voir ma mère ?

— Oui, je l'ai vue. Naragd m'a emmenée visiter les cachots, au sous-sol. Ils sont tous regroupés de part et d'autre d'un couloir. J'ai d'abord vu des fées et des faés dans une première prison, et d'autres dans une deuxième en compagnie de ton père, Ileana.

— Oh, mon cher papa ! Et comment va-t-il ?

— Apparemment, il n'a rien. Il a juste l'air épuisé et triste, comme toutes les fées que j'ai vues.

— Et maman ?

— Elle est dans une prison à part, au bout du couloir, et elle a droit à un traitement particulier. Il faut savoir que tout le sous-sol est équipé d'un dispositif pour neutraliser les fées. Il est basé sur un appareil qui émet une fréquence spéciale, un genre d'ultrason, je suppose, qui prive les fées de leurs pouvoirs. C'était ça, le test qu'il m'a fait passer.

Elle s'adressa à Benoît.

— Le côté positif, si je puis dire, c'est que le système de Naragd marche à l'électricité, tout simplement. Il fonctionne avec un groupe électrogène, et je pense qu'il suffira de le saboter pour libérer les fées, il est au fond du couloir. Je crois avoir repéré aussi le tableau de commande, il est à l'entrée de l'étage. Quant à ta maman, Ileana, elle a en prime un bandeau et un collier pour renforcer l'effet du dispositif, et ce sale rat de Naragd la shoote tous les jours aux tranquillisants pour être sûr qu'elle ne bougera pas. Il a l'air d'en avoir peur.

Ileana paraissait bouleversée.

— Comment elle est ? Ça va quand même ?

— Ben, à part qu'elle est stone à cause des médicaments et attachée avec des chaînes, tout a l'air d'aller, elle n'a rien de cassé. Je me suis arrangée pour lui envoyer un petit billet, histoire de lui dire qu'on pensait à elle et qu'on allait tenter quelque chose.

— Mais elle ne comprend pas le français ! se récria Benoît.

— En fait, j'ai juste écrit le nom d'Ileana en langage des fées. J'ai bien fait de commencer à apprendre cette langue, je savais que ça pouvait servir.

— Et comment elle a réagi ?

— Ça lui a redonné la pêche. Je l'ai vu à son visage. Ça m'a impressionnée, quand j'ai vu comme elle regardait Naragd : on sent que quand elle sera sortie de là, elle va lui arranger le portrait, et grave.

Ileana sourit.

— C'est tout à fait elle, ça, combative jusqu'au bout. Elle est formidable ! J'espère bien qu'elle aura l'occasion de se passer les nerfs sur le seigneur noir d'ici peu.

— Avez-vous une idée précise des forces dont dispose Naragd ? demanda Thibaut.

— Il y a cinq camps disposés en arc de cercle autour du château, avec cinq ethnies différentes de trolls. Dans chacun d'entre eux, il y a au moins un nain qui sert de trait d'union entre les trolls et Naragd, et qui contrôle aussi un tordakyl. Dans le château lui-même, il y a plusieurs dizaines de trolls cantonnés dans la cour, des nains pour son service, des humains aux cuisines à ce qu'il paraît...

Thibaut s'exclama :

— Des humains ? Chez Naragd ? Mais nous les avons tous accueillis dans notre village ! À ma connaissance, aucun n'a été attrapé par le seigneur noir.

— Il y a une autre porte, un peu plus au nord. Elle s'appelle Saragone. C'est là que Naragd rafle les humains dont il a besoin pour son service.

— Ça alors ! Dire que nous avons cherché une autre porte pendant des siècles et qu'il y en avait une pas très loin ! Mais continuez, Claire, je vous en prie.

— Il y a aussi quelques tordakyls, je ne saurais pas vous dire exactement combien. Ils m'ont d'ailleurs valu des ennuis : figurez-vous qu'ils voient aussi l'aura des sorciers, même en plein jour. Dès mon arrivée au château, je me suis fait attaquer par une de ces sales bestioles, et une deuxième fois quand Naragd m'a fait visiter le camp troll qui est sur la route du château. Heureusement, à chaque fois le tordakyl a été maîtrisé par le nain qui s'en occupe.

— Tu as dû avoir une de ces peurs ! Ça doit être affreux à voir de près, non ?

— Et comment ! Quand tu vois ça, tu te dis que c'est une bonne chose que les dinosaures aient disparu. Ce sont de vrais cauchemars sur pattes, ces bestioles !

— Est-ce que Naragd t'a parlé des créatures brunâtres ?

— Pas vraiment. Il m'a parlé d'autres monstres qu'il garde enfermés dans ses souterrains, des choses repoussantes et dangereuses qu'il a créées. Il n'a pas évoqué les créatures brunes, et je n'ai pas pu lui en parler, puisque je ne suis pas censée savoir qu'elles existent.

— Pouvez-vous nous faire un plan du château ?

On lui apporta son petit sac à dos, dans lequel elle gardait précieusement ses quelques reliques du monde-du-dehors, et elle en sortit un cahier où elle avait commencé à consigner méticuleusement des leçons de botanique, des recettes de remèdes et ses exercices d'écriture en langue des fées.

Elle en arracha une page et entreprit de dessiner la disposition des lieux sous le regard attentif de ses amis.

— Comment c'est, à l'intérieur ?

— On dirait un château moyenâgeux. Sauf qu'il y a partout des trolls avec une gueule de cauchemar, et des nains à l'air visqueux. Il y a des tentures sur les murs, des feux de cheminée, des torches et des chandelles, des meubles inconfortables... J'ai même visité la chambre de Naragd, dans le style gothique cette fois. Oh, j'allais oublier un truc super important : je sais où il a caché les pierres !!

— Les pierres volées aux fées et aux elfes ?
— Oui ! Il les garde dans un petit coffre, dans le mur d'une petite pièce attenante à sa chambre. Il a aussi un coffre plein de pierres précieuses, regardez...
Et elle sortit de sa poche une poignée de gemmes étincelantes.
Benoît fut très impressionné.
— Ouah, c'est génial ! On est riches !
— Sauf qu'ici, elles ne valent pas grand-chose. À moins que tu n'aies envie de retourner dans le monde-du-dehors pour en profiter ?
— Oh non ! Je préfère être pauvre ici que riche là-bas.
Ileana l'interrompit :
— Il t'a dit pourquoi il les avait volées ?
— Oui. Il paraît que les cristaux sont une source d'énergie supérieure à la fission nucléaire. Il est persuadé que les cinq lui donneront le pouvoir absolu. Il se voit déjà en maître du monde, c'est un fou dangereux.
— Bon, sa quête du pouvoir absolu, c'est une chose. Mais je ne comprends pas pourquoi il s'attaque aux fées. Quel rapport ?
— C'est dans la même optique. Il en veut à la terre entière de ne pas avoir été accueilli et reconnu. (Elle leur raconta l'enfance du mi-elfe, son métier de chirurgien et son retour à Edelynn). Le problème, c'est qu'il a les moyens d'embêter le monde : il a un charisme évident, il a réussi à mettre à sa botte les nains et les trolls en leur promettant la vengeance, et il a l'aide d'un elfe qui le fait bénéficier de ses connaissances. Pour eux tous, les elfes sont l'espèce à abattre, et les fées ne valent guère mieux dans leur esprit.
— En parlant de fées, comment as-tu eu la preuve qu'Isilda était une traîtresse ? demanda Ileana.
Claire se tortilla, mal à l'aise.
— En fait, je me suis plantée. Il a parlé d'une fée amie, alors j'ai pensé que ça devait être elle, puisqu'on en était arrivé nous-mêmes à cette conclusion. Mais ce n'est pas Isilda, elle n'a rien à voir avec tout ça.

Ileana demanda sèchement :

— Eh bien, c'est qui, alors ?

— Je ne sais pas comment te dire ça... C'est quelqu'un que tu connais bien. Tu vas être horriblement choquée...

— Mais, par la corne d'Astara, parle !!

Claire dit d'une toute petite voix :

— C'est ta tante Isdragarn.

— Quoiiii !!! cria presque Ileana. Ce n'est pas possible !

— Je suis désolée. Je savais que ça serait dur à accepter. Mais c'est la vérité : je l'ai vue de mes propres yeux, elle est arrivée ce soir, et Naragd nous a présentées au dîner. J'ai essayé de passer inaperçue pendant le repas, de masquer mes pensées pour ne pas nous trahir tous, et puis je suis venue vous retrouver pour vous le dire.

Ileana était sonnée.

— Drasque bleue ! Ma tante Isdragarn...

Les jumeaux se regardèrent. Benoît s'éclaircit la gorge.

— En même temps, ça ne m'étonne pas trop. Maintenant qu'on sait ça, il y a un tas de points qui deviennent clairs : on comprend pourquoi elle n'était pas très loin de la cité quand elle a été attaquée, pourquoi elle t'a exilée, pourquoi elle n'est jamais venue te chercher, et pourquoi personne n'a de nouvelles d'elle depuis des semaines.

— Je ne m'étais jamais doutée qu'elle pouvait nous haïr. Comment a-t-elle pu faire ça à sa sœur ?

— Ingvarna nous a donné un bout d'explication : parce qu'Isdragarn avait reçu la même éducation et les mêmes pouvoirs, mais qu'elle n'était personne.

Claire intervint :

— D'ailleurs, le seigneur noir l'a appelée « la reine Isdragarn ». Comme si pour lui elle l'était déjà.

Ileana, anéantie, regardait dans le vague avec une expression douloureuse.

Claire essaya de lui remonter le moral.

— Il y a au moins un point positif à cela : si Isilda ne trempe pas dans la combine, on peut faire appel à ses archers, elle l'avait d'ailleurs proposé !

Thibaut approuva.

— Excellente idée ! Ils ne seront pas de trop.

La jeune fée sortit de sa léthargie.

— J'enverrai un messager à Isilda.

Elle se souvint tout à coup que les jumeaux étaient aussi inquiets pour leurs propres parents.

— As-tu retrouvé la trace d'Aniel et de Madeline ?

— Non, rien. Je n'ai pas vu mon père dans les cachots, et je n'ai pas eu de contact avec les humains du château. Il faudra que j'aille les voir dès demain matin.

Tous sursautèrent.

— Comment ça ? Ne dis pas que tu as l'intention de retourner là-bas ?

— Ben si. Je n'ai pas fini ma mission.

— Ça ne va pas chez toi ? Tu es complètement givrée ? Tu as déjà eu une chance folle que Naragd ne s'aperçoive de rien, et tu veux retourner dans la gueule du loup ? Pas question ! décréta Benoît.

Claire s'arma de patience :

— Benoît, écoute-moi : si maman est là-bas, il faut que je le découvre. Je suis juste venue vous donner les dernières nouvelles, c'était trop long à faire par messager interposé. Et si je n'y retourne pas, Naragd saura que mon identité était bidon et que c'est la venue d'Isdragarn qui a tout déclenché. Ça risque d'accélérer les choses, et ce n'est pas dans notre intérêt. De plus, il faut que quelqu'un soit dans la place pour saboter l'installation et pour dire aux fées de se préparer à une attaque alliée. J'ai aussi l'intention d'échanger les produits que Naragd injecte à Iowena par de l'eau, comme ça, ni vu ni connu, elle récupère pour être en forme au moment de la bataille.

Ileana secoua la tête.

— Tu es un amour, mais tu n'as pas à te sacrifier comme ça.

— Tu sais, depuis que je suis à Edelynn, je me sens totalement inutile. Je n'ai aucun talent particulier, je ne connais pas ce pays, je ne sers à rien. Là, j'ai la possibilité de vous aider réellement, et je tiens à le faire. Infiltrer l'ennemi, c'est important, et je suis contente d'être le cheval de Troie, je t'assure.

— Mais il faudra promettre de partir avant la bataille, dès que nous t'aurons prévenue par messager.

Thibaut ajouta :

— En effet ! Rester là-bas alors que l'attaque aurait commencé serait bien trop dangereux.

— Vous oubliez que je ne serai pas seule là-bas : une fois les installations sabotées, toutes les fées seront de mon côté. Et peut-être même les humains du château. Je vais tâcher de tous les prévenir.

Benoît marmonnait.

— Ouh là, je ne le sens pas ! Faut pas que tu y retournes, ça va mal se passer.

Les trois autres se tournèrent vers lui.

— On a tous peur pour Claire, mais primo on ne peut pas l'empêcher de faire ce qu'elle veut, et secondo ça serait un vrai plus si elle pouvait prévenir les fées et les humains qui sont au château. Sans oublier qu'on ne peut saboter que de l'intérieur…

— Ça, c'est pas son boulot, je pourrais le faire ! Je m'y connais bien mieux en électricité que Claire.

La jeune fille haussa les épaules.

— Sauf que moi j'ai mes entrées là-bas, pas toi. Je peux me balader partout, plus personne ne fait attention à moi.

— Hmm, dit-il, pas convaincu.

Claire demanda des nouvelles du campement et des alliés, puis elle se décida à retourner au château. Ses amis l'accompagnèrent aussi loin que possible, c'est-à-dire à quelque distance du camp troll, puis la laissèrent continuer seule et revinrent au campement, inquiets malgré tout. Claire n'avait pas envie de faire le grand tour pour éviter le village, elle s'était suffisamment écorché les jambes dans les ronces à l'aller. Elle se drapa dans sa cape et profita de ce qu'un nuage passait devant la lune pour longer le camp sans se faire voir des trolls qui gardaient l'entrée.

Soudain son cœur manqua un battement : dans un caquètement étouffé par sa capuche de cuir, Skrrreykh se précipitait vers elle !

Elle résista à la pulsion qui lui disait de partir en courant et se dressa devant la bête en rassemblant tout son courage.

— Salut, Skrrreykh, comment ça va ? Brave bête, tu fais bien ton boulot, rien ne t'échappe. Tu me reconnais, hein ? Je suis l'amie de Naragd, tu te souviens, on s'est déjà rencontrés…

— Bien sûr qu'il vous reconnaît, il n'est pas stupide.

Claire sursauta une deuxième fois. C'était le nain de cet après-midi.

— Oh, bonsoir. Belle soirée, n'est-ce pas ? Je n'arrivais pas à dormir, alors j'ai fait un petit tour et j'ai bien l'impression de m'être éloignée un peu !

— Une promenade. À deux heures du matin… Mais bien sûr, quoi de plus naturel.

Il ricana.

— Je pense que le seigneur Naragd serait surpris de vous savoir ici.

— Oh, il est inutile de l'alarmer. S'il savait que je suis insomniaque, il se ferait du souci, il est si gentil avec moi, dit-elle en appuyant sur les derniers mots. Et il détesterait apprendre que Skrrreykh a désobéi à ses ordres. Et encore plus que vous n'avez pas su le retenir, ajouta-t-elle avec perfidie.

Le nain grimaça.

— Je vois, c'est donnant-donnant. Et bien soit, je ne dirai rien… pour l'instant. Mais je vais quand même vous escorter jusqu'au château, ce serait dommage que vous vous perdiez en route.

Elle redressa fièrement le menton en passant devant lui, affectant une assurance qu'elle était loin de ressentir.

Mais le nain n'avait pas l'intention de la laisser s'en tirer à si bon compte.

— Dommage que le seigneur Naragd soit arrivé à point nommé pour vous sauver, hier. J'aurais su quoi faire de vous.

Claire fit semblant de ne rien avoir entendu et continua à avancer.

Le nain se hâta de la rattraper et reprit ses explications d'une voix doucereuse.

— Naragd ne veut pas qu'on garde des esclaves dans les camps. Il les lui faut tous. Mais il en a tellement dans son château, il pourrait nous en laisser. Moi aussi, j'aimerais bien avoir une petite esclave humaine comme vous.

Claire marchait le plus vite possible.

— Une jolie femelle à la mèche blanche... comme celle de Gerek, du camp du nord. Une humaine qui me servirait, qui m'apporterait à manger en se prosternant devant moi, une créature à tourmenter...

Claire était affreusement mal à l'aise. Il fallait qu'elle tombe sur un nain pervers, qui disait n'importe quoi, en plus !

La jeune fille s'arrêta net.

Mais non, il ne disait pas n'importe quoi. Il n'y avait pas trente six femelles humaines à la mèche blanche !! Madeline était au camp du nord !

Elle regarda le nain et éclata de rire. S'il avait su qu'il lui donnait un renseignement aussi précieux, il aurait sans doute fermé son claquoir, comme disait Benoît.

Le nain, interloqué, s'arrêta aussi.

Alors Claire, riant toujours, piqua un sprint en rassemblant ses dernières forces et laissa là le nain qui se demandait ce qu'il avait dit de drôle.

32

Manipulation

Le lendemain, Claire fut réveillée par des coups à sa porte. Elle regarda sa montre : une heure de l'après-midi !
Elle courut enfiler un vêtement sur sa chemise de nuit et alla ouvrir. Un nain se tenait devant elle.

— Le seigneur Naragd demande si vous allez bien. Il s'est étonné de ne pas vous voir ce matin.

— Oh ! Euh… je viens de me réveiller. Dites-lui que tout va bien et que je descends.

Une fois le nain parti, elle se morigéna. Elle aurait dû profiter de la situation pour dire qu'elle était malade et qu'elle ne descendrait pas déjeuner ! Au lieu de cela, elle serait obligée de faire des risettes à cette harpie d'Isdragarn qui devait être aussi dangereuse qu'un crotale déguisé en femme.

Mais si elle se disait malade, Naragd serait capable de demander à la fée de venir la soigner, et là, bonjour l'angoisse ! Il valait mieux pas, après tout.

La jeune fille s'habilla puis ouvrit la fenêtre. Elle aurait voulu envoyer un message aux autres, la veille, après être parvenue à sa chambre, mais elle n'avait vu ni écureuil ni pie et n'avait pas pu prévenir Benoît que leur mère était très vraisemblablement retenue dans le camp troll situé le plus au nord.

Par chance, l'oiseau se montra rapidement, et elle put lui confier un petit bout de papier avec l'extraordinaire nouvelle.

Puis elle descendit dans la grande salle. Isdragarn et Naragd étaient déjà attablés l'un en face de l'autre, et Claire leur adressa un petit sourire crispé en s'asseyant.

— Avez-vous fait de beaux rêves, ma chère Claire ? J'ai toujours admiré cette capacité qu'ont les jeunes de dormir comme des marmottes. En parlant de jeune, où est donc passé votre protégé, ma chère Isdragarn ? L'avez-vous tant épuisé qu'il fasse aussi une grasse matinée ?

Il ricana, enchanté de sa plaisanterie, tandis qu'Isdragarn lui jetait un regard noir.

— Il ne va pas tarder, répondit-elle sèchement.

— Ah, tant mieux, on pourra faire un bridge. Ou un double au tennis, n'est-ce pas, très chère Claire ?

Et il s'esclaffa, décidément de très bonne humeur.

— Mais je vois que vous n'êtes pas d'humeur badine. Soit, soyons sérieux ! Qu'en est-il de votre dernière mission ?

Isdragarn le foudroya de ses yeux verts.

— Nous ne sommes pas seuls, Naragd. Je suggère que vous vous montriez un peu plus discret sur nos projets.

— Haha, vous craignez de parler devant Claire ? Mais, très chère, je réponds d'elle comme de moi-même.

Ladite Claire s'efforçait de passer inaperçue. L'hostilité de la fée était presque palpable, et rendait la jeune fille terriblement mal à l'aise.

Pour se donner une contenance, elle fit signe au nain de la servir et fit mine de s'absorber dans la contemplation des plats qu'il lui présentait.

Soudain la physionomie d'Isdragarn s'illumina. Elle sourit et leva les yeux vers l'entrée de la pièce. Les deux trolls écartèrent leurs lances et laissèrent passer le nouveau venu.

Claire sentit le sang quitter son visage. Elle était perdue...

Aslan se tenait devant eux, et la fixait, stupéfait.

— Claire ?! Mais que faites-vous là ?

Naragd sursauta, comme frappé par un fouet.

Isdragarn regarda la jeune fille d'un air doucereux.

— Oh, vous vous connaissez... Et si nous laissions notre amie Claire nous raconter dans quelles circonstances elle a rencontré Aslan ? Je suis sûre que ce sera follement passionnant.

Claire ne dit rien, l'air farouche. Elle n'arrivait plus à réfléchir posément. Y avait-il un moyen de se tirer de ce mauvais pas ?

Le seigneur noir semblait effondré. Il la regardait bouche bée, attendant qu'elle se disculpe.

Isdragarn était enchantée du tour que prenaient les événements. Cette gamine l'insupportait depuis le départ. Elle paraissait stupide et futile, mais la fée s'en méfiait quand même. Elle n'avait que peu d'affection pour les filles, et le fait que Naragd s'en soit si stupidement entiché la lui rendait haïssable.

Elle pressentait que la vérité était encore plus croustillante que ce qu'elle imaginait. Et elle n'était pas fâchée de se venger de l'outrecuidance de Naragd qui en prenait un peu trop à son aise ces derniers temps.

La fille se taisait toujours. Isdragarn se tourna vers Aslan.

— Puisque la donzelle a perdu sa langue, nous feras-tu le plaisir, mon mignon, de nous raconter cette histoire ?

Aslan hésita un instant entre le respect qu'il éprouvait pour Claire et le lien fait de soumission et de passion qui l'attachait secrètement depuis des mois à Isdragarn.

Il finit par dire :

— Claire est l'un des deux amis jumeaux de votre nièce Ileana, ma Dame.

Isdragarn éclata de rire.

— On dirait que vous vous êtes fait avoir, très cher Naragd. Depuis quelques jours vous livrez tous vos secrets à une espionne de ma nièce. Félicitations.

Le seigneur noir se redressa, en proie à une colère difficilement contenue.

Il saisit son verre et le fracassa contre le mur.

— Vous m'avez trompé ! Vous avez osé vous introduire chez moi pour me soutirer mes secrets ! Vous avez abusé de ma confiance...

Subitement, sa fureur cessa et fit place à un sourire cruel.

— Mais vous avez joué gros, et vous avez perdu. Et bientôt vous vous mordrez les doigts de vous être mise dans la gueule du loup. Vous allez assister à la défaite de vos amis. Et quand ils seront morts, vous servirez de matière première à de nouvelles expériences. Je sens que vous allez m'inspirer...

En attendant, vous allez croupir dans un cachot. Et pas n'importe où : dans les souterrains, au milieu de mes créatures. Vous n'aurez jamais l'occasion d'aller raconter à vos pitoyables amis ce que vous avez appris ici !

— Mais si, elle leur racontera !

Naragd se retourna vivement. Isdragarn avait un méchant sourire.

— J'ai une idée délicieuse. Et si notre jeune amie envoyait un message à ses amis ?

— J'avoue que je ne saisis pas.

— Ils doivent tenir à elle. Si elle leur écrivait de venir la rejoindre, ils tomberaient tête baissée dans le piège, et nous les éliminerions tous d'un coup !

— Jamais je n'écrirai le moindre mot ! s'écria Claire.

Isdragarn eut un rire sarcastique.

— On a la fibre héroïque ? Mais, ridicule créature, je ne te demande pas ton avis ! Avec ou sans ton accord, tu écriras ce mot. Et quand ma nigaude de nièce et ton frère seront en notre pouvoir, tu pourras méditer sur ta responsabilité.

Naragd paraissait très intéressé.

— Vous êtes une partenaire pleine de ressources, ma chère Isdragarn. Vous ne cessez de m'étonner. Comment allez-vous vous y prendre ?

— Je connais suffisamment les fées pour savoir que ma nièce n'aurait jamais envoyé Claire ici sans la faire suivre par un minable petit espion à poils ou à plumes. Hé oui, on a les moyens qu'on peut. Je devrais pouvoir le débusquer sans problème.

Elle regarda autour d'elle : un demi-sourire se dessina sur sa bouche rouge.

— Oui, il est là. Viens, petite chose, approche, soumets-toi à ma volonté.

Claire fronça les sourcils. Un écureuil trottinait vers la fée.

— Et voilà ! Maintenant, vermine, tu vas t'asseoir et écrire sous ma dictée.

— Pas question !

Une gifle violente fit se plier Claire en deux.

— Je n'ai pas besoin de ça pour te forcer à m'obéir, mais j'en avais tellement envie...

Les deux hommes regardaient la scène sans rien dire, Naragd avec une curiosité teintée de sadisme, Aslan avec gêne.

Les yeux d'Isdragarn se révulsèrent et elle prit possession de l'esprit de Claire.

Celle-ci se cabra sous l'intrusion puis se dirigea d'un pas saccadé vers la table.

D'un claquement de doigts, Isdragarn fit apparaître du papier et un crayon.

Téléguidée par la fée, Claire s'assit comme un automate et

écrivit quelques mots. Lorsqu'elle eut fini, Isdragarn lui arracha le papier des mains et la libéra de son emprise.

Elle introduisit le bout de papier dans le collier de l'écureuil et bloqua ses émissions mentales. Puis elle renvoya le petit messager.

Claire était affalée sur la table, nauséeuse. Non seulement l'intervention de la fée lui avait collé un sacré mal de crâne, mais elle se méprisait de ne pas avoir pu résister. À présent le mal était fait, les autres n'allaient y voir que du feu.

Soudain elle se souvint qu'elle avait suggéré à Ileana de quitter le campement pour ne pas attirer l'attention de sa tante. Avec un peu de chance, seul Benoît se ferait attraper, ça leur laissait encore une petite chance de s'en sortir !

Cette pensée la réconforta et elle se sentit immédiatement mieux.

Isdragarn s'en aperçut et chercha un moyen de l'humilier. Elle claqua des doigts et la somptueuse robe de Claire fut instantanément transformée en un sac informe et couleur de poussière.

— Voilà, c'est mieux comme ça, j'en avais assez de la voir avec ma robe.

Naragd fit un signe et les deux trolls s'avancèrent vers Claire.

— Vous avez raison, ma chère, cette tenue est mieux adaptée à l'endroit où je l'emmène maintenant…

33

Benoît prend l'initiative

Il faut que vous veniez tous les deux au château, c'est urgent. Suivez bien l'écureuil et vous n'aurez aucun ennui. Je vous attends, Claire.

Benoît relut le texte de sa sœur une troisième fois. Il ne savait pas trop quelle décision prendre. Ileana était partie chez les sirènes dès le retour au campement, dans la nuit, pour ne pas mettre tout le monde en danger par sa seule présence. Thibaut n'était pas là, il était allé avec quelques hommes déterminer quels chemins desservaient les camps trolls.

Benoît hésita. Devait-il en parler à Arak ou à Astara ? Un peu ridicule, peut-être, de prendre les bêtes comme confidentes. Quant à l'autre reine des fées, Iliorna, elle était allée se poster dans la forêt avec son armée en attendant le signal.

Il se décida enfin. Puisque c'était urgent et qu'Ileana n'était pas là, il irait seul.

Il se sentait d'ailleurs tout à fait capable de mener cette mission à bien. Depuis le temps qu'il trottait derrière tout le monde, d'abord Aslan, puis Thibaut... Personne ne lui demandait jamais rien, c'en était vexant !

Il rejoindrait Claire, et tous les deux viendraient à bout du seigneur noir grâce à leur ingéniosité. Claire avait sans doute un plan en béton...

Benoît sourit, il s'imaginait sortant du château sous les vivats, traînant un Naragd enchaîné et dépité.

Il laissa le message de Claire bien en évidence sur sa couchette et sortit du campement.

Il suivit docilement l'écureuil qui le mena sur la route du camp. À l'approche des baraques, il s'arrêta : tout paraissait calme, il n'y avait pas un seul troll en vue. Sans doute étaient-ils partis en manœuvre. Sacrée Claire, elle avait bien calculé son coup !

Il parvint sans encombres en vue du château. Personne sur le chemin de ronde.

L'écureuil passa par la petite porte à côté de la herse et Benoît se faufila à sa suite, un peu inquiet tout de même. Il s'arrêta dans une encoignure et jeta un regard circulaire dans la cour. Il n'y avait pas âme qui vive. Formidable ! Une telle occasion ne se représenterait plus, Claire avait finement joué !

L'écureuil galopait à présent dans le grand escalier et Benoît monta les marches deux à deux.

Il entra dans une grande salle et s'arrêta, stupéfait : Claire était là, devant lui, enchaînée et bâillonnée !

Soudain, une foule de créatures entrèrent dans la pièce à sa droite et à sa gauche. Il se retourna : des trolls bloquaient la sortie sur l'arrière !

Un homme très grand habillé de noir s'avança vers lui en ricanant. Naragd, sans aucun doute ! Il était suivi par une très belle femme richement vêtue. Et derrière eux, ce sale traître d'Aslan ! Ce fumier ! Benoît lui jeta un regard assassin et l'archer ressortit de la pièce sans un mot.

— Votre piège a très bien fonctionné, ma chère Isdragarn ! Voici le frère de la perfide Claire, à n'en pas douter. Mais où est votre nièce ?

Benoît se dressa sur ses ergots.

— Elle ne viendra pas ! Elle est en lieu sûr, vous ne l'attraperez jamais !

Isdragarn eut un rire de gorge.

— Jamais... Tss, tss. Un mot qui ne devrait pas exister. Il est aussi excessif et ridicule que « toujours ».

Elle se planta devant le garçon et le jaugea de la tête aux pieds.

— Ma nièce saura bien vite que vous êtes nos invités, et elle est si incorrigiblement idéaliste qu'elle foncera pour vous délivrer. Je ne vais pas me donner la peine de la traquer, elle viendra à nous d'elle-même.

Benoît fulminait.

— Vous n'êtes qu'une ordure de la pire espèce ! Comment pouvez-vous faire de telles horreurs ?

Naragd le gifla et fit signe aux trolls qui lièrent les bras de Benoît avec une corde épaisse.

— On ne parle pas ainsi à la reine Isdragarn. Emmenez-les !

Isdragarn posa sa main sur le bras de Naragd.

— Non, pas lui. Laissez-le moi.

Naragd rit grassement.

— Décidément, ma chère, vous êtes insatiable, il vous faut toujours de nouveaux jouets. Bien, je vous l'offre. Quant à Claire, elle va rejoindre ses nouveaux appartements.

Un troll saisit la corde qui entravait la jeune fille et l'entraîna vers la sortie en la faisant trébucher.

Benoît tenta de s'approcher d'elle, mais son gardien l'en empêcha brutalement.

Le frère et la sœur se lancèrent un regard vibrant, puis Benoît essaya de sourire.

— À tout de suite, sœurette. Je les massacre tous et je viens te chercher.

Isdragarn haussa les épaules et sortit dans un grand froufroutement de tissu. Aussitôt, le troll qu'on avait assigné à la garde du garçon la suivit et Benoît se trouva traîné dans les couloirs sans espoir de fuite.

Lorsqu'ils furent arrivés dans les appartements de la fée, elle congédia le troll.

Comme il hésitait à la laisser seule avec le prisonnier, Isdragarn agita la main avec agacement et le troll se hâta de disparaître.

La fée s'approcha de Benoît.

— Vous n'enlevez pas mes liens ?

— Tout doux, tout doux. Je n'ai pas envie de me faire massacrer, vaillant guerrier.

Elle rit et promena son doigt sur le bras du garçon.

— Il aurait été dommage de te laisser croupir dans un cachot. L'avantage avec les humains, c'est qu'ils grandissent vite. Je n'aurai pas longtemps à attendre pour que tu sois tout à fait à mon goût.

Elle eut un rire un peu rauque et, tout en fixant Benoît de ses yeux verts, elle retira nonchalamment son dessus de robe.

Benoît en eut le souffle coupé. La tenue d'Isdragarn ne laissait rien ignorer de sa plastique parfaite. Elle eut un sourire triomphant.

— Je constate que malgré ton jeune âge, je ne te suis pas indifférente. Mmm, je crois qu'on va bien s'entendre, tous les deux. Tu seras à moi et, en échange, je te montrerai des choses que cette oie stupide d'Ileana ne connaît pas. Les délices du corps et de l'esprit…

Troublé malgré lui par la tournure que prenaient les événements, Benoît décida de se raccrocher aux faits.

— J'ai une question à vous poser : pourquoi avez-vous

choisi d'exiler Ileana plutôt que de la livrer à Naragd ?

— Un reste de scrupules dû à sa jeunesse, je suppose. Ça me permettait de m'en débarrasser sans avoir à lui faire du mal. Mais elle a réussi à revenir. Tant pis pour elle ! Car tu sais que ton camp a d'ores et déjà perdu. Pas besoin de te faire un dessin de la situation, tu es assez intelligent pour comprendre qu'il n'y a que des avantages à être de mon côté. En plus de certains plaisirs que je te ferai découvrir, tu pourras profiter de mes pouvoirs, dont tu n'as pas idée.

Benoît tenta d'en savoir plus.

— Quels pouvoirs ?

— Je te parle de vrais pouvoirs, pas des petits tours de passe-passe ridicules des fées. J'ai acquis ailleurs des connaissances qui dépassent de loin celles de cette pitoyable Iowena. Pour te donner un exemple, je peux voyager dans le monde des morts et en revenir.

Benoît grimaça. Tu parles d'une chouette excursion : elle était complètement frappadingue, cette Isdragarn!

Soudain un éclair dangereux brilla dans les yeux de la fée.

— Crois-tu pouvoir me cacher tes pensées ? Tu te demandes comment une aussi belle enveloppe peut cacher une âme aussi noire. En fait, je te répugne!

Une expression de haine apparut sur le visage d'Isdragarn.

— Tu te trouves trop bien pour moi... Quel affront ! Tu me le paieras ! Un autre avant toi avait osé, et voici ce qu'il en reste...

Elle saisit brutalement la corde qui entravait Benoît et le traîna jusqu'à la pièce d'à côté.

Là, un homme était affalé sur le sol, enchaîné au mur, apparemment inconscient.

Les yeux de Benoît s'écarquillèrent d'horreur : le prisonnier si mal en point, c'était son père ! Le garçon essaya de rester impassible alors qu'il mourait d'envie de courir vers lui.

Isdragarn, qui observait Benoît et fouillait dans son esprit sans vergogne, eut un rire cruel. Elle susurra :

— Oh, mais c'est ton père ! Quelle extraordinaire coïncidence !
Elle changea de ton et aboya :
— Eh bien, tu vas le rejoindre. Skansr !
Le troll noir gigantesque qui gardait la porte d'Isdragarn apparut.
Isdragarn donna des ordres au troll dans une langue gutturale, et Benoît fut traîné sans ménagements vers le mur et attaché au même anneau que son père.

Ce spectacle redonna le sourire à la fée.
— Touchantes retrouvailles : le père et le fils, côte à côte dans la déchéance. Sais-tu, jeune insolent, que c'est en quelque sorte à moi que tu dois d'exister ?

Benoît fronça les sourcils. C'était quoi, ce délire ?
— Si je n'avais pas dévoilé à ton père l'existence des portes, il serait resté à Edelynn et tu n'aurais jamais vu le jour. Je savais qu'il mourrait d'envie d'explorer le monde et j'ai eu la faiblesse de lui parler du monde-du-dehors. Quand il a commis l'erreur fatale de me quitter, j'étais sûre qu'il irait là-bas. Et comme une fée ne peut survivre hors d'Edelynn plus de quelques mois sans énergie vitale, je savais qu'il serait obligé de revenir par la seule porte de retour que je lui avais indiquée. Il m'a suffi de faire surveiller la porte et de donner l'ordre de le capturer dès son retour.

Elle jeta un regard méprisant à l'homme qui n'avait toujours pas ouvert les yeux.
— Il aurait pu tout avoir. Au lieu de cela il a tout gâché, jusqu'à sa propre vie. Je l'ai livré au bistouri de Naragd pour qu'il fasse sur lui ses petites expériences. Voilà ce qu'il en coûte de me contrarier.

Benoît bouillait de colère. Ainsi elle avait osé le faire mutiler, lui aussi.

Il la regarda d'un œil mauvais, ce qui la fit ricaner.
— Voyez vous ce jeune coq ! Je te conseille d'en rabattre un peu, car il se pourrait que je te fasse ouvrir la gorge pour voir si les bâtards de ton espèce ont aussi un embryon de dalinn.

Benoît frissonna. Les choses ne se présentaient pas sous les meilleurs auspices. Pour être franc, les perspectives étaient même carrément mauvaises ! Claire et lui étaient grillés, Ileana se retrouvait seule, Aniel était en piteux état. Pour tout dire, il commençait à douter que l'histoire se termine bien.

Soudain, la porte s'ouvrit et un troll casqué et armé se présenta à Isdragarn. Après un bref conciliabule, la fée changea instantanément de tenue et se dirigea vers la porte. Elle se ravisa et revint se planter devant Benoît.

— Je vous laisse seuls un moment, des affaires à régler. Je reviendrai profiter du charme de ta conversation un peu plus tard. Oh, juste un petit détail : abandonne toute idée de fuite ! On ne s'échappe pas d'ici... Même si tu arrivais à te défaire de tes chaînes, tu n'irais pas loin : il y a des trolls partout dans le château et au dehors. Sans compter quelques gardiens supplémentaires bien plus dangereux...

Sur ces mots elle franchit le seuil, suivie de Skansr et du troll messager qui claquèrent la lourde porte derrière eux dans un grand fracas.

Benoît se tourna vers son père.

— Papa, tu m'entends ? C'est Benoît, ton fils ! Réponds-moi, s'il te plaît ! Papa !

Le troll lui avait attaché les mains à l'anneau, il ne pouvait donc pas s'en servir, cependant il essaya de secouer légèrement son père de la jambe. Aucune réaction.

Benoît eut un gros soupir de découragement. C'était la fin des haricots, ils s'étaient tous laissé attraper comme des bleus.

— Cette fois on est fichus ! Personne ne pourra nous tirer de là.

Il se mit à pleurer de rage et de désespoir.

Soudain il redressa la tête. Si, il y avait bien un moyen ! Une dernière chose à tenter... Il se releva à demi et cria :

— Gardiens, en souvenir d'Éden, aidez-nous !

Rien ne se passa.

Benoît s'énerva :

— Imraëgg, aidez-nous ! Je sais que vous êtes là, que vous pouvez me voir. Il faut que vous nous aidiez, on est dans la mouise jusqu'au cou, on ne s'en sortira pas sans vous. Imraëgg, répondez, bon sang ! Imraëgg !!!

Toujours pas de réponse.

Benoît baissa la tête. Ça n'avait pas marché.

Désespéré, il s'appuya contre le mur et ferma les yeux.

— Tu ne manques pas de culot, je trouve, surtout quand on considère que tu m'as traité de... comment était-ce déjà... ah oui : « fumier », après notre dernière rencontre.

Benoît n'en revenait pas : Imraëgg se tenait devant lui, l'air goguenard !

— Imraëgg ! Oh, c'est formidable que vous soyez là ! Merci, merci, merci ! Vous n'imaginez pas à quel point je suis content de vous voir.

— Oh si, j'imagine assez bien. Je suppose que quand on est enchaîné dans un château plein de trolls, on est toujours content d'avoir de la visite.

— C'est fantastique ! Avec vous de notre côté, on est sûrs de gagner !

Benoît s'interrompit tout à coup. Il venait d'avoir une idée tordue.

— Mais attendez un peu. Qui me dit que vous êtes vraiment vous, et pas un piège du seigneur noir ?

Imraëgg parut décontenancé.

— Je vole à ton secours, et tu me demandes de prouver que je suis moi ? Ça, c'est de la méfiance à l'état pur. C'est même de la parano complète !

— Je suis peut-être parano, mais je préfère vérifier : la dernière fois qu'on a vu une silhouette amie dans la forêt, c'était un monstre déguisé. Dites-moi un truc qu'on est les seuls à connaître, par exemple.

— Voyons... Je suis le congénère des jardiniers paysagistes qui ont « fumé de la moquette ». Ça te va, comme preuve ?

Benoît était satisfait de sa réponse.

— Ça va, vous êtes vraiment un elfe et pas une créature brunâtre. Mais, au fait, pourquoi vous vous êtes décidé à venir ? Je pensais que vous respectiez une stricte neutralité.

— Les humains sont vraiment incroyables. Tu as réussi à te mettre dans une situation catastrophique, et tu trouves encore moyen de chercher la bagarre. Si tu préfères, je peux retourner chez moi. D'ailleurs je me demande pourquoi je suis venu !

— Oh non, s'il vous plaît, ne partez pas ! Je ne dirai plus rien de stupide, promis.

— Encore une promesse impossible à tenir, sourit Imraëgg. Bon, je te sors de là. Tout de même, j'admire votre capacité à vous fourrer dans des situations impossibles. Ça frise le génie.

— Euh... Si on en discutait plus tard ? Dans l'immédiat, vous pourriez peut-être enlever ces chaînes.

— Pas de problème, j'ai emporté un peu de matériel. Au fait, c'est qui, lui ? demanda l'elfe en montrant Aniel du menton.

— Mon père.

— Ah, je vois, vous faites les bêtises en famille.

— Pas du tout. Je ne sais que depuis dix minutes qu'il est là, et ça faisait dix ans que je ne l'avais pas vu.

— Vous êtes peu conventionnels, dans votre famille, dit l'elfe tout en faisant tomber les chaînes à l'aide d'un minuscule appareil.

— On peut dire ça. Mais comment se fait-il que vous ne soyez pas au courant ? Je pensais que vous passiez votre temps à espionner tout le monde derrière vos écrans...

Imraëgg eut l'air offusqué.

— Espionner ? Quel vilain mot ! Disons que je m'assure que tout se passe bien. Et, pour information, je ne reste pas tout le temps derrière mes écrans, comme tu dis, il m'arrive de manger et de dormir.

Benoît se massa énergiquement les poignets puis s'agenouilla pour ausculter son père.

— Il respire mais n'est pas conscient. Est-ce que vous pouvez faire quelque chose pour lui ?

— Malheureusement, ça n'entre pas dans mes capacités.

Il le palpa rapidement.

— Son cas n'est pas désespéré. Il est juste un peu faible.

— Mais pourquoi il est dans les pommes, alors ?

— Il a été assommé.

— Il faudrait retrouver ma sœur. Elle pourra le guérir, c'est sa spécialité. Le seul problème est que je ne sais pas où ils l'ont mise.

— Dans un cachot, je suppose. C'est là qu'on met les gens dans ce genre de situation, en principe.

— Bon, on y va. Vous avez une arme ? Parce que ça risque de servir assez rapidement.

— Bien sûr, j'ai emporté ça.

— C'est dingue, ça. Vous êtes venus deux minutes après mon appel, et vous avez eu le temps d'emporter toute la panoplie ? Ou alors vous vous baladez toujours avec tout ce bric-à-brac dans vos poches ?

— Ni l'un ni l'autre, mon jeune ami. Je sors de mes poches ce dont j'ai besoin au moment où j'en ai besoin.

— Ouah ! Vous êtes une sorte de Mary Poppins au masculin, quoi.

— Je suis sûr que c'est très drôle, mais je ne comprends pas ta plaisanterie.

— Oh, laissez tomber, ce serait trop long.

Il passa le bras de son père autour de son cou et le souleva par la taille.

Imraëgg fit de même de l'autre côté et tous deux se dirigèrent vers la porte en soutenant Aniel.

— Tu sais où tu vas, au fait ? demanda l'elfe.

— Euh... oui. Ma sœur nous a dessiné un plan du château, et la première des choses à faire est de saboter l'installation électrique qui se trouve à l'étage des cachots.

— Bonne idée. Je vote pour.

— Vous croyez qu'il y a encore un gros lard en faction de l'autre côté de la porte ?

— Je vais te dire ça tout de suite.

L'elfe farfouilla dans les grandes poches de sa robe et en sortit un petit gadget. En le manipulant il fit apparaître une sorte d'écran virtuel flottant en l'air et se mit à faire défiler les vues de différents endroits du château.

— Ouah, trop génial ! Vous n'avez pas un drône de combat, par hasard ?

— Oublie. Je ne peux avoir que du petit outillage.

— En attendant, vous pourriez zoomer sur le couloir, là ? Parce que pour l'instant, on s'en fout de la cour.

— Je ne suis pas de ton avis. Regarde ça !

Sur l'écran, on voyait des dizaines de trolls armés jusqu'aux dents courir dans tous les sens et se précipiter hors du château.

— Il n'y a qu'une explication possible : ils sont attaqués.

— Youpiiie ! Ça veut dire que la bataille a commencé !

— Et s'ils vont tous dehors, il n'en restera plus dedans : c'est excellent pour nos affaires !

Benoît dévisagea l'elfe.

— Vous savez quoi, Imraëgg, je retire ce que j'ai dit : vous êtes quelqu'un de bien, finalement ! Bon, et ce zoom dans le couloir ?

Imraëgg fit les vérifications nécessaires.

— C'est bon, on peut sortir.

Au bas de la tour d'Isdragarn se tenait un troll, mais il ne regardait pas dans leur direction.

Imraëgg braqua un petit engin dans sa direction, et le troll s'écroula sans un bruit.

— Fameux, votre machin ! Vous me laisserez l'essayer ?

— Non. Pas question de faire mumuse avec.

— Vous n'êtes pas marrant. Bon, d'après le plan de Claire, c'est par là.

— Je l'aurais parié, les architectes sont tous les mêmes. C'est vrai, quoi, ils mettent toujours les cachots au sous-sol. Et les princesses dans les donjons.

Ils descendirent, un peu gênés dans leur progression par le poids d'Aniel.

Imraëgg fit à nouveau marcher son petit appareil à l'entrée du sous-sol.

— Heureusement qu'ils ne sont pas nombreux. Un à la fois, j'arrive à faire face.

Ils déposèrent Aniel toujours inconscient sur un banc, et Benoît s'avança dans le couloir.

— Sans vouloir vous commander, Imraëgg, vous voulez bien vérifier qu'il n'y a pas de danger dans les environs ?

Et tandis que l'elfe scrutait son écran, le garçon s'approcha de la première prison.

Les fées et faés se massèrent derrière la grille.

— Bonjour, je suis l'ami d'Ileana. Je viens vous sauver, je vais essayer d'ouvrir les portes, dit-il bien qu'elles ne puissent pas le comprendre.

Les fées se mirent à parler toutes en même temps, pleines d'espoir.

Benoît alla de grille en grille pour délivrer à toutes le même message. Devant la prison d'Iowena, il sut qu'il avait affaire à la maman d'Ileana. Même enchaînée, elle gardait une telle allure !

— Majesté, je suis l'ami de votre fille. Je vais vous sortir de là.

Elle posa une question de sa voix mélodieuse, dans laquelle il reconnut le nom d'Ileana.

— Ileana ? Elle est dehors, elle se bat avec d'autres pour vous délivrer. Vous avez plein d'alliés, vous savez.

Il se reprit, car son discours était inutile, et se rendit compte qu'il était arrivé au fond du couloir. Pas de trace de Claire !

Là se trouvait la fameuse pièce avec les installations du seigneur noir. Mais la porte en était fermée.

— Imraëgg, vous n'auriez pas des explosifs, des fois ?
— Mon bidule magique fait ça aussi. Pousse-toi, ça va décoiffer.

La porte vola en éclats, et la machinerie infernale de Naragd apparut à leurs yeux, déjà un peu endommagée par l'explosion.

Benoît était surexcité.

— Il faut la détruire, ça permettra d'ouvrir toutes les portes et de libérer les fées !

Imraëgg déchaîna la puissance de son arme, et tout ne fut bientôt qu'un amas de ferraille calcinée.

Aussitôt, on entendit claquer toutes les grilles et les fées envahirent le couloir, s'étreignant avec enthousiasme dans un vacarme indescriptible.

Soudain Iowena parut, et le bruit cessa. Elle donna un ordre bref, et toutes les fées prirent l'escalier d'assaut en poussant de joyeuses clameurs.

Alors on entendit un hurlement affreux provenant du souterrain. C'était la voix de Claire !

34

Les alliés à l'assaut

Tapi derrière un rocher, Thibaut attendait le signal. Autour de lui, une cinquantaine d'hommes avaient pris position à la lisière de la forêt, en vue du deuxième camp troll.

À l'arrière, les ours commençaient à manifester des signes d'impatience.

Thibaut leva la tête en direction d'Aëlia. La jeune fée était assise sur une grosse branche et paraissait très calme. Elle appartenait à la cité d'Iliorna et était chargée de traduire les messages qui arriveraient de part et d'autre.

L'homme se demanda si Iliorna et ses fées étaient déjà arrivées aux abords du quatrième camp : il pensa aussi à Benoît qui s'était si imprudemment jeté dans la gueule du loup, les forçant à déclencher la guerre plus tôt que prévu.

Le plan de la bataille était très simple, et chacun savait ce qu'il avait à faire : les hommes, les ours et les fées devaient ouvrir une brèche au milieu des troupes ennemies pour atteindre le château par la lande, tandis qu'Ileana et les sirènes attaqueraient le château par la façade maritime, délivreraient les prisonnières et s'occuperaient avec elles des deux camps trolls situés sur les ailes droite et gauche.

Ils avaient longuement hésité à attaquer simultanément les trois camps du milieu : si les fées pouvaient se charger de l'un d'eux, les hommes n'étaient pas assez nombreux pour faire face à deux groupes ennemis en même temps.

Thibaut soupira. Même un seul camp représentait une force nettement supérieure. Il ne doutait pas de la valeur de ses hommes et la présence des ours était un sacré atout, mais la bataille serait rude. Il faudrait compter sur l'absence de discipline et de stratégie des trolls pour pouvoir l'emporter.

Ils avaient finalement décidé d'attaquer un camp après l'autre, en tablant sur la destruction de leurs moyens de liaison. Le problème, c'est qu'ils ignoraient comment ils communiquaient. Il faudrait l'établir très vite pour pouvoir frapper dès le début et empêcher le troisième camp d'être mis au courant de l'attaque du deuxième. C'était leur seule chance.

Thibaut jeta un regard aux lions ailés. Ils étaient nonchalamment allongés sur le sable du sous-bois et dardaient sur lui leurs énigmatiques yeux dorés.

On entendit un grand battement d'ailes, et un aigle vint se poser sur la branche près d'Aëlia.

Thibaut observa son manège, tandis que l'oiseau penchait la tête à droite et à gauche tout en regardant la fée de ses yeux ronds. Finalement, la fée sauta de l'arbre, s'approcha de l'homme et lui adressa un message mental.

— Ça y est, elles sont en place.

Restait à attendre les autres.

* * *

Dans le déferlement des vagues sur les rochers, une main palmée sortit de l'eau, puis une autre, puis une autre encore.

Bientôt des dizaines de créatures étranges surgirent de l'eau et grimpèrent sur les lourds blocs de pierre où elles opérèrent leur transformation.

Leur queue laissa place à des pattes griffues, et leurs mains se couvrirent de ventouses. Comme des lézards, elles se mirent à escalader de tous côtés les murs du château à la recherche de soupirails par lesquels pénétrer.

D'autres troquèrent leur appendice caudal contre des ailes pour se préparer à aborder le château par les airs.

Avant qu'elles ne s'élancent, Ileana explora mentalement les environs pour détecter la présence éventuelle de tordakyls.

Rien de ce côté.

Elle fit signe à ses cousines que la voie était libre et toutes se ruèrent sur le chemin de ronde où elles se dissimulèrent derrière les créneaux.

Alors Ileana envoya dans le ciel l'une après l'autre trois boules de feu.

* * *

Lorsque Thibaut aperçut les trois points lumineux dans le ciel, il ressentit un mélange de peur et d'excitation. Le moment était venu !

Il fit le signe convenu, et ses hommes s'approchèrent sans bruit du camp troll.

Soudain, une sentinelle ennemie hurla, et tout s'accéléra.

Les hommes se précipitèrent pour attaquer avant que les trolls n'aient le temps de réagir.

Ce fut un carnage. Profitant de l'effet de surprise, les hommes s'introduisirent dans les baraques et massacrèrent les trolls qui s'y trouvaient. Dehors, les ours cueillaient avec férocité ceux qui se ruaient vers la sortie.

Soudain, Thibaut avisa le nain qui grimpait sur le dos d'un

tordakyl. Sans doute voulait-il prévenir le château ! Il cria le nom des lions, mais ce fut inutile : déjà les bêtes avaient pris leur envol et, tandis que le mâle essuyait les coups de bec furieux du volatile, la femelle saisissait celui-ci par le cou et lui arrachait la tête.

Les humains progressaient vers l'intérieur du camp, mais bientôt la première contre-attaque survint. Une vingtaine de trolls se précipitèrent vers eux en hurlant tout en faisant des moulinets avec leurs massues.

Thibaut se pencha au dernier moment, mais son voisin ne put s'échapper : un horrible craquement se fit entendre et il s'écroula, la tête écrasée.

Alors Thibaut, fou de rage, fit volte-face, leva son épée et embrocha le troll qui venait de tuer son ami.

Un cri guttural retentit derrière lui. Il eut juste le temps de rouler à terre pour éviter la masse d'armes qu'un troll particulièrement gigantesque projetait vers lui. Il termina sa roulade et projeta ses pieds de toutes ses forces sur son adversaire qui s'affala par terre.

Soudain un troll jeta son javelot dans sa direction. L'attaque aurait pu être mortelle sans le cri d'Aëlia. Thibaut plongea comme un joueur de rugby et la lance alla embrocher le troll qui le suivait.

Thibaut jeta un regard furibond à Aëlia. Que faisait-elle sur le champ de bataille ? Elle était bien trop précieuse pour prendre des risques !

Tout à coup, une volée de flèches s'abattit sur eux. Aëlia étendit la main, et les flèches retombèrent mollement sans faire de blessés.

La fée adressa un sourire moqueur à Thibaut : une fée pouvait avoir son utilité sur un champ de bataille !

* * *

Iliorna vit le signal dans le ciel. Elle rassembla les fées autour d'elle, et déploya son dôme de protection.

Ainsi rendues invisibles, les fées progressèrent en direction du camp troll.

Elles s'étaient regroupées selon leurs compétences : celles dont le talent n'avait aucune application guerrière possible étaient simplement venues en renfort, pour prêter à leurs sœurs leur puissance mentale.

Elles s'avancèrent jusqu'à la limite du camp. Leur présence n'avait pas encore été détectée. Soudain, un glapissement se fit entendre, et un tordakyl se précipita vers elles en claquant du bec.

Iliorna fit disparaître le dôme et foudroya l'animal.

Les fées se tinrent par la main, et celles qui avaient un don particulier se concentrèrent, tandis que les autres leur communiquaient leur force.

C'est ainsi que des plantes crevèrent soudain le sol, poussant à une vitesse inimaginable, et s'entortillèrent autour des baraques en empêchant leurs occupants de sortir.

Iliorna fit apparaître un brouillard qui noya entièrement le camp. Quelques trolls surgirent mais les lianes s'enroulèrent prestement autour de leurs chevilles, et bientôt une étrange torpeur s'empara des affreuses créatures qui s'affalèrent sur le sol, endormies et couvertes de chaînes végétales.

Les fées se retirèrent du camp, sur lequel planait toujours le lourd nuage soporifique, et regagnèrent leur position première dans la forêt.

Iliorna n'essaya pas de contacter mentalement Ileana pour ne pas attirer l'attention d'Isdragarn, mais elle lui envoya un aigle comme convenu pour lui dire que l'assaut s'était déroulé selon les plans.

Le tout n'avait duré que quelques minutes.

* * *

Au château, un tordakyl eut l'œil attiré par une étrange lueur. Il ne lui fallut que quelques secondes pour avoir la certitude que la nappe lumineuse au nord-est était due à la présence de dizaines, voire de centaines de fées !

Il poussa son cri de chasse et battit frénétiquement des ailes, ce qui eut pour effet de faire accourir le nain qui s'occupait de lui.

Expliquer sa vision éberluante ne fut pas une mince affaire pour l'oiseau surexcité, mais le nain finit par comprendre qu'il y avait des fées en grand nombre à moins d'une lieue du château. Il fallait qu'il en parle immédiatement à Isdragarn !

Il hésita un instant. La maîtresse s'était retirée dans ses appartements avec le jeune humain, et elle n'apprécierait pas d'être dérangée. Elle savait être si cruelle…

Pendant qu'il tergiversait, le tordakyl s'agitait de plus en plus et menaçait de briser sa chaîne. Il avait attiré l'attention de ses congénères qui s'énervaient comme lui sur le chemin de ronde.

Alors le nain résolut d'aller voir Isdragarn et lâcha l'oiseau qui fila à tire-d'aile.

35

Quadruples retrouvailles

Claire était allongée sur son grabat, perdue dans des pensées qui n'avaient rien de joyeux, lorsqu'elle entendit le clic caractéristique d'une serrure qui s'ouvre.

Elle se précipita sur la porte de sa cellule et constata avec stupéfaction que celle-ci n'était plus fermée !

Elle sortit dans le souterrain et fit quelques pas en direction des escaliers. Soudain elle perçut un mouvement sur sa gauche : les monstres des cellules voisines avaient aussi compris qu'ils étaient libres et poussaient leurs portes de leurs pattes écailleuses ou de leurs mufles luisants !

Alors elle hurla et courut se réfugier dans sa cellule. Elle claqua frénétiquement la porte qui refusait de se fermer complètement et la tira de toutes ses forces.

De tous côtés les êtres de cauchemar fouinaient pour trouver une issue. L'un d'eux enroula ses tentacules autour des barreaux qui gardaient le soupirail au fond du couloir, s'arc-bouta et finit par arracher la grille. Aussitôt plusieurs monstres se précipitèrent par l'ouverture pour se répandre dans les fossés autour du château.

D'autres étaient partis dans l'autre sens et se ruaient dans l'escalier.

Une créature verdâtre qui ressemblait à un varan de Komodo se dirigea vers Claire et fonça sur les barreaux à plusieurs reprises avant de se rendre compte que la jeune fille était hors de portée et de repartir en sens inverse.

Claire poussa un soupir de soulagement. Heureusement que cette bête était stupide, elle savait pousser mais pas tirer !

Cependant l'accalmie fut de courte durée : une espèce d'hominidé à la peau rouge couverte de plaques chitineuses et au cerveau surdimensionné se colla à la porte de sa cellule avec un sourire atroce.

Claire se précipita au fond de sa prison et essaya en vain d'arracher un morceau de planche de sa couchette.

L'hominidé s'insinua à demi dans la cellule et Claire hurla à nouveau.

Soudain, en un éclair jaune, une énorme créature serpentesque dressa sa tête triangulaire dans l'ouverture et happa l'humanoïde, laissant Claire tremblante et chancelante.

Des lueurs aveuglantes et un grand tumulte envahirent le souterrain, et Claire se cacha les yeux de son bras.

— Claire ! Ouf, tu es là ! Tu nous as fichu une de ces peurs !

C'était Benoît ! Éperdue, elle tomba dans les bras de son frère.

— Comment tu as fait pour te...

Elle se tut. Derrière Benoît venait d'apparaître Iowena, souriante, suivie d'un bel homme que Claire supposa être Aldric, le père d'Ileana.

— Vous êtes... Oh, c'est merveilleux, vous êtes libre !!! Que s'est-il passé ?

— Votre frère a saboté les installations de Naragd, et toutes les portes se sont ouvertes, dit la reine en langue des fées.

— Oh, ça, j'ai eu l'occasion de m'en rendre compte ! Tu aurais peut-être pu ouvrir seulement quelques portes bien choisies, non ? Maintenant, il y a plein de monstres qui se sont éparpillés dans la nature, ça va pas être de la tarte pour en venir à bout !

— Mais regardez-moi cette ingrate, je viens la délivrer et elle râle.

— Non, je ne râle pas. Mais j'ai eu si peur quand j'ai vu ces monstres, si tu savais !

Tout à coup elle se souvint d'une chose importante.

— Benoît, il faut que je te dise, je crois que maman est dans un camp troll !

— Noon ? Comment tu le sais ?

— Un nain m'a dit qu'il y avait une humaine aux cheveux noirs et à la mèche blanche dans le camp du nord. Mais je n'ai pas eu l'occasion d'envoyer de message à Ileana puisque je me suis fait prendre peu après.

— Maman, ici ? Mais c'est génial !!! Et tu sais quoi : j'ai retrouvé papa ! Il est là-haut et aurait bien besoin de tes soins, d'ailleurs.

— Papa ???

Claire grimpa les marches quatre à quatre. En arrivant au sous-sol, elle tomba nez à nez avec Imraëgg.

— Tiens, vous êtes là aussi ?

Plus rien ne l'étonnait. C'était vraiment le jour des rencontres incroyables !

— Où est mon père ?

— Par là. Je crois bien qu'on l'a un peu oublié dans la confusion.

Elle se précipita dans l'encoignure et son cœur se serra. Cet homme blond couché sur le banc, c'était son père, aussi jeune et beau que dans son souvenir ! Mais comme il avait l'air mal en point ! Il était pâle comme la mort.

Elle posa une main sur son front et l'autre sur sa poitrine. Son esprit était loin, si loin qu'elle eut atrocement peur. Ce serait trop bête de le retrouver enfin et de le perdre !

Elle lui communiqua son énergie et attendit. Elle stimula ses points de vie et vérifia tous ses organes vitaux. Rien ne se passa. Alors elle se tourna vers Iowena.

— Madame, je vous en prie, aidez-moi ! Je n'arrive pas à soigner mon père toute seule.

Iowena avança, l'air grave. Elle avait fort bien compris la supplique. Elle se pencha sur le moribond et prit ses deux mains dans les siennes. Soudain, toutes les personnes présentes sentirent un frémissement, comme un bruissement de feuilles ou un souffle de vent, et Aniel battit des paupières.

Au bout d'un long moment où tous retinrent leur respiration, il ouvrit lentement les yeux et son regard un peu trouble se fixa sur Claire, agenouillée à côté de lui.

— Ma...deline ?

Claire éclata en sanglots, bouleversée de joie.

— Non, papa, c'est Claire. Et voici Benoît, on est avec toi tous les deux, tu vois.

— Claire ? Benoît ?

Son regard incrédule passait de l'un à l'autre.

— Mais vous êtes si...

— Si vieux ? Oui, je sais. On a presque quinze ans. Pour nous, ça fait dix ans que tu es parti. Que vous êtes partis.

— Que veux-tu dire ? Où est ta mère ?

— Elle est partie avec toi, le jour où tu as passé la porte de Fonpierre, et nous ne l'avons plus jamais revue.

— Oh, c'est affreux ! Je n'ai supporté ces mois terribles que parce que je pensais que votre maman s'occupait bien de vous, mes enfants chéris.

— Ne t'en fais pas, papa, elle n'est pas loin. Je viens d'apprendre qu'elle est dans un des camps trolls à côté du château.

— Chez ces brutes...

— Elle ne risque rien, elle est la servante du nain de ce camp, il n'aura pas permis que les trolls lui fassent le moindre mal. Mais comment la délivrer ?

Imraëgg toussota.

— Je pense qu'il est urgent qu'on prévienne vos amis que votre mère est dans ce camp troll, car je crois qu'ils ont lancé l'assaut.

Les jumeaux se regardèrent avec anxiété.

— Non, c'est pas vrai ! Pourvu qu'il ne soit pas trop tard !

Tout à coup, Iowena redressa la tête, frémissante.

— Ma fille ! Ma fille est là, je le sens. Je vais la guider jusqu'à nous.

Claire étendit le bras.

— Non ! Ne communiquez pas avec elle, Isdragarn pourrait vous entendre et il n'y aurait plus d'effet de surprise !

Benoît secoua la tête.

— Isdragarn ? Elle est partie il y a plus d'une demi-heure. Pas de danger qu'elle vous entende.

Iowena leva les yeux, se concentra et sourit.

Quelques secondes plus tard, on entendit un grand craquement, et Ileana pénétra dans le sous-sol par une fenêtre après en avoir arraché la grille.

— Maman ! Papa !

La jeune fée se précipita dans les bras de ses parents.

Les trois restèrent de longs instants enlacés, goûtant le bonheur d'être à nouveau réunis.

Claire regarda son père puis son frère et se serra contre Aniel qui passa son bras autour de son épaule avec un grand sourire.

Imraëgg intervint à nouveau.

— Hm ! Je m'en voudrais de gâcher d'aussi émouvantes retrouvailles, mais je vous rappelle qu'on a un problème sur le dos : madame votre mère, Claire.

Ileana regarda Claire en fronçant les sourcils.

— Ta mère ? Vous savez où elle est ?

— Oui, dans le camp troll le plus au nord. Mais Imraëgg dit que la bagarre a commencé et qu'elle court un risque là-bas.

— C'est vrai que la bataille a commencé. On a été obligé d'avancer les choses, vu l'initiative idiote de Benoît.

Benoît se récria.

— C'est pas ma faute ! Le message était écrit de la main de Claire, je me suis fait avoir. Comment vous avez su que c'était un piège, au fait ?

— La pie a vu ce qui est arrivé à Claire, et elle est venue me le dire tout de suite. J'ai envoyé un message à Thibaut en lui disant qu'ils devaient tous attaquer selon les plans, à mon signal.

— Tu veux dire qu'en ce moment même, le camp où est maman est attaqué par Thibaut ou les ours ?

— Non, l'assaut du camp du nord n'a pas encore été donné. Les humains et les ours s'occupent du camp II, les fées d'Iliorna du camp IV. Les sirènes font le guet dehors et on avait prévu de délivrer les fées prisonnières puis de se partager les deux camps du nord et du sud.

Iowena eut un mouvement d'approbation.

— Excellent. Je vais mettre les fées sous tes ordres, ma chérie, je vois que tu as pensé à tout. Elles se feront un plaisir de vous aider, toi et les sirènes, à neutraliser les trolls, vu la façon dont ils les ont malmenées.

— Mais... et toi ?

— Je vous rejoindrai plus tard. D'abord, j'ai deux mots à dire à ma chère sœur : ça fait longtemps que j'attends ce moment...

— Ouh là, ça va chauffer ! dit Benoît. Je n'aimerais pas être à la place d'Isdragarn dans les heures qui viennent.

Claire prit la parole.

— Il reste encore Naragd. Tant qu'on ne se sera pas occupé de lui, il continuera à tirer les ficelles.

— Très juste. Je propose que nous partions à sa recherche, les jumeaux et moi, approuva Imraëgg.

— Il faut aussi qu'on délivre les humains qui sont dans ce château. Il paraît qu'ils sont cantonnés du côté des cuisines.
Ileana hocha la tête.
— Très bien. On va vous laisser quelques fées en renfort. Je vais tout de suite envoyer un message à Thibaut et Iliorna pour leur donner les dernières nouvelles. Il faut aussi que je les prévienne d'être sur leurs gardes, avec tous ces monstres qui sont sortis des souterrains.
La jeune fée et ses parents s'étreignirent brièvement et Ileana ressortit par où elle était entrée pour rejoindre les sirènes.
Iowena posa son regard chaleureux sur les jumeaux et Imraëgg.
— Merci de ce que vous faites pour les fées, nous vous devons beaucoup.
Elle sourit à Claire.
— Quant à votre tenue… Et si on essayait quelque chose de plus pratique ?

36

Du côté des ennemis

Isdragarn contemplait avec perplexité ce qui avait été un camp troll et qui était à présent envahi par les lianes en fleurs.

Elle avait chassé le nuage qui recouvrait le lieu et découvert les baraquements noyés sous la végétation, les trolls ligotés et affalés sans connaissance.

Le tordakyl ne s'était pas trompé, seules des fées avaient pu faire cela. Et le nuage toxique impliquait la présence d'au moins une fée de sa force.

Elle se demanda qui cela pouvait être. Cette jeune péronnelle d'Ileana ? Elle en avait la capacité, puisqu'elle avait été initiée par Isilda, comme le lui avait rapporté Aslan. Sa propre mère, Ingvarna ? Non, impossible, elle voulait rester neutre et ne favoriser aucune de ses deux filles. Ou peut-être la reine d'une des cités des environs ? Isdragarn fronça les sourcils. Laquelle avait osé s'élever contre elle ? Elle allait le lui faire regretter amèrement.

Pendant qu'elle observait la scène avec une immobilité de statue, les trolls qui l'avaient accompagnée essayaient de s'occuper de leurs congénères. Ceux-ci vivaient, mais au ralenti. Le nain qui commandait le détachement se tourna vers Isdragarn pour lui demander de faire quelque chose.

Elle haussa les épaules. Ces créatures lui importaient si peu !

Le nain prit son courage à deux mains pour lui faire valoir que Naragd serait dépité de perdre une centaine de combattants.

Elle lui jeta un regard torve.

— Si je détruis les plantes tout de suite, je tue les trolls avec. La seule chose que je puisse faire, c'est assécher le terrain et les empoisonner pour qu'elles dépérissent et qu'ils puissent se libérer quand ils se réveilleront. Mais cela va durer quelques jours.

Elle se concentra et retira les eaux du sous-sol. Puis elle se détourna de l'importun pour réfléchir à la conduite à tenir.

Devait-elle se rendre dans les camps voisins pour voir si les fées étaient passées par là aussi ? Mais les tordakyls n'avaient mentionné que ce camp-là. Fallait-il pister les fées et les traquer ? Ou retourner au château pour surveiller Iowena, car les fées avaient sans aucun doute l'intention de la délivrer ?

Elle envoya les trolls en reconnaissance et adressa un message mental à Guéonegg.

Puis elle décida de rentrer, et fixa ainsi sans le savoir l'issue de la bataille.

* * *

Accoudé à sa fenêtre, Naragd se tripotait nerveusement le menton.

Il était très contrarié par les derniers événements : d'abord Ileana qui réapparaissait alors qu'elle était censée être hors circuit, puis cette fille sans scrupules qui s'était attiré ses bonnes grâces pour lui soutirer des renseignements, et maintenant l'un des camps attaqué par une armée de fées.

Le plus curieux était que le camp n'ait pas eu l'occasion de prévenir le château : les fées étaient-elles si fortes que pas un seul troll n'en réchappe ? Et assez pour venir à bout d'un tordakyl adulte ?

Le nain lui avait dit qu'Isdragarn se rendrait sur place avec des détachements armés. Très bien, qu'elle règle ça toute seule.

Naragd se félicita de la fidélité sans bornes de Guéonegg, sans lequel il se serait senti démuni devant la redoutable fée. Elle l'avait bien aidé, mais il devait reconnaître qu'elle le mettait mal à l'aise. Elle avait un côté si impitoyable et si déterminé qu'il se faisait parfois l'impression d'être mou et tendre à côté d'elle. Un comble !

Il repensa à la manœuvre des fées. Et si ce n'était qu'un prélude à l'attaque du château ? Tous ses beaux plans par terre...

Non, tout n'était pas joué. Il avait les pierres, et même si les choses tournaient mal ici, il pourrait toujours exécuter la deuxième partie de son plan. Il décida de se mettre prudemment à l'abri dans son souterrain secret, le temps d'avoir des nouvelles par son ami elfe.

Il se rendit dans sa chambre et sortit les pierres de leur écrin. Il ouvrit le coffre aux pierres précieuses et y rangea son inestimable trésor. Puis il chargea le coffre sous son bras et actionna une commande électrique dans sa chambre.

Rien ne se passa.

Il essaya fébrilement, encore et encore. Il n'y avait qu'une explication : les fées étaient déjà au château et avaient détruit sa génératrice ! Son ascenseur secret étant hors service, il fallait passer par l'escalier de secours qu'il avait eu la bonne idée de faire installer à côté.

Il appuya sur l'une des sculptures du mur et la paroi pivota, laissant apparaître l'escalier. Il s'y engouffra et manipula la commande manuelle de l'autre côté pour ne pas laisser de trace de son passage.

Le mur se referma sur lui et il se mit à descendre les marches aussi vite que son lourd chargement le lui permettait.

* * *

Dans sa tour, Guéonegg était morne.

Il percevait le grouillement de dizaines d'esprits étrangers au-dehors, leur excitation mêlée d'appréhension.

Rien n'était normal, aujourd'hui. L'habituelle cacophonie mentale des trolls avait brusquement cessé, et il sentait monter la clameur d'autres esprits encore plus primitifs qui avaient envie de tuer.

Il n'avait pas besoin de consulter ses écrans pour savoir que rien n'allait correctement. Il tourna machinalement la tête vers ses machines perfectionnées et fut à peine surpris de voir qu'elles étaient éteintes.

Presque au même moment, un message mental d'Isdragarn lui parvint :

— Guéonegg, c'est la guerre, tenez-vous prêt à me seconder, j'arrive.

* * *

Aslan errait dans le château comme une âme en peine.

Sa conscience ne lui laissait pas de répit. Il se demandait où ils avaient mis Claire. Il se sentait honteux de l'avoir involontairement trahie, car elle avait toujours été gentille avec lui.

Il avait appris qu'Isdragarn était partie vers l'un des camps attaqué par des fées. Il supposait qu'Ileana était derrière tout ça et ne put s'empêcher de l'admirer. Elle n'était pas en position de force mais son amour pour sa mère l'avait poussée à prendre des risques. Claire aussi en avait pris, et même Benoît.

Quand Isdragarn lui avait demandé de suivre Ileana et de

l'informer de ses faits et gestes, il n'avait pas compris qu'il se mettrait dans une situation impossible. Il avait simplement profité du fait qu'Isilda lui avait confié la garde de la jeune fée pour jouer double jeu.

À présent il était écartelé entre sa passion pour Isdragarn et l'affection qu'il éprouvait pour Ileana.

Mais il avait choisi son camp, il ne pouvait plus faire marche arrière.

37

Le ver est dans le fruit

Benoît et Imraëgg parcouraient le château au pas de course à la suite de Claire.

Aldric s'était chargé de conduire Aniel en sécurité hors du château et de l'amener au campement des alliés.

Arrivés au rez-de-chaussée, Claire les avait stoppés. À partir de là, ça devenait dangereux, on pouvait faire de mauvaises rencontres à tout moment ! Les fées l'avaient rassurée : elles ne risquaient pas de tomber nez à nez avec qui que ce soit sans l'avoir senti approcher, maintenant qu'elles avaient recouvré leurs pouvoirs.

Bientôt ce fut la routine : les fées arrêtaient la petite troupe au moindre signe de danger, Imraëgg brandissait son arme et les quelques trolls ou nains restés au château furent rapidement mis hors d'état de nuire.

Claire leur indiqua le chemin des cuisines, et ils trouvèrent des dizaines d'humains parqués dans quelques pièces minuscules.

Les jumeaux leur expliquèrent la situation et leur proposèrent d'aller se mettre à l'abri au campement sous la garde de quelques fées. Mais ils refusèrent en bloc. Si on se battait contre l'ignoble Naragd et ses immondes trolls, ils seraient de la partie !

Tous repassèrent par les cuisines pour s'armer de couteaux et de hachoirs.

Benoît en profita pour rafler de la nourriture, et pour une fois, même Claire se laissa tenter par les victuailles amoncelées sur les tables de travail.

Ensuite, les chemins divergèrent : les fées entraînèrent les humains vers l'extérieur avec force gestes, tandis qu'Imraëgg et les jumeaux arrivaient au pied du donjon.

L'elfe ressortit de sa poche l'écran qui permettait de visionner les environs.

— Le fumier ! Il n'est plus là !

Benoît le regarda en souriant.

— Je me trompe, ou j'ai entendu un mot qui commençait par « fu » et se terminait par « mier » ?

— Je crois que j'adore cette expression. Il faudra m'en apprendre d'autres.

— Comptez sur moi, je serai un excellent professeur.

Pendant qu'ils parlaient, Claire avait gravi les marches et se retrouva dans l'enfilade de pièces qu'elle avait déjà visitées.

— En effet, il n'y a personne. Où est-ce qu'il a bien pu aller ?

— Tu n'avais pas parlé d'un coffre ?

— Si, mais il n'y est plus.

Elle marcha jusqu'au mur et ouvrit la petite porte du coffre qui n'était pas fermée à clé.

— Et il a emporté les pierres.

Benoît tapa du poing dans sa paume grande ouverte.

— On est arrivés trop tard. Zut de zut de zut de crotte !

Imraëgg tourna l'écran dans toutes les directions comme un bâton de sourcier.

— Là, le mur est creux, il a dû s'enfuir par là.

Benoît n'en revenait pas.

— Mais pourquoi il s'est enfui, ce lâche ! Il aurait pu se battre, non ?

— C'est pas un peu idiot, ce que tu dis là ? Il a eu envie de sauver sa peau, voilà tout. Et il est parti avec l'essentiel. Il a même pris de la petite monnaie pour ne pas avoir de problèmes de trésorerie après.

— Mmm, il a pensé à tout, le saligaud. Bon, on le suit ? Si ça marche comme dans les films, il doit y avoir quelque part une pierre qui pivote ou un truc à appuyer.

Les trois se mirent à palper le mur, et la paroi s'ouvrit rapidement.

Benoît souffla.

— Pfff ! C'est d'un banal ! Il aurait au moins pu choisir un truc inviolable, il me déçoit !

— Remercie-le de ne pas avoir eu plus d'imagination, au contraire. On serait bien embêtés, sinon.

Imraëgg passa le premier, l'écran toujours brandi devant lui.

Lorsque le mur se referma avec un claquement sec, les trois se retrouvèrent dans le noir.

Claire ricana.

— Je suppose qu'il y a l'éclairage électrique ici, mais on ne le saura jamais, puisqu'il paraît que le générateur a été détruit récemment.

— Ne vous en faites pas, Claire, j'ai de quoi nous tirer d'affaire.

Et Imraëgg sortit de sa poche une espèce de tube qui projetait une lumière très blanche. Ils étaient dans un escalier en colimaçon.

Benoît rit de la mine stupéfaite de sa sœur.

— Eh oui, il en a beaucoup, des bonnes surprises comme ça.

— Au fait, vous ne m'avez pas dit par quel miracle vous vous trouviez ici alors qu'on avait besoin de vous...

— Vous vous étiez si bien débrouillés pour vous mettre dans la panade que je me suis dit qu'il fallait que je fasse ma bonne action du millénaire. Et puis ça faisait tellement plaisir à Benoît de prononcer la formule magique.

Claire fronça les sourcils.

— Quelle formule magique ? Oh, tu n'as pas osé ?

— Si, il a osé. Techniquement, c'était plutôt une bonne idée, si on y réfléchit. Évidemment, d'un point de vue déontologique...

L'escalier semblait ne jamais avoir de fin. De temps à autre, une plateforme sur le côté laissait supposer des ouvertures secrètes.

— Et si Naragd était sorti par l'une de ces portes ?

— Je ne pense pas : celle-ci doit mener au sous-sol, celle-là au souterrain. Je pencherais plutôt pour une sortie encore inférieure, car il n'avait aucun intérêt à rester dans le château.

Ils continuèrent donc à descendre en tournant et sentirent bientôt une forte humidité. Là, l'escalier faisait place à un long tunnel rectiligne, au fond duquel brillait une faible lueur.

Ils débouchèrent dans une petite salle creusée à même le roc, d'où partaient deux couloirs.

— Une torche encore allumée ! Pas très malin de sa part, d'avoir laissé des traces de son passage.

— Il était pressé, il avait les bras chargés, et en plus il ne se doutait pas qu'on le talonnerait. Mais s'il a laissé sa torche, ça veut dire qu'il n'en avait plus besoin, et donc que la sortie est proche.

— Bonne nouvelle, je commençais à en avoir marre de ces souterrains. Bon, qu'est-ce qu'on fait maintenant ? On va à droite ou à gauche ? Que disent vos écrans, Imraëgg ?

— À gauche, c'est une sortie vers la mer : à droite, ça remonte vers l'intérieur des terres.

Il étudia les vues de l'eau et de la lande que lui montrait son écran.

— Aucune trace de Naragd, d'un côté comme de l'autre. C'est bizarre, ça. Où a-t-il pu aller ?

Benoît haussa les épaules.

— Eh bien, je suppose que si j'étais Naragd, je n'aurais aucune envie de ressurgir en pleine bataille. Donc j'éviterais soigneusement de remonter côté terre. Je prendrais par la mer : un bateau, et hop, ni vu ni connu, je me tirerais d'ici vite fait avec mon trésor. D'autant qu'il pense sans doute qu'il n'y a personne côté mer, il ne peut pas se douter que les sirènes sont de la partie.

— Il vous arrive de raisonner correctement, jeune homme. On part à gauche, donc.

Le couloir aboutissait à une grotte donnant sur l'extérieur : un ponton avait été aménagé sur les rochers, ne laissant aucun doute sur l'usage de l'endroit.

— Un quai sans bateau : c'est bien la preuve que notre oiseau s'est envolé.

— C'est vraiment trop bête qu'on l'ait laissé filer comme ça ! Il nous faudrait un truc magique pour le rattraper. Vous n'avez pas ça en rayon, Imraëgg ? Au fait, maintenant que j'y repense, comment vous avez fait pour vous matérialiser dans les appartements d'Isdragarn, quand je vous ai appelé cet après-midi ? J'étais tellement content de vous voir que je ne me suis pas posé la question !

— Oh, rien de spécial, un dispositif qui tord l'espace-temps.

— Ouah, pratique ! Et on ne pourrait pas utiliser ça pour pister Naragd ?

— Pour utiliser ça, comme vous dites, il faudrait déjà qu'on sache exactement où aller. Or on ne sait pas où se trouve Naragd en ce moment.

— Alors il faut qu'on prévienne les sirènes. S'il est parti par la mer, il n'y a qu'elles qui puissent le retrouver. Mais comment arriver à les joindre ? Vous auriez aussi un engin pour ça, Imraëgg, une espèce de téléphone portable ?

— Je suis légèrement vexé, jeune homme. Il n'y a pas que les fées qui aient des pouvoirs psy, vous savez. Sans vouloir me vanter, je suis assez fort dans ce domaine également. Je vais envoyer un message à Ileana.

L'elfe regarda fixement devant lui pendant de longs instants. Il semblait s'être transformé en statue. Enfin il se tourna vers les jumeaux qui attendaient anxieusement qu'il parle.

— Alors, vous l'avez eue ?

— Evidemment, je ne suis pas tombé sur son répondeur.

— Vous connaissez ça aussi ?

— Connaître toutes vos inventions fait partie de mon boulot de gardien : savoir où vous en êtes, vous autres humains, afin d'intervenir si vous deveniez dangereux.

— Moi, je trouve que ça fait longtemps que l'être humain est dangereux ! dit Claire.

— Je voulais dire : dangereux pour nous, les elfes. Les humains peuvent bien faire ce qu'ils veulent de leur côté, ils sont libres. Tant qu'ils ne nous cassent pas les pieds...

— Oh ! fit Claire, choquée. Ce serait pourtant bien que vous fassiez quelque chose, le monde-du-dehors marche sur la tête !

— Mais qu'est-ce qu'elles ont toutes à vouloir me faire faire le shérif ? D'abord Ileana, puis vous. Vous ne comprenez pas que nous tenons à ne pas intervenir dans les affaires des autres ?

Claire fit une grimace pour montrer ce qu'elle pensait de la neutralité des elfes.

— Bon, arrêtez de philosopher, il y a plus urgent. Elle a dit quoi, Ileana ? les interrompit Benoît.

Imraëgg le regarda droit dans les yeux.

— Que la seconde offensive alliée a commencé.

38

Bataille, deuxième acte

Les fées avaient regagné le couvert de la forêt après l'attaque réussie du camp IV et elles attendaient les instructions d'Ileana.

Un observateur les aurait trouvées singulièrement passives.

C'est qu'elles s'appliquaient à bouger le moins possible, à devenir quasi minérales pour ne pas être repérées.

Iliorna occupait une partie de ses capacités à maintenir autour du groupe un dôme de protection, mais cette activité ne l'empêchait pas de réfléchir fugacement aux événements de ces derniers temps. Elle eut une pensée pour sa propre fille, toute jeune encore, qu'elle avait par précaution laissée sous la double surveillance de sa garde rapprochée et des naïades des marais bordant sa cité.

Soudain, à sa grande surprise, Iliorna détecta une fée qui arrivait par la forêt, seule. Elle fronça les sourcils. Ileana et elle avaient décidé de ne pas avoir recours à des messagères fées, car elles pouvaient trop facilement être localisées par Isdragarn ou les tordakyls.

Qui cela pouvait-il être ? Une fée évadée du château ? Mais elle ne serait pas arrivée par derrière. Quelqu'un de sa cité ? Ou alors un piège ?

Vu l'urgence de la situation, elle sonda l'esprit de l'arrivante. La fée n'avait qu'une idée en tête : la trouver personnellement.

Elle désactiva le dôme quelques secondes pour se manifester et laisser entrer la nouvelle venue, puis le reforma aussitôt. La reine et les fées contemplèrent un instant en silence la créature qui se tenait devant elles. Elle s'était munie d'ailes pour voyager plus vite dans la forêt, mais son visage était celui d'une sirène, ce qui lui conférait une apparence étrange. Ne voulant pas paraître impolie en la dévisageant avec trop d'insistance, Iliorna la salua chaleureusement. Puis la sirène prit la parole d'une voix étonnamment grave et modulée.

— Salut à toi, Iliorna. Je suis envoyée par Ileana pour te délivrer un message.

— La situation doit être suffisamment complexe pour qu'Ileana décide de ne pas confier la chose à un animal, je présume.

— C'est le cas, effectivement. C'est pourquoi elle a préféré m'envoyer, moi. Mais n'aie crainte, je n'ai pas été suivie. Je suis descendue au sud par la mer avant de contourner toute la zone par la forêt. Tout d'abord, je dois te dire qu'Iowena et les fées du château sont libres à présent. Le jeune humain a réussi à les délivrer de l'intérieur avec l'aide d'un elfe nommé Imraëgg.

— Voilà une nouvelle réjouissante. Où sont-elles en ce moment ?

— Les fées se sont jointes à Ileana pour la suite, tandis qu'Iowena partait à la recherche d'Isdragarn.

— Oh, je vois. La rencontre a-t-elle déjà eu lieu ? Non, je l'aurais senti. Leur affrontement fera des étincelles, et personne ne pourra l'ignorer. Ileana a donc retrouvé sa mère ?

— Oui, car elle avait aussi pris le château d'assaut avec les sirènes, comme prévu.

— Que sont devenus Naragd et ses alliés ?

— Naragd a fui par la mer, des sirènes se sont lancées sur ses traces. Quant aux trolls et à Isdragarn, ils étaient sortis avant que ces événements aient lieu, ils ne sont pas encore au courant. Par contre, nous ne savons pas où se trouve Isdragarn en ce moment, et Ileana te conjure de rester sur tes gardes.

À ces mots, Iliorna leva la tête comme pour humer l'air. Le dôme autour d'elles résonna d'une étrange vibration.

— Quand on parle du loup... Isdragarn vient d'arriver là-bas, au camp que nous avons mis hors d'état de nuire. Elle a dû être prévenue que quelque chose s'y passait. Elle sonde les environs... je sens sa colère. Mes sœurs, donnez-moi votre énergie pour renforcer le dôme.

Toutes les fées se tinrent par la main, formant une immense chaîne. Elles regardaient leur reine avec anxiété.

— Elle s'éloigne enfin... Je vais envoyer un aigle pour l'espionner : il préviendra Ileana de ses mouvements.

Elle se tourna vers la sirène qui attendait, impassible, la fin de l'alerte.

— Quelles sont les instructions, à présent que le camp IV est tombé ?

— Ileana va attaquer le premier camp avec les sirènes et les fées libérées. De votre côté, c'est le moment de frapper le cinquième camp, comme prévu. Tout porte à croire qu'ils ne sont au courant de rien, les lions ailés se sont fait un plaisir de décapiter tous les tordakyls messagers qu'ils croisaient.

— C'est entendu. Autre chose ?

— Oui. Il y a un problème avec le camp V : il semblerait que la maman des jumeaux, une humaine nommée Madeline, soit prisonnière là-bas.

— Oh, nous ne pourrons donc pas procéder de la même manière que pour les autres... Voilà qui complique sacrément les choses. Et comment la reconnaîtrons-nous ?

— Elle ressemble à sa fille, même chevelure et même visage.

Iliorna resta silencieuse quelques instants. Il fallait imaginer un nouveau plan d'attaque pour ne pas risquer de causer de tort à l'humaine.

— Où sont Benoît et Claire en ce moment ? Toujours avec l'elfe ?

— Ils sont ressortis du château au nord, pas loin de la mer : ils attendent des instructions.

— Très bien. Ils sont donc de l'autre côté du camp v, par rapport à nous. Les elfes ont toujours plus d'un tour dans leur sac, la présence de celui-ci est une bénédiction. À nous tous, nous pourrons prendre les trolls en tenaille et tenter une manœuvre de diversion. Si tu le veux bien, ma sœur, tu vas aller rejoindre les deux jeunes humains et l'elfe, et voici ce que tu vas leur dire...

* * *

Thibaut contempla le camp avec dégoût. Ça avait été un véritable carnage. Partout, des cadavres jonchaient le sol : des trolls blessés remuaient encore, achevés par les ours qui patrouillaient entre les ruines des baraques.

Son épaule gauche le faisait affreusement souffrir, il n'avait pu éviter un coup de massue : sans doute avait-il quelque chose de cassé.

Il sentit une grosse boule se former dans sa gorge. Il y avait une énorme différence entre se défendre occasionnellement contre une bande de trolls, et ce qu'ils venaient de faire. Il avait pensé que ce serait plus simple que ça. Pas seulement de se battre, mais de tuer. Même en se disant que les trolls étaient des brutes sanguinaires, des ennemis des fées et des humains, il n'était pas fier de ce massacre.

Et certains de ses amis étaient morts. Comment trouverait-il le courage de le dire aux femmes qui les attendaient là-bas, au village ?

Il s'essuya le front de son bras, les yeux brûlants de larmes.

Conscient du regard d'Aëlia sur lui, il se redressa et tenta de chasser ses idées noires. La tâche n'était pas finie, il fallait à présent continuer et attaquer le camp du milieu. En auraient-ils le cran ?

Une dizaine des siens avaient péri, et autant de blessés graves attendaient des secours. Ileana avait été prévenue de l'issue de la bataille et lui enverrait certainement quelques fées pour soigner ses troupes. Restaient quelques dizaines d'hommes à peu près valides, qui portaient tous les stigmates de la lutte.

Il eut un accès de désespoir : allait-il les envoyer à l'abattoir, face à une armée de trolls trois fois plus nombreux qu'eux, et surtout frais et dispos ?

Il sentit une main légère sur son bras. Aëlia s'était approchée de lui et lui communiquait sa force tout en ressoudant ses os. Il se sentit beaucoup mieux.

Autour de lui, Pierre, Barthélemy et les autres le regardaient. S'ils étaient en proie au même doute, ils le cachaient bien. Leur attitude montrait qu'ils ne rechigneraient pas à se lancer dans un nouvel assaut.

Les ours avaient fini leur sinistre tour et attendaient la suite : ils étaient visiblement excités par l'odeur du sang et n'avaient qu'une envie : continuer le massacre. Pas un seul d'entre eux n'avait apparemment souffert dans le combat.

Thibaut se dit qu'il allait tenter la stratégie inverse, cette fois : envoyer les ours dans le camp, et poster ses hommes en périphérie pour cueillir les trolls qui tenteraient de s'échapper. Ainsi auraient-ils peut-être une chance de s'en sortir…

* * *

Ileana, les fées rescapées et les sirènes s'étaient éloignées du château par la mer et avaient regagné la terre ferme bien plus au sud, ne sachant pas où se trouvait Isdragarn.

Ileana ne décelait rien dans les parages, mais cela pouvait signifier deux choses opposées, autant dire rien de significatif : soit sa tante ne surveillait pas ses pensées et elle était à des lieues de là, ou elle avait établi un écran mental et se trouvait tout près.

La jeune fée se faisait du souci pour sa mère. Elle s'en voulait de l'avoir laissée seule au château. Certes, Iowena était de taille à se défendre contre sa sœur, mais Isdragarn avait montré qu'elle ne se battait pas loyalement, et Ileana s'attendait à un coup fourré.

Soudain elle avisa un point noir dans le ciel. Un tordakyl ? Non, c'était un des aigles de liaison. Enfin des nouvelles d'Iliorna !

Que c'était rageant de ne pas pouvoir se servir de ses pouvoirs pour communiquer ! Cela aurait été tellement plus simple. Mais moins discret, autant se balader avec le programme sur des pancartes.

Elle admira l'atterrissage du bel oiseau sur un rocher. L'aigle replia ses ailes et poussa un cri perçant.

Il raconta l'entrevue de la sirène et d'Iliorna, dévoila le plan de celle-ci pour sauver Madeline et mit Ileana au courant du retour imminent d'Isdragarn au château.

Ileana le remercia avec effusion, car les aigles sont excessivement susceptibles, et l'envoya apporter un message à Thibaut.

Puis elle dépêcha un oiseau moins visible à sa mère pour l'avertir de l'arrivée d'Isdragarn.

Le moment était venu d'attaquer le camp I. Elle avait apprécié la méthode rapide et efficace utilisée par sa tante Iliorna dans le camp IV et avait l'intention d'appliquer le même procédé.

39

Un combat inégal

En quelques coups d'ailes furieux, Isdragarn atterrit sur le chemin de ronde. Elle était hors d'elle. Naragd n'était pas là, en un moment pareil ! Un nain se précipita au-devant d'elle. Elle lui demanda ce qu'était devenu le tordakyl qu'il avait lâché. Le nain, mal à l'aise, avoua que l'oiseau n'était pas encore revenu.

Isdragarn grimaça. Que de contrariétés ! Elle désigna l'horizon.

— Lâchez tous vos oiseaux, il doit y avoir un groupe de fées par là-bas. Et appelez-moi Aslan !

La créature glapit des ordres dans sa langue gutturale, et plusieurs de ses congénères accoururent, sortis des guérites ou venant de la cour. Ils s'empressèrent de libérer les tordakyls de leurs chaînes et caquetèrent à leur adresse en leur montrant la direction du nord-est.

L'essaim prit son envol dans un vacarme indescriptible : les oiseaux monstrueux tournoyèrent quelques instants au-dessus du château avant de s'éloigner vers la lande. Seul un petit groupe fila vers le sud.

Isdragarn, qui les observait avec attention, fronça les sourcils : y aurait-il deux groupes de fées ? Elle commença à craindre qu'elles n'arrivent jusqu'au château pour délivrer Iowena : alors elle projeta son esprit vers le sous-sol mais ne sentit pas la présence de sa sœur. Elle haussa les épaules. Rien d'anormal, car le dispositif de Naragd annihilait toute émission.

Quelle idiotie que ce système ne soit pas sélectif ! Elle ne pouvait jamais se rendre dans les cachots, car elle aurait été affectée aussi par les fameuses ondes. Dommage, elle aurait tant aimé aller narguer sa sœur et la tourmenter.

Elle jeta un regard dans la plaine par-dessus les créneaux. On ne voyait rien, on ne sentait rien.

Mais si ! Elle percevait à présent une espèce de tumulte mental vers l'est, des esprits primitifs qui se battaient, peut-être. Ces fichus trolls qui s'entretuaient dès que les nains avaient le dos tourné ! Quels alliés de choix !

Elle repensa à son étonnante visite du camp IV. Que signifiait cette attaque de fées ? Elle était sans doute liée à la présence des deux jeunes humains. Tout cela devait faire partie d'un plan d'ensemble ourdi par cette péronnelle d'Ileana qui pensait sans doute devoir remplacer sa mère aux commandes !

Mais que pouvait faire une jeune fée inexpérimentée aidée d'une poignée de sœurs sans talent particulier?

Isdragarn ricana. Ils n'avaient pas la moindre chance, c'était du suicide pur et simple ! Elle se représenta la formidable escouade de tordakyls qui allait bientôt s'abattre sur le groupe de fées et en frémit de plaisir. Ça allait être un massacre, quel dommage qu'elle n'ait pas le temps d'assister à la scène.

Bah, elle se rattraperait sur les deux lamentables humains. Faire déchiqueter la fille sous les yeux de son frère et de son père, ce pourrait être amusant.

Elle repensa à Iowena. Si Naragd ne tenait pas tant à la garder pour ses expériences, elle l'aurait déjà supprimée. La savoir ici la mettait de mauvaise humeur.

— Mais tu ne m'empoisonneras plus longtemps l'existence, ma très chère sœur, dit-elle tout haut.

— Ah, tu crois ça ?

Isdragarn eut un haut-le-corps. Iowena venait de surgir devant elle !

Immédiatement Isdragarn foudroya sa sœur. Qui écarta la boule de feu d'un geste négligent.

— Décevant. À peine digne d'une gamine.

Isdragarn ricana.

— C'est que tu ne m'as jamais paru plus redoutable qu'une gamine.

— Ce n'est pas parce que je n'ai jamais manifesté de violence que je n'en suis pas capable !

— Penses-tu ! Tu es comme toutes les autres, molle et inoffensive.

— Inoffensive ? Et que dis-tu de ça ?

Des éclairs bleus jaillirent de ses doigts tendus.

Isdragarn para le coup.

— Pas mal pour une reine de pacotille. Mais j'ai mieux à t'offrir...

Et elle la frappa d'une tornade avant de l'enserrer dans une stase verte.

Mais Iowena fit pâlir et disparaître la gangue lumineuse en quelques secondes.

— Comment ai-je pu ne jamais me rendre compte que tu étais pourrie jusqu'à la moelle ?

— C'est que je suis un peu plus douée que toi pour cacher mes pensées et influencer mon aura.

— Tu appelles ça être douée ? Moi, j'appelle ça être malade. Dire que je t'aimais tant ! Et tu ne pensais qu'à une chose : me nuire !

— Tu imagines ce que c'est que de ne pas avoir été choisie ? J'avais autant de capacités que toi à gouverner : j'en avais même bien plus.

— Tu en étais peut-être capable, mais digne, certainement pas.

— Digne de quoi ? De présider au conseil des vieilles folles ? Aux cérémonies stupides ? De protéger une cité de créatures indolentes et sans but ? De continuer à ronronner pendant quelques autres milliers d'années sans jamais rien changer ? Tout ça me faisait vomir !

— Parce que tu préfères mettre un pays à feu et à sang, pour avoir enfin un peu de changement et de divertissement ?

Iowena s'arrêta net et porta les mains à sa gorge. Isdragarn, la face convulsée par l'effort, tentait de l'étouffer à distance.

Soudain Aslan parut au sommet des marches. Isdragarn se déconcentra une fraction de seconde.

Alors la reine se laissa tomber à terre, et d'un tentacule vigoureux, faucha les chevilles de sa sœur qui s'affala, lâchant sa prise. Iowena entrava alors les bras et le cou d'Isdragarn.

— C'est pas mal, pieuvre, tu ne trouves pas ?

Mais Isdragarn se mit à grandir, forçant Iowena à desserrer son étau.

Soudain, une attaque mentale d'une grande violence fit plier la reine qui tomba à genoux.

— Guéonegg ! C'est pas trop tôt ! Je commençais à me demander où vous étiez passé.

— Ne parle pas tant, ça le déconcentre !

Iowena s'était relevée et bondit vers la tour qu'elle escalada avec facilité.

— Maudite ! Elle s'éloigne de vous, elle sera plus dure à neutraliser. Montez vite dans la tour !

Isdragarn mit des ailes de tordakyl et survola le toit de la tour sur lequel s'était réfugiée Iowena.

— Tu n'espères quand même pas t'en sortir, à deux contre un ?
— Toujours ton sens inné de l'égalité et de la justice...

Et, alors qu'Isdragarn était proche à la toucher, Iowena projeta des filaments collants qui s'enroulèrent autour de ses ailes. La traîtresse poussa un grand cri et se rattrapa au dernier moment en griffant le mur. Elle fit disparaître ses ailes inutiles et se débarrassa de la substance gluante. Elle chercha sa sœur des yeux. Celle-ci l'attendait de pied ferme sur le chemin de ronde. Pourquoi ne prenait-elle pas la fuite ?

Guéonegg la héla d'une fenêtre. Elle poussa un rugissement et d'une puissante détente se propulsa dans les airs avec des ailes de drasque. Elle saisit l'elfe au passage et utilisa les paroles codées qu'ils avaient tous deux mis au point quelques semaines plus tôt avant l'attaque d'Illiriane. Avec un ensemble parfait, l'elfe et Isdragarn lancèrent une attaque mentale destinée à paralyser la reine.

Iowena tenta de reculer, mais trop tard. Elle porta les mains à sa tête et tomba à terre. Aussitôt, profitant de l'emprise que l'elfe aurait sur elle un court instant, la traîtresse fit se soulever un nuage de sable du chemin de ronde, qui vint se coller sur le corps d'Iowena, formant une coque dure autour d'elle. Avec un sourire méchant, elle désagrégea aussi une partie des pierres des créneaux, et la poussière de roche vint s'agglutiner au cocon.

Puis elle leva les bras au ciel et condensa les nuages : une nuée sombre envahit le ciel, plongeant le paysage dans une semi obscurité. Elle rit. Les trolls avaient pour particularité d'y voir parfaitement la nuit, cela leur conférerait une supériorité certaine sur leurs ridicules adversaires.

Guéonegg contemplait la voûte céleste avec circonspection. Tout cela ne lui disait rien qui vaille : d'ailleurs, il se demandait dans quelle mesure son alliance avec Isdragarn tenait encore, puisque Naragd avait manifestement quitté le navire.

Soudain, des craquelures apparurent dans le sarcophage.

— Guéonegg, elle essaie de se délivrer !

Ils renouvelèrent leur assaut mental et les crevasses cessèrent de s'étendre. Isdragarn se dressa et s'apprêta à geler définitivement le sang de sa sœur dans ses veines.

40

Contre-attaque

Iliorna et ses fées marchaient dans le sous-bois. Elles arrivèrent à la lisière de la forêt, à l'endroit où elles devaient quitter le couvert des arbres pour s'aventurer sur la lande.

La reine s'arrêta pour observer les environs. Là, tout droit, se trouvait le camp v. Elle tenta d'apercevoir au loin le château, mais on ne le voyait pas d'ici, car à cet endroit le plateau était vallonné et suivait les courbes de la falaise proche.

Elle calcula qu'Imraëgg et les jumeaux, avertis par la sirène, devaient avoir eu le temps de se mettre en place de l'autre côté.

Elle promena son regard sur la centaine de fées qui attendait tranquillement.

En dépit du calme qu'elle affichait, elle se sentait moins sereine qu'une heure auparavant, lorsqu'elle ignorait encore que la mère des jumeaux se trouvait dans le camp. Pourvu que le plan fonctionne !

Elle reforma autour d'elles le dôme de protection simple, celui qu'elle maintenait toujours autour de la cité, et qui empêchait que celle-ci soit découverte. Elle ne pouvait entretenir de dôme élaboré trop longtemps, car cela demandait une énergie folle. Mais Isdragarn n'était pas dans les parages, et cela suffirait à les masquer aux yeux des trolls jusqu'au moment de l'attaque.

Elle donna le signal du départ, et les fées s'avancèrent en direction du camp.

Apparemment, ils n'avaient pas été prévenus, on ne distinguait aucune activité particulière.

Soudain, le groupe s'arrêta net.

Dans le ciel, qui s'obscurcissait à toute vitesse, on distinguait un nuage de points noirs.

Iliorna devina tout de suite qu'il s'agissait de tordakyls. Elle exhorta ses troupes à lui communiquer leur énergie pour renforcer le dôme. Mais les fées, cédant à la panique, s'égaillèrent en tous sens, abdiquant toute volonté.

Lorsque les premiers oiseaux s'abattirent sur les fées, Iliorna en foudroya quelques uns mais ils étaient trop nombreux, ils arrivaient par dizaines...

* * *

Le premier camp était bâti très en contrebas, à côté d'une petite rivière qui se jetait dans l'océan à cet endroit.

Ileana avait eu l'intention de mener l'attaque de la même façon qu'Iliorna dans le camp IV, mais les sirènes avaient fait une autre proposition. Finalement, elles avaient opté pour la conjonction des deux méthodes, et cela avait été très efficace.

Et, tandis que des multitudes de lianes fleuries sortaient de terre et répandaient leurs senteurs soporifiques, on avait vu ramper hors de la rivière et avancer vers le camp une espèce de gelée verdâtre qui avait rapidement envahi allées et baraques.

En un rien de temps et sans qu'une goutte de sang ne soit versée, les trolls du camp avaient été mis hors d'état de nuire sous l'action conjuguée des molécules florales et du manteau visqueux qui les recouvrait.

Ileana adressa un sourire aux sirènes et aux fées qui contemplaient la scène. Bon travail ! On allait maintenant pouvoir prêter main forte aux humains.

Elle donna des instructions dans ce sens à ses alliées et s'éloigna à tire d'ailes en direction du château. Sa mère aurait sans doute besoin d'elle !

Après le départ d'Ileana, Araad, qui commandait les sirènes, regroupa ses congénères et les quelques fées libérées du château et leur expliqua la suite des opérations.

Mais leur attention fut soudain attirée par des mouvements au nord, et elles virent avec horreur progresser vers elles, qui en sautant, qui en rampant, les monstres échappés des souterrains de Naragd.

* * *

Le camp III était en vue.

Tout le monde était prêt : les ours attendaient le signal pour foncer vers les baraques, et les hommes s'étaient déployés autour du village.

Thibaut souffla dans sa corne.

Aussitôt les ours s'élancèrent à la charge.

Mais à cet instant les portes des baraques s'ouvrirent et les trolls en jaillirent, armés jusqu'aux dents, en poussant des cris de ralliement.

Thibaut était abasourdi : ils s'y attendaient ! Ils étaient prêts à riposter !

Il n'eut pas le temps de se poser trop de questions, car un cri affreux le fit se retourner : l'un de ses hommes était emporté par une abominable créature brunâtre, et il en arrivait d'autres !

41

Et le vainqueur est...

Oh, ma tantine, la Grande Mère soit louée ! Je t'ai enfin retrouvée ! Tu vas pouvoir nous aider !
Et Ileana se précipita vers Isdragarn et la serra dans ses bras, l'empêchant de bouger. Celle-ci, éberluée, débordée par une affection aussi envahissante, relâcha un court instant son contrôle.
Alors la gangue minérale autour d'Iowena craqua, et la reine se dégagea des débris pour se redresser, l'air furibond.
Ileana courut se réfugier auprès de sa mère, et Isdragarn comprit qu'elle avait été jouée.
— Sale petite garce ! Tu te prends pour qui ? Mais tu me facilites les choses, je vais pouvoir me débarrasser de toi en même temps que de ta mère !
La traîtresse eut un sourire démoniaque.

— Aslan, tue-la !

Ileana, qui n'avait pas encore aperçu l'archer, tourna les yeux vers lui avec saisissement. Mourir de la main d'Aslan, non, ce n'était pas possible ! Il était là, aussi beau que dans son souvenir, mais il la regardait d'un air tourmenté...

Plus personne ne bougeait, tous étaient suspendus à ses gestes.

Iowena se préparait à intervenir, elle ne laisserait personne toucher à un cheveu de la tête de sa fille !

Isdragarn le provoqua.

— Aslan, mon chéri, tu es dans mon camp, ne l'oublie pas. Tu as déjà trahi Ileana et ses amis, et maintenant tu vas terminer ton travail. Je t'ordonne de la tuer !

L'archer se tourna vers elle. Elle dardait sur lui ses yeux verts, sûre de son empire.

Il regarda à nouveau Ileana. Il sut qu'il n'y avait pas d'avenir possible pour lui : il aimait la jeune fée mais il ne pourrait jamais se libérer du joug maléfique d'Isdragarn.

Il sentit une grande paix l'envahir.

— Je ne veux pas.

Isdragarn hurla, le visage déformé par la haine.

— Alors tu mourras !

Et elle le foudroya. Aslan s'affaissa lentement sur le sol. Ileana se précipita vers lui : elle lui prit la main, toucha son visage, dont toute vie s'était retirée.

Puis elle tourna son visage baigné de larmes vers sa mère.

Une bourrasque souffla brusquement.

Isdragarn et Guéonegg se retrouvèrent projetés à terre, et tous assistèrent médusés à l'arrivée tapageuse d'un étrange équipage : Ingvarna en personne se posa majestueusement sur le chemin de ronde, tandis que les deux drasques qui l'accompagnaient atterrissaient, l'une sur la tour la plus proche, l'autre dans la cour du château, effarouchant les nains qui s'y trouvaient encore.

Puis la vieille fée fit un geste, et les deux drasques reprirent leur vol et disparurent à l'horizon.

Iowena contempla l'étrangère debout devant elle et jeta un regard noir à sa sœur qui se relevait péniblement.

La nouvelle arrivante la regarda tendrement.

— Iowena, ma chère enfant, tu ne me reconnais donc pas ?

Iowena fronça les sourcils. Derrière les marques violacées sur la peau, il lui sembla que ce regard lui rappelait quelqu'un qui avait disparu il y a bien longtemps...

Soudain, la vérité lui apparut.

— Maman ??? C'est toi ?

Isdragarn cria.

— Mais qu'est-ce que tu viens faire ici ? Tu voulais rester en-dehors de ça !

Ingvarna la regarda d'un air sévère.

— C'était mon intention, en effet. Mais là, tu viens de dépasser les bornes. Ça fait des années que ta conduite me désespère, mais j'ai toujours fermé les yeux, considérant que ce qui arrivait était de ma faute. Puis tu t'es mise à comploter, à laisser torturer... Et je ne voulais toujours pas intervenir. Je pensais qu'Iowena et toi deviez vous affronter pour que le hasard choisisse la plus capable d'entre vous deux. Mais tout ça, ces monstres lâchés dans la nature, ces tordakyls qui déciment les fées, et surtout cette mort infâme (elle désigna le corps d'Aslan), c'est trop. C'est à moi de t'arrêter, à présent, et c'est ce que j'aurais dû faire il y a bien longtemps.

— Guéonegg, à moi !

L'elfe secoua la tête.

— Non, Isdragarn, je me rends. Notre combat est perdu, il faut savoir le reconnaître.

La fée jeta un regard haineux à sa mère.

— Vieille folle, tu ne me fais pas peur ! Tu n'oserais pas me faire de mal...

Et Isdragarn, levant la main vers les gros nuages noirs qui s'étaient amoncelés au-dessus de leurs têtes, fit fulminer un éclair vers sa mère.

D'un même geste, les trois fées en face d'elle levèrent la main pour bloquer la foudre et la détourner sur Isdragarn qui s'effondra inanimée.

— Qu'allons-nous faire d'elle ? demanda tristement Iowena à sa mère.

— Nous n'allons pas la tuer, car c'est contraire à nos lois et cela nous serait de toute façon impossible. Mais elle est trop corrompue pour être laissée en liberté. Son cœur et son âme sont noirs, et on ne peut pas l'amender.

Elle réfléchit.

— Nous allons construire un caveau où nous mettrons son corps. Nous la maintiendrons dans un sommeil éternel, elle ne sera plus ni vivante, ni morte.

Iowena ne dit mot, elle était encore choquée par tous ces événements.

Ileana intervint.

— Grand-mère, peux-tu faire quelque chose pour Aslan ?

Ingvarna eut un sourire mélancolique.

— Hélas, non, mon enfant. Mes pouvoirs sont grands mais la mort, c'est autre chose ! Je suis désolée, je ne peux pas défaire ce qui a été fait...

— Et en utilisant une porte du temps pour le prévenir ?

La vieille fée secoua la tête.

— Tu sais bien que les esprits ne peuvent pas communiquer avec les vivants.

Le cœur lourd, Ileana retourna s'agenouiller devant la dépouille mortelle de l'archer. Elle ne lui en voulait pas du tout, elle savait mieux que personne combien on pouvait s'attacher à Isdragarn. Et il ne lui avait jamais vraiment causé de tort : au contraire, elle garderait toujours le souvenir de ces quelques jours de marche à travers Edelynn, où il l'avait entourée d'attentions.

Elle soupira et se releva.

Iowena la rejoignit et passa son bras autour de ses épaules.

Ileana se tourna vers sa grand-mère.

— Il faut aller rejoindre les autres, il y en a qui se battent encore.

Ingvarna secoua la tête.

— Non, ma chérie, ce n'est plus la peine. Je sais que tu n'es pas d'humeur à te réjouir, mais j'ai quelques bonnes nouvelles pour vous : l'armée d'archers d'Isilda est arrivée et a mis en déroute les monstres qui assaillaient vos troupes. Et mes chères drasques, qui adorent croquer du tordakyl, doivent s'en donner à cœur joie en ce moment même. En outre, comme les nains du château sont partis en courant, je pense que tous les trolls doivent savoir à présent que leurs chefs ont été vaincus. En un mot comme en mille, vous avez gagné.

Épilogue

— Dis, Ileana, tu rêves ?

La jeune fée revint sur terre illico. Benoît la regardait avec l'air béat de celui qui vient de se remplir la panse de bonnes choses et qui flotte dans les vapeurs de la digestion.

Tout le monde bavardait avec animation autour d'eux : Iowena, Aldric et les parents des jumeaux étaient lancés dans une grande discussion sous l'œil attendri de Claire. Juste à côté, ses amis Aodren, Alsander et Alwena riaient aux éclats devant Alixen qui faisait l'andouille.

Silencieux, Imraëgg observait tous les convives d'un air attentif et réjoui, et échangeait des regards entendus avec Ingvarna.

La soirée était douce, les fêtes se succédaient depuis des jours. C'était le paradis.

Ou plutôt : ça aurait pu être le paradis.

Car Ileana n'arrivait pas à participer à la liesse générale. Il lui était impossible de retrouver la sérénité et l'insouciance d'antan. Comment faisaient donc les autres pour s'amuser alors qu'une terrible bataille avait fait rage quelques jours auparavant ? Avaient-ils déjà oublié les épreuves, les trahisons, la séparation ?

Benoît la regardait toujours et la singeait en écarquillant les yeux, car elle n'avait pas répondu.

Elle soupira légèrement et lui sourit. Normal qu'il soit si heureux : il venait de retrouver ses parents, qu'il avait cru morts pendant près de dix ans. Ceux-ci avaient été accueillis très chaleureusement par la reine Iowena, ils allaient habiter non loin d'Illiriane. Claire et lui resteraient à jamais à Edelynn.

Elle contempla sa mère. Iowena était lumineuse et impériale, comme d'habitude. À croire qu'elle n'avait subi ni privations ni mauvais traitements. Et Aniel semblait complètement remis. Même sa cicatrice avait presque disparu. Il serrait contre lui Madeline qui avait l'air d'être la grande sœur de ses enfants, car elle n'avait vieilli que de quelques mois en dix ans.

Tout était si vite rentré dans l'ordre...

Mais Ileana serait toujours hantée par l'image d'Aslan assassiné sous ses yeux, d'Isdragarn pleine de haine, de tous les autres, alliés ou ennemis, couchés côte à côte sur le champ de bataille.

Le château n'existait plus. Iowena et Ingvarna l'avaient détruit, et ses pierres avaient recouvert les corps épars. Puis les fées avaient lancé les plus belles fleurs à l'assaut des éboulis pour mettre de la beauté là où il y avait eu l'horreur.

Ne restaient que des questions sans réponses : où était allé Naragd ? Était-il définitivement hors jeu, ou attendait-il son heure pour revenir ? Pourquoi avait-on abandonné l'idée de le poursuivre ? Certes, même Imraëgg avait perdu sa trace lors de la bataille, mais les fées auraient pu la retrouver en se mobilisant nombreuses. Après tout, il détenait encore la pierre qu'il leur avait volée.

Ileana repensa à sa tante Isdragarn. Elle n'arrivait pas à

surmonter le chagrin de sa trahison. Allait-on la laisser dans l'état d'inconscience où l'avait placée Ingvarna avec l'aide des elfes ?

Il faudrait aussi tenir la promesse faite aux humains de ramener dans le monde-du-dehors ceux qui le désiraient, surtout Nicolas qui devait attendre ce moment avec impatience.

Que de tâches à accomplir, que de problèmes en suspens…

— La dernière à l'eau est une courge !

Ses amies s'apprêtaient à piquer un sprint vers la rivière. Ileana se leva et décida de chasser ses mauvaises pensées.

— J'arrive !

Et elle s'élança.

SOMMAIRE

Résumé du tome 1, *Exil en pays humain*   5
1. Vingt kilomètres à pied…   7
2. Un ours dans le moteur   21
3. Illiriane   31
4. Récit de voyage   41
5. Distribution des corvées   49
6. Avec tout le respect que je te dois   59
7. Une belle brochette de dryades   67
8. Pâtisseries et herboristerie   81
9. La révélation de Carabosse   87
10. Leçon de langues   99
11. Les portes du temps   107
12. Histoires de famille   113
13. Retour vers le passé   121
14. Les tribulations d'un fantôme   127
15. Demandez le programme   133
16. Monstres en tous genres   139
17. Dans la gueule du garloup   145
18. La ville de cristal   155
19. La transe de l'archer   167
20. Dans la gueule du troll   173
21. Un fol espoir   179
22. Les humains d'Edelynn   193
23. Confidences d'une ex-fée   201
24. La cité sous l'eau   205
25. Le plan de Claire   217
26. Opération cheval de Troie   227
27. Confessions criminelles   235
28. Le trésor du seigneur noir   247

29. Nos amis les animaux 259
30. Le piège 267
31. Balade de nuit 277
32. Manipulation 291
33. Benoît prend l'initiative 297
34. Les alliés à l'assaut 311
35. Quadruples retrouvailles 317
36. Du côté des ennemis 325
37. Le ver est dans le fruit 331
38. Bataille, deuxième acte 337
39. Un combat inégal 343
40. Contre-attaque 349
41. Et le vainqueur est… 353
Épilogue 359

Achevé d'imprimer sur les presses
de l'imprimerie Bietlot à Gilly, en Belgique